Pour Noël, j'apporte le dessert (et un mec !)

ÈVE BORELLI

POUR NOËL, J'APPORTE LE DESSERT (ET UN MEC !)

ROMAN

Cette œuvre est une œuvre de fiction. Les noms propres, les personnages, les lieux, les intrigues sont soit le fruit de l'imagination de l'auteur, soit utilisés dans le cadre d'une œuvre de fiction. Toute ressemblance avec des personnes réelles, vivantes ou décédées, des entreprises, des événements ou des lieux serait une pure coïncidence.

HARPERCOLLINS FRANCE
83-85, boulevard Vincent-Auriol, 75646 PARIS CEDEX 13.

www.harlequin.fr

ISBN 978-2-2804-8128-1 — ISSN 2271-0256

1.

Vous avez l'opportunité de vous débarrasser définitivement de quelqu'un et de ne jamais être emprisonnée pour ce vilain crime :

♥ Votre cible est toute trouvée : en avant pour un petit meurtre bien ficelé ! Même pas peur de vous salir (un peu) les mains !

♣ Quelle horreur ! Comment peut-on poser ce genre de questions ignobles ?

▲ Vous avez bien quelqu'un en tête, mais jamais au grand jamais vous n'oseriez passer à l'acte. Vous n'êtes pas un monstre tout de même ! (Faire souffrir cette personne, genre jambe cassée, crise d'acné aiguë, OK ! Mais la mort ? Vous êtes sérieux ?)

Planté de stylo

Salle de réunion.
Rédaction de Oups, lol, mdr magazine

— L'article me semble pertinent et d'actualité, Gina, conclut mon boss (M. Gasifana, Joseph pour les intimes). Nos lectrices sont des jeunes femmes indépendantes et fortes : c'est primordial de leur parler de consentement et de self-défense.

Si Joseph n'avait pas soixante-quinze ans, qu'il n'était pas en adoration devant son épouse, qu'il n'arborait pas une moustache à la Dalí (on dirait un petit animal noir et luisant qui bouge en rythme avec ses paroles) et qu'il n'était pas un ami de la famille, je pourrais l'épouser.

— Mais j'aimerais avoir ton avis, Djonatane, poursuit-il. Tu es le seul de l'équipe à ne pas avoir pipé mot alors que tu partages la rubrique Psycho avec Gina ! Le numéro de février sort dans deux mois et il nous reste quinze jours avant le départ chez l'imprimeur pour le peaufiner... Un mot d'ordre : perfection. *Oups magazine* doit rester LE mensuel le plus acheté par la tranche 18-23 ans, malgré l'arrivée de *Woman Power*, qui s'est offert une très belle mise en avant dans les tabacs et les bureaux de presse...

Djonatane, alias le Mal (et pas le Mâle), alias pire-personne-de-l'univers-et-ça-inclut-tous-les-méchants-de-toutes-les-séries-Netflix-que-je-regarde, esquisse une mimique faussement gênée.

Évidemment qu'il est muet, cette espèce de *palhaço*[1] ! Ce descendant de J. R. dans Dallas prêt à tout pour atteindre son but ! Ce requin aux dents étincelantes, à la mèche blonde gominée, aux yeux émeraude bordés de longs cils lui donnant un air tendre (alors qu'il est aussi doux qu'une chips Brets au piment d'Espelette) ! Djonatane dont les parents – va savoir pourquoi – ont décidé de faire un affront à tous les Jonathan peuplant cette terre... Djonatane qui ne transpire jamais ; une fois, Joseph nous a offert une journée restaurant-tennis pour renforcer les liens dans l'équipe de rédaction. *Meu Deus*[2] *!* Il faisait 40 degrés et je jure sur ma grand-mère Conception Maria Beatriz Dores qu'il n'a pas perdu une microgoutte de sueur. Djonatane qui ne hausse jamais la voix, cette voix de velours, grave et harmonieuse, qui sait pourtant comment vous pousser à bout...

Je déteste Djonatane. Ce mec n'est pas humain. Peut-être que c'est un alien infiltré, d'ailleurs. J'aimerais bien voir son sang. Je parie qu'il est vert.

— Mais bien sûr, Joseph, répond-il enfin.

Il esquisse un horrible petit sourire pédant et suffisant, et fait lentement, lentement, pivoter sa chaise dans ma direction. Elle grince de manière menaçante. Silence. Silence pesant.

1. « Clown », en portugais.

2. « Mon Dieu ! »

Il me dévisage. *Je tiendrai bon !*

Je le dévisage.

J'ai follement envie de cligner des yeux, mais je ne le ferai pas, quitte à ce que ma lentille de contact se dessèche comme une limace en plein cœur du Sahara. Ah ! Tiens, j'ai cru voir sa bouche tressaillir. *Et ouais, mon vieux !* Je ne céderai pas, dussé-je devenir aveugle ! Il hausse un sourcil (à la courbe parfaite, que c'est agaçant !). Je peux presque entendre le décompte : 3, 2, 1… avant qu'il dégaine. On y est : il lève la tête vers ma présentation, affichée sur l'écran géant au-dessus de nous.

— Ce projet de dossier psycho est… comment dire… Voyons…

Il tapote sa joue avec son stylo, arborant toujours cette mine faussement contrite.

— … raté, assène-t-il avec une délectation perceptible.

— Raté ? s'offusque Olivia, qui s'occupe de la rubrique Mode et Beauté.

Djonatane ne lui accorde pas un regard et se contente de balayer l'air de la main pour la faire taire, comme on chasse une mouche importune. Un moustique insistant. Un pigeon relou.

Un rire bref lui échappe alors qu'il dévisage l'assemblée.

— Je m'explique avant que la meute me morde : Gina, tu proposes un article sur la manière de rembarrer les mecs irrespectueux. L'idée n'est pas mauvaise en soi. C'est féministe, très #MeToo. Oui, le projet de départ est même… bon.

Il déglutit péniblement : il a fourni un effort monumental pour me gratifier d'un compliment.

— Malheureusement, tu manques de mesure. Quand,

par exemple, tu suggères de mettre un coup de pied bien senti dans les couilles des emmerdeurs ou…

— Je n'ai pas employé ce mot vulgaire. J'ai utilisé : *bijoux de famille*. Et pour ta gouverne, je parlais des cours de self-defence.

— Évidemment, concède Djonatane avec un sourire mielleux. Mais il faut reformuler tes phrases car le style manque de finesse. Tu parais… agressive avec les hommes. Ta frustration sentimentale ne doit pas rejaillir dans tes articles. J'imagine bien que le célibat est difficile à assumer à vingt-six ans, mais…

Il me cherche… Il me cherche… Je serre mon stylo porte-bonheur dans ma paume (à m'en faire blanchir les articulations) et tente de conserver un visage stoïque.

— Ma vie personnelle ne te regarde pas et sache que…

— Bien loin de moi l'idée d'approfondir ce sujet avec toi, dit-il en bâillant de manière ostensible avant de croiser les bras et de se pencher dans ma direction avec un regard de sniper. Quant à ton test… « En quel fromage vous réincarnerez-vous ? » Excuse-moi, mais c'est d'un creux !

— Moi, je trouve ça pertinent. D'après les résultats, je suis fourme d'Ambert, intervient Raymond (rubrique Nature et Animaux) de son habituel ton un peu rêveur. Ça me convient bien, la fourme d'Ambert : c'est doux, mais ça a du caractère. Comme moi, je crois. La fourme d'Ambert, avec du pain frais, c'est…

— … plat. Ce test est d'une platitude sans borne, le coupe Djonatane.

— Tout comme ta réponse à Amanda, dans le courrier des lectrices, ne puis-je m'empêcher de rétorquer.

Ses lèvres se pincent. Gagné ! Je l'agace. Tant mieux, parce que moi, j'ai carrément passé ce stade. Mes mâchoires sont serrées et mes poings crispés. Avant qu'il réplique, j'enchaîne :

— Une certaine Amanda, dix-huit ans, t'écrit au sujet de son envie de devenir vegan. Toi, tu lui balances qu'elle doit s'apprêter à faire une croix sur les barbecues et les McDo, qu'elle va devenir LA fille chiante que personne n'ose inviter parce qu'elle ne bouffe que de l'herbe et...

— Ce n'est pas tout à fait ça.

— Si !

(*Idiota*[1] *!*)

— Non !

(*Louco*[2] *!*)

— Si !

Joseph pousse un soupir agacé avant de se lever pesamment.

— Je renonce à jouer au maître d'école, j'ai passé l'âge et je n'en ai aucune envie. Je vais m'offrir un café et j'espère qu'à mon retour vous aurez cessé vos enfantillages et que nous pourrons reprendre un dialogue constructif.

Il secoue la tête puis sort de la pièce d'un pas digne alors que je me mords les lèvres, gênée de l'avoir contrarié et d'avoir laissé une fois de plus ma rancœur contre mon collègue éclater. Mais Djonatane, loin d'éprouver ce genre de sentiment louable, en profite pour me donner le coup de grâce.

1. « Idiot ! »

2. « Imbécile ! »

— Les lectrices adorent mon impertinence. Toi, tu n'as aucun style, ma pauvre Gina.

— Ah oui ? Et c'est pour ça que je suis chargée des articles de fond ? Pile ceux que tu voulais ?

En plein dans le mille !

Mais ce furet de bas étage possède un self-control HORRIPILANT. Le voilà qui rit avant de lâcher avec flegme :

— On sait tous pourquoi tu bosses ici…

— Éclaire-moi ?

Merda[1] *!* Ma voix a filé dans les aigus. Normal. On y est. Un an qu'il tourne autour du pot, à coups de sous-entendus nauséabonds. J'endure ça depuis notre arrivée. Djonatane et moi avons été embauchés en même temps et à la suite des épreuves de recrutement, Joseph m'a confié les articles de fond et les tests psycho alors que Djonatane était assigné au courrier des lectrices et au tri de témoignages en lien avec le thème des numéros. Il ne l'a jamais digéré : il est persuadé que Joseph m'a privilégiée car il me connaît. Mais c'est FAUX ! Au départ, quand j'ai perçu l'animosité de Djonatane, j'ai même proposé à Joseph d'échanger nos rôles, mais ce dernier a refusé. Il m'a rabrouée sèchement en soulignant qu'il était conscient de ce qu'il faisait et que chacun était à sa juste place.

— Tout le monde sait pourquoi.

Djonatane balaye l'assemblée des yeux. Raymond secoue la tête pour signifier sa désapprobation, Émilie s'apprête à protester, alors que Sonia, gênée, regarde ailleurs (normal :

1. « Merde ! »

elle en pince pour mon ennemi *number one*). Quant aux autres... Ils semblent captivés par l'échange.

— Dis-le, je t'en prie, *cher* collègue, lancé-je d'une voix vibrante de colère.

— Si tu m'y invites, *très* chère collègue... Tu es une pistonnée. Tu es une scribouillarde dénuée de talent. Tu as été embauchée à la place qui me revenait parce que Joseph est un ami de ta famille...

Je manque de m'étouffer de rage, alors que les autres interviennent.

— Djonatane, tu ne peux pas dire ça...

— Tu dépasses les limites !

J'ouvre la bouche pour clouer le bec de ce fils d'hyène, mais il ne m'en laisse pas le temps.

— Comment ça s'est goupillé ? Papa et maman lui ont passé un coup de fil et il a cédé ?

Papa et maman...

Soudain, tout devient flou. Le temps se suspend quelques secondes, je n'entends plus rien. Puis une rage formidable s'empare de moi. C'est à peine si je perçois le regard désolé d'Émilie, qui sait pertinemment que mes parents sont morts quand j'avais cinq ans. À peine si j'entends la mise en garde de Raymond : « Pas de carnage ! »

— Mais elle est complètement malade ! Elle m'a percé le tympan, cette folle ! Vous avez vu ? Je saigne ! braille Djonatane tout en plaquant la paume sur son oreille gauche.

Paume d'où s'écoule un filet de sang...

Ai-je vraiment fait ça ? Ai-je vraiment enfoncé mon stylo porte-bonheur dans l'oreille de Djonatane ?

Horrifiée par la violence de mon acte qui me fige, l'arme du crime à la main, comme une statue du musée Grévin, je suis soudain assaillie par le remords. On s'agite autour de ma victime. Hébétée, je contemple mes collègues : Violette RIT sous cape (comment peut-elle s'amuser de me voir devenir une dangereuse psychopathe ?) alors que Raymond murmure « qu'il l'avait vu venir ». Les autres entourent Djonatane qui, pour une fois, a perdu toute sa superbe et se contorsionne sur sa chaise en pointant un doigt accusateur sur moi.

— Je n'entends plus rien ! Cette hystérique m'a vraiment percé le tympan !

La porte s'ouvre brusquement et Joseph apparaît. Yeux écarquillés, il constate le désastre pendant que Romy lui résume les événements.

— D'accord, dit-il d'un ton soucieux. Appelez les pompiers, voulez-vous, Romy ? Il faut que Djonatane soit pris en charge dans les plus brefs délais.

Les pompiers…

Djonatane est-il sur le point de passer l'arme à droite par ma faute ? Je dois l'admettre : il est vraiment pâlot. Genre blanc d'œuf. Genre mes cuisses en début (et en fin) d'été. Est-ce qu'on peut mourir d'une perforation de tympan ? Vais-je finir mes jours coincée dans une cellule en combi extra-large ? Je frissonne. J'ai VU *Orange Is the New Black*. Quand on a visionné cette série en entier, on sait très bien que l'orange n'est pas du tout, du tout le *new black* et qu'être incarcérée est la pire des choses qui puisse vous arriver. Les mycoses dans la douche, la guerre de pouvoir entre détenues, la nourriture insipide… Je devrais sûrement me battre contre un Golgoth au féminin… *Non, pitié !* Je ne le supporterai pas.

Je jette un regard de souris traquée vers la porte vitrée, songeant à fuir à toutes jambes. Oui, je pourrais faire ça... J'enfourche ma trottinette électrique et je carbure vers l'horizon. Je me condamne à une vie de cavale mais, après tout, les fugitifs heureux, ça existe. Prenons l'exemple des mecs de *Casa de papel*. Mon cœur se gonfle d'espoir un instant, jusqu'à ce que je réalise que le *profesor* et ses potes disposent d'un sacré magot pour vivre à peu près sereinement, ce qui est loin d'être mon cas. Non, je serai incarcérée avec pour seule satisfaction le fait d'avoir réussi à mettre ma victime hors d'elle.

— Gina. GINA ! Ressaisis-toi !

Je sursaute au contact de la main ferme de Joseph sur mon épaule et me rends compte que je suis en train de gémir très bruyamment.

— Je vais porter plainte pour agression ! Je vais détruire ta carrière de journaliste à la noix ! menace Djonatane. Tu vas voir, je vais faire de ta vie un...

— Calmez-vous, Djonatane, intervient Joseph d'un ton sans appel. Attendez les pompiers sans vous agiter. Sonia, restez avec lui et assurez-vous qu'il demeure tranquille. Les autres, retour au boulot. Quant à toi, Gina Josefa Magdalena Ferreira, suis-moi.

Il a utilisé mes trois prénoms. C'est que c'est sérieux. Que je suis virée.

Je m'effondre. Ma carrière est finie. *Over*. Terminée. Que vais-je faire de ma vie ? C'est la question qui me trotte en tête alors que j'emboîte piteusement le pas à mon boss.

— Comment as-tu pu en arriver là ? lance-t-il sévèrement après s'être assis derrière son bureau. J'ai toujours été clair à ce sujet : les membres de l'équipe de *Oups magazine* doivent travailler en harmonie. Ce n'est pas parce que j'étais ami avec ton grand-père que je suis censé être indulgent avec toi, Gina. Tu as outrepassé les règles. Tu as physiquement agressé un collègue, qui souhaite porter plainte. Je devrais te renvoyer. Je devrais...

Il soupire et se tait.

Je me tords les mains tout en repassant la scène dans mon esprit. La journée avait pourtant bien commencé. J'étais décidée à rester calme, comme me l'avait expressément demandé ma tante dans l'un de ses innombrables vocaux quotidiens.

7 h 30 – Message vocal de Maxima

Allez queridinha[1] *! Le vin veut toujours devenir porto ! Djonotane est un raté, un rouge qui pique, un premier prix qu'on n'utilise même pas dans la sauce de l'*arroz de Marisco[2]. *Tout a commencé avec son prénom, pas vrai ? Djonatane... Ses tentatives pathétiques pour te faire sortir de tes gonds devraient te faire rire. Rire aux éclats, même ! Tu es supérieure à lui. C'est d'ailleurs un des traits caractéristiques de notre famille, d'être au-dessus des masses. Tu... Livio ! Lâche cette pantoufle ! LÂCHE !*

7 h 34 – Message vocal de Maxima

Pardon, ce chien me rend folle. Il s'est mis en tête de manger toutes mes chaussures. Là, il a foncé dans le jardin. Je ne sais pas ce qu'il a, à fourrager tout le temps

1. « Chérie ».

2. Plat de riz aux fruits de mer.

dans la haie... Bref, tout ça pour te dire de rester calme pour la réunion de ce matin, OK ? Rappelle-moi après !

7 h 36 – Message vocal de Maxima

Je t'aime, queridinha *!*

Oui, je voulais rester zen. Je le souhaitais de tout mon cœur. Et au lieu de ça, j'ai quasiment commis un meurtre au stylo.

— Je ne protesterai pas car je suis coupable, soufflé-je, tête baissée.

— Gina, regarde-moi.

Je me redresse, les larmes aux yeux.

— Je ne te renvoie pas.

L'espoir me fait trembler, mais il fronce les sourcils et poursuit :

— Par contre, je t'expédie chez toi. Tu vas télétravailler pendant un long, très long moment.

— Mais... Je ?

— Je ne peux pas te garder ici : ce que tu as fait est trop grave. Imagine si l'inverse s'était passé ; j'aurais dû me séparer de Djonatane. Je connaissais si bien ton grand-père que je ne peux pas te renvoyer comme ça, d'autant plus que tu écris vraiment bien, mais tu comprends que je dois agir. De toute façon, tu ne t'es jamais vraiment sentie à ta place à Nice. Je le vois bien. Tu sembles un peu perdue et tu parles sans cesse de Port-la-Nouvelle. Tu as besoin de retrouver ta famille et tes amis, surtout en cette période de Noël. Tu n'as aucune attache, ici. Tu enchaînes les rencontres décevantes...

Mais comment sait-il ça ?

— Romy est une redoutable informatrice, complète-t-il, comme s'il avait lu dans mes pensées.

Il n'a pas tort, mais…

— Tu conserveras ta rubrique et tu ne seras présente physiquement que pour les réunions de préparations de numéros, le temps que les choses se tassent. Oui, ça se tassera : je vais tout faire pour que Djonatane ne porte pas plainte. Ensuite, quand le calme sera revenu… eh bien, tu pourras choisir : revenir ici ou rester en télétravail.

— Mais…

— Pas de mais. Crois-moi, Gina, je t'ai embauchée pour ton talent. Tu as un don pour parler aux jeunes femmes, pour trouver les sujets et le ton qui font mouche. Mais là, je te fais une grosse faveur donc je te conseille d'accepter et de filer sans trop traîner.

Je hoche la tête et lui souris avec gratitude. Et alors qu'il esquisse une mimique amusée tout en marmonnant « avec un stylo, tout de même… Les femmes d'aujourd'hui ne s'en laissent pas conter ! », je réalise que j'ai déjà l'esprit tourné vers Port-la-Nouvelle. Vers la mer, vers le vent, qui semble parfois ne jamais s'arrêter pendant des jours, vers les immenses cargos qui entrent et sortent du port, vers le phare rouge et blanc, au bout de la jetée, et vers la famille et les amis de toujours qui m'attendent.

2.

Vous emboutissez la voiture d'un beau gosse…

♥ Vous vous excusez, dégainez un constat et dans la foulée, pour vous faire pardonner (et plus si affinités), vous l'invitez à dîner.

♣ Vous perdez vos moyens, bafouillez, vous excusez et parlez pour ne rien dire entre deux toussotements dus à la fumée suspecte qui se dégage du pot d'échappement de sa voiture, tout en admirant sa formidable musculature.

▲ Vous filez sans vous arrêter. Hors de question de récolter un malus, quitte à être poursuivie pour délit de fuite.

Pare-chocs contre pare-chocs

Port-la-Nouvelle. Enfin ! Au fil du trajet, je me suis peu à peu détachée de la Grande Catastrophe de l'Enfonçage de Stylo d'hier. Premièrement, Émilie m'a textotée pour m'informer que Djonanate a survécu et qu'il n'aura aucune séquelle, ce qui m'a grandement soulagée. Il est certes remonté comme un coucou (les premiers mots qu'il a prononcés quand elle l'a eu au téléphone ont été : « je vais anéantir Gina »), mais il est en pleine forme. C'est l'essentiel. Deuxièmement, j'ai passé un très long coup de fil à ma tante Max, ma confidente préférée, pour tout lui raconter en détail. Duarte, l'un de mes cousins, était avec elle. Évidemment, elle a mis le haut-parleur. Évidemment, Duarte a loué mon esprit combatif et l'originalité de mon attaque. Selon lui, Djonatane l'a mérité. D'ailleurs, il l'a copieusement insulté, et je peux vous certifier que dans ce domaine, son répertoire portugais est bien plus fourni que le mien. Max a essayé de le sermonner en se lançant dans un discours sur le bien-vivre ensemble et la maîtrise de soi, mais étant donné qu'elle gloussait dès qu'elle prononçait les mots « stylo » et « tympan », elle n'était pas du tout crédible. Quand nous avons épuisé le sujet, nous nous sommes concentrés sur Noël, et j'ai enfin ressenti la magie de cette période que j'adore, magie que j'avais mise de côté tellement j'étais prise par le boulot. Bien sûr, il a surtout été question du repas de la *consoada*[1]. Comme chaque année, Max a fait des propositions : « S'il vous plaît, laissez-moi suivre une recette qui sort de l'ordinaire pour la *bacalhau*[2] ! Allez, je pourrais au moins faire un dessert original sur les treize servis traditionnellement ! Et pourquoi ne pas mettre un Père Noël lumineux dans le salon ? » Comme chaque année, nous avons vigoureusement protesté. Nous sommes portugais et on ne touche pas aux coutumes. Les plats seront les mêmes qu'à chaque fois ; le clou de la décoration sera la crèche géante que nous connaissons depuis toujours ; et la présence de ce gros bonhomme rouge qui semble abuser du foie gras ne sera pas tolérée dans notre maison. Chez nous, c'est le petit Jésus qui dépose les cadeaux. Un point c'est tout. Max a tenté d'argumenter, puis elle a soupiré et capitulé.

Le sourire aux lèvres, je traverse le rond-point qui marque l'entrée de Port-la-Nouvelle et au centre duquel on a installé mes décorations de Noël préférées, en forme d'algues et de coquillages. Même si elles sont éteintes – il n'est que 16 heures –, je ralentis pour les admirer. J'ouvre la vitre pour sentir l'air de la mer, et une bourrasque glaciale pénètre dans ma voiture, me faisant frissonner sans pour autant amoindrir mon plaisir. J'actionne mon clignotant tout en jetant un œil à droite, en direction de l'île Sainte-Lucie : j'ai hâte d'y retourner ! Avec Hugo, mon meilleur ami, on connaît par cœur ce coin préservé

1. « Réveillon de Noël ».

2. « Morue ».

où, au fil des années, nous avons bu des litres de Coca (ou plus tard, de rosé) en échangeant nos secrets. Me voilà désormais sur le pont Bleu, dont les rambardes sont rehaussées de bouquets de houx, qui permet d'accéder à la route bordant le canal sur lequel se croisent d'énormes cargos, accompagnés de leurs remorqueurs. Hugo dirige-t-il l'un d'eux ? En tant que capitaine, il alterne les missions : soit il demeure au port et aide aux manœuvres des gros bateaux, soit il conduit ces derniers à destination. Je sais qu'il reste à Port-la-Nouvelle pour les fêtes ; je devais revenir demain et le voir dans la foulée mais peut-être pourrons-nous nous retrouver ce soir ? Je lui enverrai un message. Je plisse les yeux pour tenter de le repérer sur l'un des cargos quand soudain... BOUM ! C'est le choc. Je suis projetée en avant et manque de dégobiller le paquet de Croco Dragibus (format familial, tant qu'à faire) et le Twix Plaisir cacahuète-chocolat blanc format double que j'ai ingurgités pendant le trajet.

Un peu sonnée, je relève la tête et aperçois la voiture dans laquelle je viens de rentrer : un 4×4 Suzuki Vitara bleu et blanc qui était arrêté au stop que l'on est censé scrupuleusement respecter avant de s'engager sur l'avenue de la Mer. *Merda ! Foda-se*[1] *!* Je suis une catastrophe ambulante... Tout se bouscule dans mon esprit – pour la deuxième fois en deux jours –, alors que je détache ma ceinture de sécurité. Et si on y était, cette fois ? Si j'étais devenue une meurtrière pour de bon ? Si la victime n'avait pas mis sa ceinture et qu'elle avait subi un choc

1. « Putain de merde ! »

fatal, genre coup du lapin ? Un instant, je songe au délit de fuite avant de me ressaisir.

1) Il y a des caméras en ville.

2) C'est immoral.

J'ouvre ma portière, les larmes aux yeux, pile en même temps que le conducteur, qui s'extrait lentement du véhicule. *Meu Deus !* Il est VIVANT ! Le fantôme de la combi de bagnarde s'éloigne, et je soupire de soulagement, tout en observant la scène. D'abord, j'aperçois une jambe très musclée, recouverte d'un pantalon de survêt Nike gris chiné, qui jaillit de l'habitacle. Puis un bras : biceps ronds et puissants, main épaisse. Je reconnais. Évidemment que je reconnais… Je reconnais Marius, même s'il a changé de voiture, même si je ne vois qu'un bout de lui. Enfin, il sort du véhicule. Comment fait-il pour passer l'hiver sans manteau et sans écharpe ? Mon regard s'attarde sur ses épaules larges et embrasse sa silhouette immense. Et voilà son visage, qu'il frotte de sa paume gauche, et que je ne peux que deviner, puisqu'il est de trois quarts… Deviner ? Facile. Menton carré ; barbe de trois jours – que dis-je ? de quinze jours ; cheveux épais en bataille ; nez fort, très légèrement déformé en son centre depuis qu'il a été cassé lors d'un des innombrables matchs de rugby qu'il a disputés, en tant que demi de mêlée ; oreille droite abîmée par les coups encaissés sur le terrain. Bouche généreuse et bien dessinée ; sourcils épais, broussailleux, noirs qui donnent une intensité folle à son regard et qu'il fronce souvent quand il est concentré. Iris verts dans lesquels se niche une lueur moqueuse.

— Vous ne m'avez pas raté, vous ! Vous n'avez pas vu

le panneau de..., commence-t-il avant de pivoter dans ma direction, agacé.

Quand il me reconnaît à son tour, il s'interrompt aussitôt.

Première pensée : *Oh oui ! Ce qu'il est beau !*

Deuxième pensée : *Non, il ne me fait aucun effet. J'ai tiré un trait.*

Immédiatement suivie d'une troisième pensée : *Oh non ! Esta em palpos de aranha*[1] *!* Il a l'œil tuméfié. Est-ce par ma faute ?

— Gina ! s'exclame-t-il d'une voix grave à l'accent du sud. Ça faisait un moment...

Oui, cet été, quand tu m'as brisé le cœur. Comme s'il avait oublié ! *Ele me irrita*[2] *!* Je serre les poings mais décide de garder mon calme. De l'ignorer, tout comme il m'a ignorée, ce fameux 31 août à 17 heures. Il s'agit juste de régler cette fâcheuse situation. Pas plus. Mes mains doivent arrêter de trembler et mon cœur cesser de jouer à saute-mouton dans ma poitrine.

— Je suis vraiment désolée, Marius..., dis-je d'une voix que j'espère ferme. J'étais distraite. Je m'excuse... Je t'ai blessé ?

Il esquisse un sourire généreux, qui dévoile ses dents bien alignées avant de demander, en pointant du doigt son œil :

— Tu parles de ça ?

— Oui, soufflé-je avec embarras.

S'ensuit un silence durant lequel il me dévisage consciencieusement. Palpitations de mon cœur. Il a toujours eu

1. « Je suis dans de beaux draps ! »

2. « Il m'énerve ! »

cette fiche habitude de fixer les gens de cette manière. Sa mère ne lui a pas appris que c'était malpoli ? C'est vrai, quoi ! On finit toujours par se demander si on a une crotte de nez qui dépasse de la narine ou un point noir non éliminé sur le nez. Embarrassée, je plonge la main dans mes cheveux sauf qu'au lieu de voguer sur mes boucles à la L'Oréal-parce-ce-que-je-le-vaux-bien, elle cogne durement mon front. Mauvais calcul. La bouche de Marius frémit. Il se retient de rire et j'ai envie de disparaître. Mais comme je ne suis pas dotée de ce super pouvoir, j'utilise les moyens du bord. Alors je parle, je parle, je parle, sans pouvoir m'arrêter :

— J'espère que tu ne vas pas porter plainte. Non, parce que ça ferait redite. Je vais finir par être fichée dans le dossier des *serial killers*. Non pas qu'il soit mort. Et d'ailleurs toi non plus ! Et puis, ce n'est pas du tout le même mode opératoire. Mais bien sûr, ce n'était pas prémédité. Je ne savais même pas que c'était toi. Enfin là, maintenant, je sais que c'est toi mais avant non. Parce que je ne t'avais pas vu. Alors que tu es visible hein, vraiment. Enfin, pas transparent, quoi ! Bref, j'aimerais... Je raconte n'importe quoi. Bref, j'aimerais qu'on puisse régler ça à l'amiable. Non, parce que des coquards, tu en as eu dans ta carrière. Pas que je les aie comptés, hein ! Mais...

Mais qu'est-ce que je raconte, *porra*[1] ! C'est comme si ma bouche avait déclaré son indépendance – en mode révolution – et qu'elle avait décidé comme une grande de s'exprimer sans mon consentement. CHUT, à la fin !

1. « Bordel ! »

— Bref…, tenté-je de conclure. Je suis désolée pour ton œil. Je propose de te dédommager.

Pensée émue pauvre pour mon compte en banque et correctif :

— Enfin, quand je dis dédommager, je ne parle pas d'une somme colossale, parce que…

— Tu sais que tu parles beaucoup, Gina ?

Merci d'énoncer des évidences : j'avais REMARQUÉ… Comme j'aimerais posséder une ceinture de chasteté verbale ! Dès que je croiserais Marius, hop, je bouclerais tout ça à trois tours et je me la FERMERAIS.

C'est un fait : Marius Cazalet me rend nerveuse. Est-ce parce qu'il est fabuleusement beau ? Non. Je suis sortie avec des mecs canons et ils ne me faisaient pas plus d'effet qu'une salade de concombres à la crème. Parce qu'il est sûr de lui ? Très honnêtement, en temps normal, j'ai confiance en moi également. Je me trouve plutôt futée, et mon visage assez classique – yeux noirs, nez un peu épaté et bouche pulpeuse – tout comme ma silhouette – basique : un mètre soixante, assez mince option bourrelets localisés au niveau du ventre et des hanches – me vont très bien. Ma tante a pris soin que mon esprit s'entende bien avec mon corps et elle a réussi sa mission.

Non, je sais très bien pourquoi Marius Cazalet me rend nerveuse… Il me rend nerveuse parce que dès que je le vois, mon cœur, mon esprit et mon corps ne m'appartiennent plus : tout s'emmêle, tout bat trop fort, tout devient si grisant et gênant… Tout est lié à nos instants volés ; à ces baisers que nous avons échangés, qui m'ont fait tourner la tête à cinq reprises et qui sont restés les plus délicieux de toute ma vie, à ces moments volés où nous n'avons fait qu'un, où nous avons formé un couple...

La première fois, nous étions en CM2. Sans crier gare, ce souvenir lumineux me revient à l'esprit avec une netteté déconcertante.

Le baiser au goût de mer

C'était en fin d'année, lors de la traditionnelle excursion des CM. Il faisait beau, très chaud. Après une longue balade depuis l'école jusqu'à la plage du Rouet, une balle au prisonnier et un pique-nique, la maîtresse nous avait demandé de nous regrouper par deux pour ramasser des coquillages. Nous devions les décrire avec précision sur la fiche prévue à cet effet « pour travailler notre sens du développement, de l'observation et du style ». Justine et moi étions dans les starting-blocks pour donner le meilleur de nous-mêmes : être les plus fortes de la classe, c'était notre spécialité à nous. Premières à récupérer la feuille, premières à courir vers la mer pour s'y coller. J'étais en plein ramassage d'un coquillage « dont les couleurs irisées reflétaient le soleil » (c'est ce que je comptais mettre dans mon observation pour m'assurer d'un 10/10) quand la maîtresse s'est pointée avec Marius, tout sourire, sur ses talons.

— Les filles, je vais devoir vous séparer. Marius fera le travail avec toi, Gina. Justine, tu iras avec Ismaël. Je suis désolée, mais ces deux-là sont absolument intenables. Au moins, je sais qu'avec vous ils s'investiront un minimum...

J'ai jeté un regard noir à Marius qui riait franchement.

Lorsque nous nous sommes retrouvés tous les deux, je me suis remise à la tâche sans lui prêter attention. Ce garçon m'avait toujours énervée ; il passait son temps à taper dans un ballon et à bavarder en classe. Et le pire dans tout ça, c'est qu'il avait des bonnes notes. Parfois MEILLEURES que les miennes. Ça me rendait folle, moi qui planchais des heures sur mes devoirs et qui étais plus que concentrée à l'école.

— Tes lunettes glissent sur ton nez quand tu te penches, a-t-il remarqué.

Je me suis redressée et les ai repoussées un peu trop violemment. Ça m'a fait mal. J'ai grimacé.

— Merci pour ton aide, ai-je marmonné.

— Je veux bien faire le travail avec toi. Même que ça me ferait plaisir !

Je me suis figée et j'ai ressenti une drôle de sensation le long de mes bras, comme des frissons ; et dans mon cœur, quelque chose de doux a palpité. À la fois mal à l'aise et excitée, je me suis lancée dans un long monologue sur le peu de variété de coquillages peuplant notre littoral, alors que tant de belles choses existaient, si j'en croyais le reportage que j'avais lu dans *Geo* au sujet des pays tropicaux.

— Tu parles vraiment beaucoup, toi, en fait ! m'a-t-il interrompue.

Je n'ai rien trouvé à dire. Puis il m'a prise par la main et entraînée vers le grand ponton qui précède la station de pompage des salins – structure en bois sur pilotis qui s'avance dans la mer –, sous laquelle on s'est arrêtés. Il a haussé la voix à cause du ronron des moteurs :

— Tu en veux des coquillages variés, tu vas être servie !

Regarde, ils sont tous là ! a-t-il dit en pointant du doigt le bout de la structure.

— La maîtresse nous a interdit d'aller dans l'eau !

— La maîtresse ne sait pas que je nage comme un pro et elle ne verra rien. Elle est trop loin.

J'ai ouvert la bouche, mais...

— On pourrait avoir 20 !

Ça a suffi à me faire taire. Ensuite, il a enlevé ses vêtements – TOUS ses vêtements. Fascinée et horrifiée, j'ai couiné comme une souris. Il a tourné la tête vers moi et a éclaté de rire.

— Quoi ? Tu n'as jamais vu la lune ? s'est-il exclamé en se donnant une bonne tape sur les fesses.

Puis, il a foncé dans l'eau. Il a nagé rapidement jusqu'aux planches de bois les plus lointaines pendant que je le regardais faire, hypnotisée par son sens de la liberté.

— Tu ne veux pas venir ? a-t-il crié alors que son visage émergeait des flots.

J'ai secoué la tête comme une folle en serrant mon cahier sur ma poitrine. Quand il est sorti, je me suis pudiquement retournée pour qu'il se rhabille et ensuite, nous nous sommes assis sous le ponton pour observer son trésor. Il y avait de tout, bien plus que ce qu'on pouvait trouver sur le bord de plage.

— Tu veux que je fasse les descriptions ? ai-je demandé.

Il a pointé du doigt l'une de ses trouvailles.

— Le pétoncle est fin, avec une arête délicate et possède une teinte lilas, un peu nacrée. Il est de forme moyenne. Tu vois ? Je sais faire aussi. On peut se partager le travail.

J'ai baissé la tête et épousseté le sable sur mes mollets.

— Tes lunettes tombent encore, a-t-il murmuré. Montre sans !

Il les a ôtées de mon nez et tout est devenu flou.

— J'aime bien sans et j'aime bien avec, a-t-il commenté.

J'ai souri. Sans crier gare, il s'est approché de moi et a posé ses lèvres sur les miennes. Elles ont atterri là, de manière un peu appuyée, mais pas trop. J'ai retenu mon souffle, je n'ai pas bougé. J'ai senti le goût du sel, quelques grains de sable et l'odeur de sa peau. Mes épaules se sont relâchées. On a dû rester au moins trois minutes comme ça, parfaitement immobiles, comme des statues, bouche fermée contre bouche fermée… J'ai oublié les coquillages, la fiche à remplir et la promesse du 20/20, absorbée par ce contact étrange, agréable et humide, capable de tout faire vaciller… jusqu'à ce que la voix indignée de la maîtresse résonne :

— Ah vous êtes là ! Je vous ai cherchés partout ! Occupés à vous embrasser, en plus ! C'est du joli ! Marius, tu files du mauvais coton ! Du très mauvais coton. Je vais convoquer tes parents. Quant à toi, Gina ! Que t'arrive-t-il enfin ?

Elle nous a ordonné de nous relever. J'ai arrangé ma tenue, remis mes lunettes et j'ai replongé dans la réalité : le ronron provenant du ponton, le mécontentement de la maîtresse, la chaleur. Nous l'avons suivie sans nous regarder, en direction du reste de la classe. Juste avant de rejoindre nos camarades, Marius a attrapé ma main et l'a serrée brièvement, puis il a retrouvé Ismaël, et moi Justine. Ce baiser n'a plus jamais été évoqué. Il a été oublié, déposé dans les vagues, sous le sable, au cœur des coquillages. Pendant près de quinze années, il a été jalousement conservé par le ponton de bois, et par mon cœur.

— Ne t'inquiète pas Gina, il n'y a pas mort d'homme !

Je me force à chasser le souvenir de la plage du Rouet et me concentre sur l'instant présent : peut-être que cet accrochage pourrait être rangé au rayon « oubli », comme ce baiser ? Je propose toutefois :

— Tu veux qu'on fasse un constat ?

Marius marche jusqu'à nos pare-chocs. Il se penche et observe les éventuels dégâts, mais secoue la tête en se redressant.

— Pas besoin. Il n'y a rien, annonce-t-il en enfonçant les mains dans ses poches.

— Et pour ça ? dis-je en pointant du doigt son œil.

— Oh ça ! Rien à voir avec toi ! Une petite bagarre de rien du tout sur le terrain !

— Tu joues toujours au rugby ?

— De temps en temps, répond-il en haussant les épaules.

— Malgré ta blessure ?

— C'est Hugo qui te donne de mes nouvelles ?

— Pas du tout, bafouillé-je. Je n'en demande jamais. Pourquoi je le ferais ? J'ai d'autres choses à faire. Mon boulot est prenant : je dois écrire, rendre mes articles à temps, corriger. Non, vraiment, je n'ai pas l'occasion de…

Il éclate d'un rire grave avant de déclarer :

— Tu recommences.

— Quoi ?

— À trop parler. Et sache que moi, je lui demande de tes nouvelles.

Il est gonflé. Comment ose-t-il, alors que c'est lui qui s'est détourné de moi ? L'amertume de cette fin d'été dernier, la colère des non-dits et l'immense vide refont surface, alors qu'il précise :

— De toi. À Hugo.

Il plonge son regard dans le mien de manière si intense que ma respiration s'accélère. Je suis gênée. Alerte envie-de-parler-pour-parler ! Ma langue rebelle frétille dans ma bouche mais je me mords les joues. Je DOIS arrêter les monologues sans queue ni tête !

— Bon, on a fini ? dis-je un peu brusquement.

— Bien sûr. J'espère qu'on se reverra pendant les fêtes, Hugo m'a dit que tu restais une semaine.

À ces mots, il fait volte-face et ouvre la portière avant de son véhicule. Puis, il se retourne de nouveau. Les sourcils froncés, il me demande :

— Au fait… Tu ne portes plus tes lunettes ?

— Non, je mets des lentilles depuis deux mois.

— Ah !

Et sur ce « Ah ! » mystérieux, il plie son corps immense pour entrer dans sa voiture, claque la portière et démarre, me laissant là, les bras ballants, le cœur en vrac, à la fois glacée et brûlante.

3.

Le mensonge, chez vous, c'est :

♠ Pathologique : vous aimez raconter de fabuleux exploits que vous êtes censée avoir accomplis (trek de 220 kilomètres dans le désert de Ouagadougou ; sauvetage de douze chiens en détresse d'une maison en feu ; maîtrise parfaite de l'anglais, du chinois, du japonais et de l'espagnol).

♥ Occasionnel quand nécessaire : par exemple, lorsque votre ex à qui tout réussit (c'est tellement agaçant !) vous demande de vos nouvelles d'un air condescendant. (Qui, dans ce cas, n'assurerait pas nager dans le bonheur même si ses Saturday night fever se résument à Netflix-McDo-dodo ?)

♣ Un terrain inconnu : le mensonge, ça fait des dégâts au karma, ça finit toujours par être découvert et c'est mal. Mal, mal, mal. Il faut s'assumer, même si on se trouve aussi pathétique qu'une vieille chaussette esseulée, décolorée et trouée.

Une arrivée fracassante

Récemment, j'ai créé un test pour mes lectrices : *Quels sont les effets de votre* crush *sur vous ?* Selon les réponses, on se rangeait dans trois catégories :

1) Totale maîtrise de soi : *big up*, espèce de glaçon !

2) Perturbée mais gérant admirablement ses émotions : quelle perfection !

3) Gaffe, bafouillements et perte de moyen : ressaisis-toi, ce n'est qu'un mec !

Clairement, j'appartiens au dernier groupe. C'est pathétique, c'est lamentable : j'en ai conscience. Je me dois donc d'enterrer cette triste réalité sous trois tonnes de déni. Quoi qu'en disent les psys, le déni, c'est chouette, c'est salvateur. Oui, tout à fait. J'inspire donc longuement et en avant pour la méthode Coué : je ne suis PAS perturbée. Pas le moins du monde. Du tout, du tout. Je suis *peut-être* un *poil* chamboulée, mais rien de bien sérieux. Cet accrochage ridicule (il fallait que ce soit lui), la mention de mon non-port de lunettes (j'en déduis qu'il m'observe), le souvenir de l'été dernier et notre premier baiser n'ont aucune emprise sur moi. AUCUNE ! Je n'ai pas du tout envie de me rappeler nos baisers suivants dans le moindre détail.

Enfin, si…

Un peu.

Non ! Non, Gina ! Résiste !

Après tout, peut-être que si Marius me fait tant d'effet, c'est seulement parce que je suis *frustrée*. Ça me fait mal, mais je suis contrainte de donner raison à ce *burro*[1] de Djonatane. Mon petit cœur palpitant, nourri au triple visionnage de *Dawson*, des *Frères Scott* et de *La Chronique des Bridgerton*, prêt à vivre le grand amour, la passion dévorante, la flamme sacrée…, ne connaît pourtant que la sécheresse. Ma vie sentimentale est un frigo vide ; ma vie sexuelle, une plaine morne et désertique. Si encore je passais quelques nuits torrides en agréable compagnie ! Même pas ! J'ai essayé Meetic, Tinder et compagnie, ça ne marche JA-MAIS et ça ne m'enthousiasme plus de discuter avec de parfaits inconnus qui me déçoivent systématiquement quand j'accepte de les rencontrer.

La dernière fois que j'ai couché avec un mec ? Il y a huit mois. HUIT mois. HUIT MOIS. Ma copine Émilie a même fini par m'offrir Gaston, un vibromasseur violet à paillettes. Huit mois, donc, de paillettes depuis Antoine.

Antoine était gentil, doux et prévenant. Sérieux, fiable et analyste de métier. Il pliait toujours ses vêtements avant de faire l'amour. J'aurais tellement voulu avoir un coup de cœur pour lui, mais cette aventure d'une quinzaine de jours s'est mal finie lorsqu'en pleine action, je me suis écriée : « Culotte menstruelle ! » Ça l'a coupé net dans son élan. Il s'est redressé et m'a dévisagée, visiblement vexé. J'ai dû lui expliquer que pendant nos ébats (qui étaient agréables :

1. « Imbécile ».

j'ai insisté sur ce point), je pensais parfois à autre chose. « Et là, tu pensais à... des protections hygiéniques ? » m'a-t-il demandé d'un ton atterré. J'ai acquiescé : il se trouvait que je songeais à mon prochain dossier psycho sur les règles. Il s'est levé, le sexe en berne, s'est habillé sans un mot et, avant de partir pour toujours, m'a dit : « Gina, je crois que tu as un sérieux problème relationnel et je ne dis pas ça parce que je n'arrive pas à te faire jouir et que tu penses au boulot au lieu de gémir de plaisir... Après tout, je ne suis pas une bête de sexe. Mais tu es étrange. Froide comme un glaçon. J'ai l'impression que tu ne tomberas jamais amoureuse, et ça me fait de la peine pour toi. » J'ai passé le reste de la nuit et du mois suivant à me demander s'il avait raison.

Ma conclusion ? Effectivement, je ne sais pas si, un jour, je serai à nouveau amoureuse. Parce que je le suis de Marius ?

Non. NON ! Absolument pas. J'ai tiré un trait. Oui, je suis perturbée par lui, mais pas plus qu'une autre ! Marius est un bourreau des cœurs. Au collège, il avait du succès. Au lycée, c'était LE beau gosse dont toutes mes copines rêvaient. Quand il a commencé à jouer à Perpignan, non seulement le public l'adorait, mais les femmes se jetaient sur lui. Après sa blessure aux genoux, qui a mis fin précocement à sa carrière, la ferveur populaire aurait dû cesser... Mais NON ! Marius a eu l'idée d'ouvrir un restaurant en plein cœur des Halles de Port-la-Nouvelle : L'Essai. On s'y bouscule. C'est l'attraction locale. Les hommes s'y régalent, trinquent et rient. Les femmes s'y régalent, trinquent et papillonnent autour de la star locale. Oui, je suis bien informée. Je l'avoue : Hugo me donnait régulièrement des nouvelles, jusqu'à ce que je lui demande d'arrêter, en septembre dernier. Après l'été du cinquième baiser…

— Passe à autre chose, marmonné-je en m'engageant dans la rue où vit ma tante.

Des guirlandes multicolores grimpent sur les lampadaires qui bordent la route et, sur le pas de chaque demeure, les agents de la ville ont placé un petit sapin touffu en haut duquel brille une étoile dorée. Comme d'habitude, les habitants du coin ont rivalisé d'imagination pour décorer leur jardin : au 4, une famille de cerfs géants clignotants trône sur la terrasse. Les Moretti n'ont pas lésiné sur les guirlandes : la nuit, ça doit éblouir un maximum. Chez les Dupinot, la façade regorge de figurines de lutins, les bras chargés de cadeaux. Même Laurent, notre voisin installé ici depuis un an, s'est prêté au jeu : un imposant Père Noël lumineux apparaît sur son toit, prêt à plonger dans la cheminée. Chez nous, c'est plus sobre : il n'y a qu'une épaisse guirlande bleue entourant l'immense pin au milieu de notre cour puisque, selon nos coutumes, Noël se célèbre sans ostentation.

Chez nous… Ma maison, puisque c'est ma tante Maxima qui m'a recueillie après la mort de mes parents et m'a élevée comme sa propre fille. J'ai grandi aux côtés de mes cousins, qui sont devenus des frères, taquinée, encouragée et choyée.

Notre portail est grand ouvert, et je prends une minute pour contempler le gravier blanc, les buissons soigneusement taillés et la fontaine tout à droite, placée au cœur d'un parterre de thym et de romarin ; puis, la façade rose de notre maison à deux étages, la véranda chaleureuse où l'on peut s'installer, même en plein hiver, dans les grands fauteuils disposés çà et là, et les azulejos – ces petits carreaux qui ornent les habitats portugais traditionnels – que ma tante a fait placer autour des fenêtres et de la porte d'entrée.

Lorsque enfin je sors de la voiture, le vent du nord me décoiffe et me glace, mais mon inconfort passe au second plan quand j'entends la voix de Max.

— Mais Laurent ! Je te promets que je l'ai à l'œil, pourtant !

J'attrape rapidement mon manteau, l'enfile, verrouille ma voiture et franchis le portail. Je dépasse la fontaine et emprunte le minuscule chemin menant au bout de notre propriété. Maxima se trouve devant la haie qui sépare notre jardin de celui de Laurent. Toute petite, perdue dans un large pull rose, les poings sur les hanches et sa tresse épaisse à moitié dénouée, elle semble plongée dans un échange des plus vifs avec Laurent, cinquantenaire fringant, qui passe une main nerveuse dans ses cheveux poivre et sel.

— Si seulement tu acceptais d'envisager l'installation d'un mur ! répond-il, visiblement agacé.

— Il ne l'a fait que quelques fois ! proteste Maxima.

— Tu plaisantes ? Ton chien fait des crottes géantes dans mon jardin. Régulièrement ! Je t'en ai montré une pour preuve.

— C'est incompréhensible ! Tu le dis toi-même : les… excréments sont… imposants. Tu es bien certain que c'est Livio ? Parce qu'un épagneul breton, chiot qui plus est, est incapable d'une production d'une telle envergure !

— Qui pourrait faire caca dans mon jardin à part lui ?

— Quelqu'un qui t'en veut ? suggère ma tante d'un ton plein d'espoir.

— Écoute, Maxima, viens boire un café. On s'y met une petite heure, on choisit un artisan et…

— Non ! réplique Max qui hausse la voix. Je demande d'abord qu'on enquête sur ces fameuses crottes !

Me retenant de rire, je m'avance vers eux. Laurent, qui est face à moi, m'aperçoit en premier et me sourit aimablement.

— Oh ! bonjour Gina, tu vas bien ? Tu es revenue pour les fêtes ?

— Salut Laurent ! Oui, très bien merci, et toi ?

Sa réponse est étouffée par le cri de joie de Maxima, qui fait volte-face et me fonce dessus pour me serrer dans ses bras avec une force surprenante pour un si petit gabarit.

— *Minhiha, estou tao feliz por te ver*[1] *! Queridinha*[2] *! Minha linda*[3] *!* De retour à la maison ! J'ai toujours dit que Nice était le bout du monde ! Je ne comprends pas trop pourquoi tu n'as pas pensé à télétravailler avant, d'ailleurs ! J'ai presque fini de préparer ta chambre ! Mais…

— Alors ce café ? l'interrompt Laurent.

Ma tante me lâche soudain, se tourne vers lui et brandit l'index dans sa direction.

— Ouh ! Tu me pompes l'air avec ton…

OK, OK, pitié que cette affaire de mur et de crottes ne se termine pas en pugilat ! Il y a un sécateur juste là – Max devait jardiner avant ce débat de grande envergure –, et il

1. « Je suis si contente de te voir ! »

2. « Ma chérie ! »

3. « Ma belle ! »

est hors de question que les fêtes de Noël se transforment en un massacre à la tronçonneuse. Je décide d'intervenir avec une expression que j'espère mature et convaincante :

— Ce mur semble une idée très intéressante, Laurent, et je te jure que je vais inciter Max à y réfléchir pour de bon !

Notre voisin joint les mains en signe de gratitude, alors que Max me foudroie du regard avant d'objecter :

— En tant que fleuriste, le béton heurte ma sensibilité ! Une haie est esthétique ; un mur, froid et affreux !

— Merci Gina ! Enfin une femme sensée dans cette famille ! lâche Laurent en m'adressant un clin d'œil, avant de faire volte-face et de s'éloigner.

— Je suis sensée. Plus sensée que toi, en tout cas ! crie Max à son attention.

La réplique n'a aucun effet sur Laurent, qui hausse ostensiblement les épaules, avant de disparaître chez lui.

— *Tia*, il n'a pas tort ! Si Livio s'amuse à faire ses besoins chez lui… Et puis, cette haie est trop petite ! On a une vue directe sur notre voisin et inversement… Pas génial, non ?

— On parlera de ça plus tard, si tu veux bien ! élude ma tante en m'entraînant vers la maison. Les garçons sont là, ils t'attendent !

J'accélère le pas pour rejoindre mes cousins.

À peine ai-je ouvert la porte qu'on me saisit et me soulève. C'est Sandro, bien sûr ! Trente ans, un mètre quatre-vingt-dix, mains immenses, barbu, cheveux longs attachés sur le sommet de son crâne, cuisinier à la cantine de Port-la-Nouvelle. Il me fait virevolter et c'est à peine si j'aperçois les autres, qui rient et me saluent, à peine si je sens les griffes de Livio qui me labourent les jambes. Je suis chez moi. Heureuse !

— L'enfant prodigue est revenue ! tonne Sandro.

— Oh ! laisse-la-nous un peu ! proteste Jao en tirant sur mon bras pour me déséquilibrer et me rattraper au vol.

Sandro et Jao ont le même père, Fabrice. Ce dernier mastiquait incroyablement en mangeant et ronflait comme un tracteur (tracteur ayant subi une séance de tuning à la *Fast and Furious*, option moteur hurlant et crissement de pneus strident : je l'atteste, je l'entendais depuis ma chambre tout au bout du couloir) : ces désagréments ont engendré des disputes provoquées par le manque de sommeil… La séparation entre ma tante et lui était inéluctable (cela dit, ils entretiennent aujourd'hui des relations très apaisées).

— Enfin un peu de féminité dans ce monde de brute ! commente-t-il en me frottant le crâne de son poing. Tu es de plus en plus jolie, Gina !

Je grimace et me dérobe, avant d'être enlacée par Tomas, bientôt poussé et remplacé par Duarte, son jumeau. André, leur père, était gentil… Vraiment trop gentil… Maxima et lui ont rompu d'un commun accord quand ils ont réalisé qu'ils se tapaient dans le dos comme de bons vieux copains au lieu de s'embrasser langoureusement, et que l'idée de faire l'amour leur paraissait désormais si incongrue qu'ils en éclataient de rire.

— On boit un petit *ginjinha*, pour fêter ton arrivée ? propose Max en prenant ma main.

— J'y compte bien ! Mais je veux voir la crèche, d'abord !

— Ça tombe bien, elle est dans le salon. Vous n'avez pas envie qu'on s'y installe ? demande Max avec enthousiasme.

— NON ! répondons-nous en chœur.

Des années qu'elle tente de nous réunir dans cette pièce spacieuse et lumineuse et de nous installer dans ses grands canapés moelleux et confortables. Des années que nous préférons la cuisine, large, si jolie, avec ses carreaux noirs et blancs au sol et ses meubles en bois brut et clair. J'ouvre la porte et contemple le sapin, tout de blanc décoré, ainsi que l'immense crèche, posée sur la table en pin. Je constate avec ravissement que tout y est : l'étable et son toit de chaume, l'herbe fraîche, que Max ramasse et change tous les jours, le petit cours d'eau. Il y a Marie, Joseph, l'âne, le bœuf... Tous les personnages excepté les Rois mages que Max ajoutera à l'Épiphanie. Quel santon a-t-elle acheté cette année ? Ah ! le poney, juste ici, à gauche...

— Tu viens ? lance Jao en prenant mon bras avec douceur.

— J'arrive, soufflé-je avec bonheur.

Ça y est, je suis à la maison.

— Alors ? Ce *cara de cú*[1] de Djonatane n'est pas mort ? Dommage ! s'emporte Sandro une fois que nous sommes tous attablés.

— Tu veux qu'on aille lui casser la gueule ? propose Jao en faisant craquer les articulations de ses mains.

Jao n'a rien à envier à son frère. Légèrement plus petit, il est tout aussi trapu. Ses cheveux châtain foncé, coupés court, lui donnent un air militaire, adouci par les mêmes yeux noisette, en amande, que ceux de Sandro.

1. « Trou du cul ».

— Je voudrais bien, mais...

— Tu restes pour toujours alors ? l'interrompt Tomas en souriant. Tu vas vivre ici ?

— Un bon moment, c'est sûr. Définitivement, je ne sais pas. Quand je...

— Ça fera du bien à cette pauvre *mamã*, qui se morfond depuis qu'on a tous quitté la maison ! s'écrie Jao en se levant brusquement pour déposer un baiser sonore sur la joue de Max, occupée à préparer nos boissons.

— Arrête, je vais tout renverser ! s'exclame-t-elle en riant. Vous voulez des *pasteis* ?

— Un peu, qu'on en veut ! répond Jao en se levant pour attraper une pâtisserie.

Quand il se rassied, Tomas prend la parole :

— Enfin, quitté, quitté... Il y en a qui reviennent manger chaque midi, n'est-ce pas, Duarte ? lance-t-il d'un ton ironique et très légèrement condescendant.

— Et pourquoi pas ? réagit son frère, piqué à vif, qui rougit légèrement. Je bosse à côté. Je ne vais pas rentrer chez moi alors que *mamã* est contente d'avoir de la compagnie !

— Le chouchou à sa *mãe*[1] ! se moque Tomas. On croirait presque qu'il a voulu ce job au magasin de bricolage parce qu'il était à cinq cents mètres de la maison !

— Peut-être ! Et j'assume ! Je préfère bosser tranquillement à Bricomarché que faire cours à des collégiens boutonneux !

Je les écoute, souriante, ravie d'être replongée au cœur de leurs disputes et de leurs taquineries, enchantée d'être

1. « Mère ».

directement réintégrée, sans transition, à la vie familiale. Il faut dire que mes cousins n'ont pas besoin que je leur donne de mes nouvelles : chacun d'eux m'appelle une fois par semaine pour avoir le récit détaillé de mon quotidien niçois. Je les observe tandis qu'ils donnent tour à tour leur avis sur Duarte – le cadet de la fratrie, vingt-quatre ans –, effectivement toujours éperdument attaché à Maxima qui le lui rend bien. Sandro, qui ne paraît jamais à sa place quand il est assis à table tant il est grand et massif, s'esclaffe de bon cœur ; Jao – le gros mot facile, bourru et ombrageux –, pêcheur pour les marchés et les poissonneries du coin, me fait un clin d'œil ; Tomas, prof d'histoire-géo au collège de Port-la-Nouvelle, le plus sérieux de nous tous – parfois un peu moralisateur –, beau comme un dieu avec ses cheveux frisés et ses pupilles ébène, croise les bras et toise Duarte, qui est aussi doux que son frère est tranchant.

— Les collégiens ne sont pas tous boutonneux, s'enflamme Tomas. Ce n'est pas parce que toi, tu as fait une conso délirante de Biactol et d'Eau précieuse que les jeunes d'aujourd'hui…

— CHUT ! La PAIX ! intervient Max, qui dépose sur la table six verres de *ginjinha*, cette liqueur de cerise acide tout droit venue du Portugal, à laquelle elle a ajouté des fruits confits et une cuillère de sucre vanillé, ainsi qu'un plateau plein de *pasteis de nata*. Gina est de retour, et nous allons fêter ça dignement. Et vous tous, vous avez intérêt à vous conduire correctement et à éviter de vous disputer comme des gosses de six ans !

— Je dirais cinq, si je peux me permettre, *mamã* ! lui répond Jao avec un sourire irrésistible.

Alors que Max lève les yeux au ciel, chacun s'empare de son verre pour trinquer.

— *Saúde*[1] *!* nous exclamons-nous en chœur avant d'avaler une généreuse rasade d'alcool.

— Mmmh, c'est trop bon, soufflé-je avant de sursauter.

Max pousse un cri strident.

— Mince, la morue ! hurle-t-elle avant de bondir de sa chaise et d'ouvrir le frigo. J'ai oublié de changer l'eau ! C'est la faute du voisin, aussi, avec son histoire de mur !

— Tu veux qu'on aille lui dire notre façon de penser ? propose Jao, décidé à en découdre.

— Non merci, décline Max, qui sort un plat en terre cuite dans lequel elle fait dessaler la traditionnelle morue de Noël.

À l'aide de deux grandes spatules, elle soulève délicatement le poisson, dont j'aperçois la peau grise et brillante, et le dépose dans une large assiette en faïence bleu et blanc près de l'évier, puis elle vide le plat en terre cuite et le remplit de nouveau, avant d'y replonger la *bacalhau*.

— Ça me donne faim ! s'exclame Duarte, fasciné par les gestes de sa mère.

— J'en ai l'eau à la bouche, renchérit Tomas.

— Ce sera bien de la *bacalhau com todos*[2] hein, *mama* ? demande Sandro d'un air suspicieux.

— Oui ! soupire ma tante en levant les yeux au ciel. Je ne voudrais pas contrarier votre insupportable sens des traditions. Morue, chou-fleur, œufs durs, oignons et ail ! C'est d'un triste ! Vous êtes au courant que notre

1. « Santé ! »

2. Plat traditionnel de morue accompagnée de légumes bouillis et d'œufs durs.

fabuleuse gastronomie portugaise nous offre des possibilités infinies de cuisiner la morue ? *Com natas*, avec de la crème ! *À bràs !* C'est bon ça, en gratin ! Et pourquoi pas des *pataniscas*[1] ?

— NON ! protestons-nous en chœur.

— À Noël, au Portugal, on mange de la morue *com todos*, c'est la tradition, tranche Tomas de manière légèrement sentencieuse.

— Oui, *avo*[2] Conception ! se moque Duarte, à qui Tomas jette un regard noir. Quoi ? C'est vrai qu'on croirait entendre grand-mère, hein, les gars ?

— En parlant d'elle..., commence Max avec une grimace.

Concerts de protestations et de grognements. Ma tante lève les bras au ciel en signe d'impuissance.

— Vous savez bien qu'il faut lui passer un coup de fil, sinon, elle va me le reprocher. Et je vous signale que c'est *normal* d'appeler sa grand-mère quand on est réunis.

— Ce serait *normal* si elle était *normale* ! lance Jao en riant.

— La famille, c'est sacré, tranche Max pour faire cesser nos grognements. Et puis, elle n'est pas avec nous pour Noël. Elle mérite au moins un appel... La pauvre est trop âgée pour faire le déplacement depuis Lisbonne. C'est peut-être son dernier Noël...

— Tu parles ! Elle nous enterrera tous ! maugrée Sandro. La dernière fois que je l'ai appelée, elle était en kit mains libres parce qu'elle faisait de la marche athlétique avec sa

1. Galettes de morue.

2. « Grand-mère ».

copine Dorotea. Si ça, ce n'est pas une mamie en forme, je ne sais pas ce que c'est...

— J'ai l'impression qu'elle rajeunit, lance Jao.

— Ou qu'elle ne vieillit pas, ajouté-je.

— Un peu comme Satan, complète Sandro.

Œillade assassine de Max, qui fonce vers lui en faisant le signe de croix et lui administre une tape bien sentie sur le crâne.

— Vous croyez qu'elle sera de bonne humeur ? demande Duarte, inquiet, qui ronge l'ongle de son index avec frénésie.

— Oh ! Duarte ! Tu ne vas quand même pas trembler devant une dame de quatre-vingt-treize ans, si ? le reprend Tomas.

— Forcément, toi, tu es le *querido*[1] de cette sorcière !

— Parce que moi, je fais l'effort de l'appeler régulièrement ! se rengorge Tomas.

— Moi, j'essaye, mais je n'y arrive pas ! À chaque fois, elle critique mes cheveux, ça me mine, dis-je en tripotant les boucles épaisses et rebelles que Conception aimerait voir disciplinées dans un chignon austère. Et elle me harcèle pour que je prenne des cours de chant. Qu'est-ce que je connais au *fado*[2] ? Je préfère Ariana Grande ! Et s'il n'y avait que ça...

Je l'entends d'ici : « Forcément qu'aucun homme ne t'a passé la bague au doigt. Ces cheveux... C'est d'un négligé ! Montre un peu tes ongles, jeune fille ! Vas-tu à l'église ? Pourquoi n'as-tu toujours pas trouvé un gentil fiancé ? As-tu une tare cachée ? Tu me fends le cœur et

1. « Chouchou ».

2. Chant populaire portugais.

tu me laisseras mourir sans espoir que ta vie prenne un tour plus digne... »

Aucune envie de m'infliger ça !

— Est-ce que je pourrais être dispensée de cet appel ? Après tout, j'étais censée revenir demain..., tenté-je.

— NON ! Vous n'êtes plus des gosses ! gronde Max. Vous êtes capables d'affronter Conception, tout de même !

— Alors vas-y, commence, toi ! Tu es sa fille après tout ! la défie Sandro.

Max se mord nerveusement les lèvres, s'empare de son téléphone... avant de le tendre à Tomas.

— Fais-le, toi.

— Et c'est elle qui nous traite de gosses, soupire-t-il en levant les yeux au ciel.

Il positionne le portable contre la grosse cruche qui trône sur la table. Nous nous regroupons pour faire face à la caméra et il lance un appel vidéo.

— Vous êtes prêts pour la mise à mort ? chuchote Sandro alors que la sonnerie (aussi sinistre qu'une cloche funèbre) retentit et que je me retiens de glousser nerveusement.

Le visage de Conception apparaît : un visage très ridé à l'expression sévère. Les lèvres sont pincées, les yeux plissés, comme pour farfouiller dans nos esprits. Elle est assez terrifiante, tout de même ! Et l'éternel chignon très serré qu'elle affectionne et porte tous les jours est loin d'adoucir ce portrait...

— Mes chers petits ! s'exclame-t-elle d'une voix légèrement grinçante.

Bizarrement, dans sa bouche, ce tendre qualificatif donne l'impression qu'elle est prête à nous boulotter tout crus. Elle se penche vers l'écran ; Duarte et moi avons un mouvement de recul instinctif qui nous fait pouffer. Erreur fatale : la voilà qui focalise son attention sur moi. *Merda !* Je suis sa première cible ! J'inspire longuement et me prépare à affronter l'assaut. Je suis Jon Snow dans l'épisode de « La bataille des bâtards ». Je peux le faire.

— Gina Josefa Magdalena, pourquoi glousses-tu de la sorte ? On dirait une poule stupide ! Et ces cheveux ! N'as-tu pas compris qu'une jeune femme en âge de se marier et de fonder une famille doit avoir une apparence respectable ? Je suis certaine que tu te ronges toujours les ongles. Montre !

— *Mãe*, intervient charitablement Max. Comment vas-tu ? Figure-toi que dès que nous avons été réunis, nous avons pensé à t'appeler !

— Oui, parce qu'on ne peut pas dire qu'en temps normal, vous faites trop d'efforts ! rétorque Conception d'un ton acide.

Un instant, son visage disparaît de l'écran. Duarte en profite pour mimer la décapitation, alors que Max se racle nerveusement la gorge. Quand Conception réapparaît, elle nous scrute durement.

— QUI a ri ?

Sandro fait mine de tousser pour masquer son hilarité, alors que nous secouons tous la tête comme des forcenés en prenant l'air innocent.

— REGARDEZ ce que j'ai là ! s'écrie Conception sans s'appesantir sur le sujet. Et maintenant, une question à laquelle même les plus stupides d'entre vous sont capables de répondre : qu'est-ce donc ?

Elle brandit deux aiguilles à tricoter et un gilet de bébé bleu à moitié fini. Sandro émet un bruit de bouche signifiant qu'il ne sait pas, alors que nous fixons tous l'écran bêtement.

— Un gilet, *tolhinos*[1] ! Un gilet que je tricote pour rien puisque je ne deviendrai jamais arrière-grand-mère, pauvre de moi ! Dieu m'en est témoin, vous me laisserez mourir sans avoir connu ce plaisir ! Toutes mes amies sont arrière-grands-mères ! Et moi, non ! Je suis la honte du Club de l'âge d'or ! Vous le faites peut-être exprès, après tout ! Vous voulez que je meure de chagrin ! Vous êtes si ingrats ! Et je suis si triste…

— Je rêve ou elle fait semblant d'essuyer une larme ? murmure Max.

— Comportement passif agressif : un classique ! Ne vous laissez pas avoir ! chuchote Jao.

— J'ai abandonné tout espoir avec Gina, poursuit Conception. Mais vous, mes petits !

Elle pointe le doigt en direction de Sandro.

— Certes, tu grossis à vue d'œil avec les années. Tu as hérité des membres massifs de ton pauvre grand-père Migdao et tu auras un double menton, je le prédis ! Mais…

— Merci, *avo*, tu me flattes ! l'interrompt Sandro, que rien n'atteint jamais et qui rit de bon cœur.

— Tu es encore joli garçon pour quelques années, alors qu'attends-tu pour te dégoter une gentille fille qui te fera des enfants ?

Sandro ouvre la bouche pour répliquer, mais elle ne lui en laisse pas le temps, changeant de cible aussi vite que l'éclair.

— Et toi, Jao ?

1. « Gros bêta ».

Elle l'observe et semble un instant ne rien trouver à redire, jusqu'à ce que ses yeux brillent d'un plaisir malsain.

— Tu as des cernes. J'espère que tu ne mènes pas la vie de tous ces jeunes dépravés qui ne dorment pas de la nuit et se fourvoient dans les night-clubs. C'est comme ça que vous nommez ces lieux de dépravation, non ? Jao, c'est ainsi qu'on doit les appeler ? Hein ?

Alors que sa bouche se pince et que ses yeux se rétrécissent, Duarte murmure à l'adresse de Jao :

— Elle veut te piéger !

Jao hausse ostensiblement les épaules avec un air innocent. Mais Conception ne le regarde déjà plus. Horreur, malheur et damnation, elle fixe de nouveau son attention sur moi.

— Mais j'y pense ! Gina Josefa Magdalena… Le mois dernier, quand tu as daigné m'appeler, tu m'avais dit que tu n'arrivais que pour le 25 à Port-la-Nouvelle, et non pour la *consoada* !

Dingue ce sens des détails à son âge avancé… Elle ne pourrait pas perdre un peu la boule, comme tout le monde ?

— Oui, ça devait être le cas…

Mes genoux se mettent à trembler. À quelle sauce va-t-elle me manger ? Cette fois, elle se penche si près de son téléphone que la verrue marron qui orne le dessus de sa lèvre supérieure apparaît en gros plan, effet 4K. *Meu Deus !* Elle pousse un ricanement victorieux avant de décréter :

— Tu me caches quelque chose !

— Pas DU TOUT ! répliqué-je d'un ton que j'espère convaincant (mais ma voix est partie dans les aigus, ça sent l'échec à plein nez).

— Oh que si... *pobrezinha*[1] ! Tu mens tellement mal. Oserais-tu affirmer que tu dis la vérité sous l'œil de Migdao ?

À ces mots, elle oriente son téléphone vers le portrait de feu mon grand-père, au-dessus de la cheminée.

— OU PIRE, devant Eusébio ? insiste-t-elle en montrant cette fois celui de ce grand joueur de foot, vénéré au Portugal, qui trône aux côtés de celui de *vovô*[2].

— Heu...

— On ne baratine pas devant des morts, Gina, chuchote Tomas, dont le souffle s'accélère.

Ce qu'il peut être trouillard et superstitieux, celui-là !

— Et ils vont faire quoi ? réplique Sandro à voix basse. Sortir de leur cadre pour lui mettre une taloche ? Tomas, mec, ressaisis-toi !

— Heu..., hésité-je.

Je ne sais quoi dire. Si je jure sous les yeux de ces deux grands hommes, brûlerai-je en enfer ? Je ne peux tout de même pas raconter l'affaire Djonatane ! L'enfer, ça peut être fun... Des flammes, des cris... Oh oui. Tout plutôt que les jugements de Conception...

— *Avo*, je te promets que...

— Gina est revenue car elle a planté son stylo dans l'oreille de son collègue. Elle a été virée ! lance Tomas précipitamment avant de me regarder d'un air contrit. Désolée, Gina, mais ça porte malheur de mentir devant l'esprit des morts. Je veux que tu ailles au paradis, moi !

Je fronce les sourcils, refrénant l'envie de lui mettre

1. « Ma pauvre ».

2. « Papi ».

mon poing dans la figure, quand Max intervient pour affronter une Conception choquée, qui a plaqué sa paume contre sa bouche grande ouverte.

— *Mãe*, écoute, Gina avait de très bonnes raisons de corriger ce Djonatane qui…

— Maxima Filipa Dolores Reis, comment as-tu élevé cette enfant ? gronde notre aïeule, rouge de colère, dont les postillons semblent être des grenades qui s'écrasent contre l'écran. Tu devais en faire une jeune femme respectable ! Une jeune femme destinée à devenir une épouse modèle ! Une jeune femme bien éduquée et…

— *Mãe*, Gina est parfaite et…

— C'est pour ça qu'elle n'est toujours pas fiancée ! Elle suit les traces de sa tante ! Elle mène une vie dissolue ! explose Conception.

— Techniquement, non ! intervient Sandro d'un ton espiègle. *Mãe* a été mariée deux fois, donc Gina est loin de l'égaler.

— Oh TOI ! crie Conception en tapotant son écran de son index comme s'il s'agissait du torse de son petit-fils. Tu peux parler, TOI ! L'aîné ! Celui sur lequel je comptais pour avoir des arrière-petits-enfants avant de mourir ! Toi qui brises des cœurs…

— J'ai eu le cœur brisé aussi, tu sais ! répond Sandro avec flegme.

— Le seul qui me donne satisfaction et qui semble sur la bonne voie est Tomas. Il exerce le digne métier de professeur ; mieux, il est fiancé ! Bien qu'elle ne soit pas portugaise, Annie est une gentille fille…

— Carrément rébarbative ! ose Jao en étouffant un bâillement.

— Elle n'est PAS rébarbative ! s'énerve Tomas. Elle est juste... normale par rapport à vous, qui passez votre temps à vous exciter pour un oui ou pour un non.

— Tu as raison, mon cher petit Tomas ! approuve Conception. Vous devriez en prendre de la graine, tous autant que vous êtes !

— Mais c'est ce qu'on fait ! intervient soudain Sandro avec un large sourire. Figure-toi que j'ai trouvé la perle rare.

Nous nous tournons vers lui comme un seul homme. Mais il lève trois fois le sourcil droit, signe évident de mensonge.

— Tu MENS ! s'écrie Tomas. Il ment, *avo* ! Son sourcil bouge !

— Pas du tout ! proteste Sandro. *Avo*, regarde-moi bien en face.

Avec une maîtrise remarquable, il fait face à notre impitoyable grand-mère en réussissant l'exploit de ne pas tiquer.

— C'est vrai, mon petit ?

Son expression menaçante se mue en... quelque chose de... légèrement moins menaçant. Elle esquisse presque un sourire.

— Que je suis heureuse ! Qui est cette femme ? J'espère qu'elle cuisine bien ? Tu comptes l'épouser ? J'ai toujours su que tu mettrais le temps, mais que tu ferais mieux que les autres.

Elle est gonflée !

— J'ai quelqu'un aussi ! s'enorgueillit Jao.

— Moi aussi, j'ai trouvé quelqu'un, *avo* ! Un homme très beau et gentil, et...

Et voilà : c'est sorti tout seul, je n'ai pas pu m'en

empêcher. Conception crée ça chez nous… Une espèce de compétition malsaine. Comme quand elle avait décrété, l'été de mes dix ans, que le plus sage d'entre nous aurait un très gros cadeau en récompense. On avait passé le mois d'août à se montrer irréprochables devant elle et à se chamailler dans son dos à cause de ce défi qui nous rendait fous… Finalement, elle n'avait désigné personne, considérant qu'aucun d'entre nous ne valait le présent suprême du mérite. Elle avait même ajouté que nous étions des bons à rien.

— C'est vrai, Gina ? demande Conception avec stupeur avant de se ragaillardir et d'attaquer Duarte. Si mes calculs sont bons, il ne resterait plus que toi, alors, mon pauvre Duarte ! Mais ça ne m'étonne pas. Tu as toujours été le *passaro*[1] de la famille ! Comment disent les Français, déjà ? Le maillon faible.

— Conception, ils te mentent tous ! hurle soudain Tomas. Il n'y a que moi qui suis en couple !

Nous protestons, et tout le monde se met à crier, tentant de se faire entendre.

— Taisez-vous ! ordonne notre grand-mère d'une voix sèche et autoritaire qui nous calme instantanément.

Conception se masse un instant les tempes avant de secouer en l'air un index désapprobateur.

— Cette famille me semble cruellement manquer d'ordre et de maîtrise d'elle-même. Et il n'y a qu'une façon d'y remédier et de vérifier que personne ne ment à sa grand-mère…

C'est à peine si j'ose respirer. Duarte murmure « non,

1. « Oisillon ».

non, non... » alors que Max tape nerveusement le sol du pied. Nous sommes tous en apnée, jusqu'au verdict.

— Je pars de Lisbonne. Je passe Noël avec vous, annonce Conception.

— Non, *mamã*, tu ne peux pas nous rejoindre, enfin ! tente Max dans un effort louable pour tous nous sauver. Ce n'est pas raisonnable. Le trajet va t'épuiser et...

— Quoi ? Ma propre fille ne se réjouit pas de mon arrivée ? Tu oserais rejeter ta mère ? s'offusque Conception.

— Heu..., réagit Max, dont c'est visiblement le souhait le plus cher.

— Résiste ! la presse discrètement Sandro. Résiste, pitié ! Il faut l'empêcher de nuire !

— Fille indigne ! Je vais te remettre les idées en place, moi ! Je vais TOUS vous remettre les idées en place.

Avant que nous ayons le temps de protester, Conception raccroche. Comme ça, d'un coup, brusquement, sans plus de manières. Abasourdis, nous restons immobiles et muets, sauf Max qui pousse un soupir excédé avant de commenter d'une voix vibrante de colère :

— Bravo ! Vous avez gagné ! Vous avez réussi à faire venir ma mère pour Noël. Ça va être très cool comme ambiance, merci ! Bon courage pour vous dépatouiller de vos mensonges. Et ne comptez pas sur moi pour vous aider !

À ces mots, elle se lève, le visage rouge, ses yeux lançant des éclairs, puis sort de la cuisine en claquant la porte.

— Et vous allez les trouver où, vos fiancés imaginaires ? attaque Tomas.

— Ne t'inquiète pas pour ça, l'enfant parfait ! grogne Sandro.

— Oh ! ça ne risque pas ! Je ris d'avance en visualisant le carnage.

— Carnage qui n'en sera pas un puisque je viendrai accompagné.

— Moi aussi ! clame Jao, décidé.

— On parie ? les défie Tomas.

— On parie !

— Tu en es, Gina ?

J'hésite… juste un instant. C'est trop irrésistible et je n'ai jamais réussi à dire non à mes cousins. Il faut bien que je défende mon honneur !

— J'en suis, évidemment !

Alors que nous nous serrons la main pour sceller le pacte, j'esquisse un sourire satisfait. Je sais précisément qui choisir comme fiancé.

4.

Si vous deviez affronter une épreuve particulièrement difficile (genre ne plus manger de fondue pendant six ans, ou vous promener en slip-claquettes dans la rue sous les huées des passants), qui choisiriez-vous pour vous soutenir contre vents et marées ?

♣ Vos parents : après tout, ils ont toujours été là pour vous, même dans vos pires moments, quand vous ne le méritiez pas (ils ne vous ont par exemple pas reniée lorsque vous avez été renvoyée quelques jours du collège pour avoir volé non pas un, mais cinq feutres Velleda [deux noirs, deux bleus, un vert] à Mme Drinart, la prof d'anglais, suite à un pari stupide que vous vouliez gagner coûte que coûte, et sont restés tout à fait stoïques quand le principal a fait allusion à une éventuelle cleptomanie).

Ⓐ Votre meilleur(e) ami(e) : vous pouvez toujours compter sur lui/elle, quel que soit le moment, quelle que soit l'heure, pour vous tenir la main (ou les cheveux, quand vous vomissez les verres de vodka pomme que vous avez fièrement avalés quelques heures plus tôt, en piaillant « CUL SEC ! », emportée par l'euphorie du dance-floor de Musico-gogo, la célèbre boîte de nuit du coin).

♥ Vous-même : vous êtes une dure à cuire, une warrior, un combiné de Captain Marvel et de Black Widow, capable de tout traverser avec votre seul mental, lequel est aussi puissant que celui de J.-C. Van Damme.

L'homme idéal

Une heure que j'attends Hugo, que j'ai prévenu de mon arrivée. Enfin, on sonne ! J'ouvre la porte précipitamment avant de plonger dans ses bras grands ouverts.

— Ah quand même ! J'ai failli m'endormir en patientant, monsieur le Capitaine !

Il éclate de rire, me soulève et me serre très fort alors que je hume son parfum de santal.

— Tu peux parler ! C'est toi qui reviens enfin ! Moi, je ne bouge jamais ! Je suis condamné à t'attendre, encore et encore, comme une âme en peine ayant perdu sa moitié !

Il me repose à terre et esquisse une grimace douloureuse.

— C'est si terrible que ça, la vie sans moi ? demandé-je avec un contentement non dissimulé.

— Sans vouloir te décevoir, je survis ! Difficilement, mais je tiens le coup ! Mon vrai problème, c'est cette douleur aux reins, réplique-t-il avant de se frotter le haut des fesses tout en me faisant un clin d'œil. Pitié, dis-moi que tu as grossi et que ce n'est pas mon dos qui me fait mal. Mes vieux collègues affirment qu'à force de rester le cul sur un siège, à conduire des cargos, on enchaîne les lumbagos et autres joyeusetés dès vingt-cinq piges !

— Je pourrais te rassurer, mais comme tu ne sembles

pas vraiment souffrir de mon absence, je vais te dire la cruelle vérité : je crois faire le même poids… Mais on ne sait jamais, gardons espoir : j'ai mangé pas mal de bonbecs depuis avant-hier ! C'est peut-être ça, après tout !

Hugo cesse son automassage et fronce les sourcils d'un air intrigué.

— Il t'est arrivé un truc ? demande-t-il, n'ignorant pas que je plonge la tête la première dans les kilos de Haribo quand je traverse un moment difficile.

— Je vais tout te raconter, mais laisse-moi te regarder, d'abord, *querido*[1] ! Tu as la barbe plus longue que d'habitude, non ?

Barbe ou pas, Hugo est canon : sa peau métisse – couleur miel –, ses yeux incroyablement bleus, son nez fin et sa bouche pulpeuse seraient capables de faire chavirer n'importe qui, même la plus austère des religieuses, même la femme de Henry Cavill…

Oui, toutes… sauf moi.

Je me suis déjà demandé pourquoi. Peut-être parce que notre rencontre a été placée sous le signe anti-glam du pipi ?

J'étais en CE2. C'était en mai – météo printanière –, j'avais parfaitement réussi la dictée notée de l'après-midi et ça venait de sonner. En théorie, tout était parfait et Maxima n'allait pas tarder à me récupérer. Sauf que j'avais très mal géré mon planning pipi. Avec la dictée qui s'annonçait, j'avais préféré optimiser mon temps de récré pour réviser plutôt que d'assouvir mes besoins les plus naturels. Résultat : stress de la dictée + quatre heures à

1. « Chéri ».

me retenir = catastrophe prévisible à 16 h 30. Alors, j'ai foncé aux toilettes en me tortillant comme une forcenée pour me retenir. C'était comme dans un film d'action, quand il y a un passage au ralenti : j'y étais presque ! À deux doigts d'y arriver ! Je me revois pousser la porte sur laquelle les élèves avaient gravé des insultes et des mots d'amour. Mon soulagement était immense quand... Drame. Accident de parcours option fontaine débridée : j'ai fait dans ma culotte. Et copieusement. C'était la panique, l'orage dans mon crâne, le tsunami de l'angoisse. J'ignorais quoi faire. J'étais comme une biche traquée par des chasseurs (des images de Bambi se succédaient dans ma tête. J'*étais* la mère de ce pauvre cerf !). Comment m'en sortir ? Tous les élèves étaient encore dans la cour et verraient forcément mon legging gris clair trempé si je m'avisais de tenter une traversée. Un instant, j'ai songé à provoquer une fuite dans les toilettes, qui me permettrait d'en réchapper intégralement mouillée, mais je n'avais pas de hache sous la main, ni la force de défoncer les canalisations. J'étais dans l'impasse et je pleurais à gros sanglots, quand quelqu'un est entré. J'ai essayé d'être silencieuse, mais je hoquetais violemment. « Ça va là-dedans ? » a demandé une voix d'écolier. Je me suis penchée pour regarder par l'interstice sous la porte et j'ai reconnu les Nike Air Max bleu électrique de Hugo, un garçon de ma classe. Hugo qui s'est appuyé contre le montant et a insisté jusqu'à ce que je lui explique la situation... Quand je me suis exécutée, il ne s'est pas moqué, il n'est pas parti. Il a réfléchi un bon moment et finalement, il m'a fait passer son short sous la porte. J'ai protesté, mais il a dit de ne pas m'en faire. J'ai hésité (juste un peu : il s'agissait de mon honneur, tout de même !) et je l'ai enfilé. Quand je suis sortie et que je me suis retrouvée nez à nez avec lui, il m'a offert un grand sourire et a tendu la main pour que je tape dedans. Ensuite, il a fait volte-face et a foncé hors des toilettes. Moi, j'ai couru le plus vite possible jusqu'à la grille d'entrée, où ma tante m'attendait, mon legging taché roulé en boule sous mon bras. Personne ne s'est intéressé à moi : tous étaient trop occupés à rire des pitreries de Hugo qui se pavanait en caleçon. Sa mère a été convoquée ensuite, mais Hugo ne m'a pas trahie. Il a raconté que des grands l'avaient menacé à travers le grillage du fond de la cour, depuis la rue, et qu'ils l'avaient forcé à leur donner son short. C'est passé comme une lettre à la poste, et nous sommes devenus inséparables qu'un timbre et son enveloppe. Il n'y a jamais eu d'ambiguïté entre nous. J'ai enquêté sur ce sujet, en juillet dernier, pour le numéro de *Oups, lol, mdr magazine* : *L'amitié fille/garçon est-elle possible ?* C'était le titre du *big* doss' du mois. En me documentant, j'ai constaté que souvent ce n'était pas le cas, à moins que les personnes concernées ne s'attirent pas physiquement. Bizarre, parce que moi, je considère que Hugo est beau comme un dieu, et pourtant, je n'ai jamais ressenti quoi que ce soit d'autre que de l'amitié pour lui. Et c'est réciproque. Plus le temps passe, et plus je me rends compte que notre relation est unique.

Tout en m'effaçant pour le laisser rentrer, je le bombarde de questions en m'accrochant à sa manche :

— Comment tu vas ? Tu es au port jusqu'à quand ? Où est la petite ?

Il sourit et étouffe un bâillement.

— Du calme ! J'ai eu une journée chargée ! J'ai galéré

comme un fou pour remorquer ce cargo... Un porte-conteneur comme je n'en avais jamais vu ! Et crois-moi, il a fallu manœuvrer jusqu'à son emplacement, à l'autre bout du port ! Un peu plus et je montais à bord pour jeter le capitaine à l'eau et manœuvrer à sa place. Enfin, c'est fait... Quoi qu'il en soit, je ne répondrai à aucune question tant que tu ne m'auras pas servi un verre !

— Mais j'y comptais bien, *querido* ! Chez les Ferreira, on sait accueillir, qu'est-ce que tu crois ?

Je le prends par la main et nous nous dirigeons vers la cuisine. Quand nous passons devant les escaliers menant aux chambres, je hurle :

— *Tia !* Hugo est arrivé !

— *Fantastico !* Je descends dans une petite demi-heure !

— Tes cousins ne sont pas là ? demande Hugo.

— Ils sont partis. Ils veulent tous mettre leur plan au point pour gagner...

— Un plan pour gagner ? reprend Hugo d'une voix intriguée, en s'installant en bout de table.

— Oui. Et tu seras la pièce maîtresse du mien, si tu l'acceptes !

— Hein ? Dans quoi tu vas m'embarquer encore ? À chaque fois qu'on est partis dans un truc comme ça avec tes cousins, ça s'est mal terminé. Rappelle-toi la fois où on avait fait le pari de passer la nuit au Super U après la fermeture... Qui a fini au poste de police ?

— Nous ! Mais on a gagné ! Dis-moi, qu'est-ce que tu veux boire ? *Ginjinha* ? Porto ? Bière ?

— Les trois ? Non, porto, s'il te plaît.

Je dépose deux verres sur la table et saisis la bouteille à peine entamée sur le comptoir de la cuisine. Pendant qu'il s'occupe du service, je dégaine un paquet de chips. Une fois que nous nous sommes assis et que nous avons trinqué, il daigne enfin répondre à mes questions :

— Constance n'est pas avec moi pour Noël : elle est chez sa mère. J'aurais adoré l'avoir, mais ce sera pour l'an prochain…

— Et la convention pour organiser la garde ? C'est fait ? Le rendez-vous au tribunal est maintenu ?

— Oui. On a finalement réussi à préparer quelque chose de correct. Je dois dire que Mélina a été patiente, parce que ça n'a pas été facile de trouver un accord, avec mes horaires aléatoires… Mais j'ai parlé au capitaine du port, et il a pu régulariser mon planning. J'aurai Constance tous les week-ends et la moitié des vacances scolaires à partir du mois prochain.

— Mélina a été conciliante, alors. C'est bien.

— Oui.

Je cherche dans son regard un zeste de nostalgie, de désespoir ou de rancœur, mais n'y vois qu'une résignation un peu triste. Hugo a enfin accepté leur séparation. Alors qu'il m'explique en détail le fonctionnement familial à venir, je m'abstiens de critiquer Mélina, qui lui a brisé le cœur l'an dernier. Hugo et elle se sont rencontrés au lycée. C'était le couple phare de Port-la-Nouvelle ; aussi canons l'un que l'autre, entente parfaite. Mélina est tombée enceinte l'année de ses vingt-trois ans. Ce n'était pas prévu, mais ils ont décidé de garder le bébé. Hugo était fou de joie. Ça a été plus difficile pour Mélina qui envisageait de poursuivre ses études de médecine mais qui s'est finalement dirigée vers une formation d'infirmière. C'est quand le bébé est né que la situation s'est dégradée :

Constance pleurait beaucoup et dormait à peine. La fatigue, le stress et la frustration ont provoqué des tensions chez ses parents. Mélina a fait une dépression post-partum, et malgré le soutien de Hugo, leur couple ne s'en est pas remis. Elle l'a quitté. Ils ont tout fait pour que les choses se passent au mieux pour le bien de Constance. C'est le cœur de Hugo qui n'a pas été préservé. L'été dernier, il était en convalescence mais avait eu un sacré coup de mou… Aujourd'hui, je le sens d'humeur joyeuse. Peut-être est-il enfin prêt à rencontrer quelqu'un ?

— Je constate que tu es particulièrement guilleret. Et je me dois de te poser la question… Tu remets ton corps de rêve sur le marché du célibat ?

Hugo éclate de rire et secoue la tête.

— Mon corps de rêve n'est pas à vendre ! Mais j'apprécie le compliment ! Tu n'es pas mal non plus, tu le sais ?

— Tu détournes la conversation !

— Je n'ai personne en ligne de mire, et même si c'était le cas, je ne pourrais pas m'y attarder. J'ai un planning super chargé. Mais parlons un peu de toi. Tu restes pour combien de temps ?

— Pour un très, très long moment !

Il ouvre de grands yeux, et me voilà partie pour le récit intégral de la Terrible Affaire du Stylo Vengeur. Quand je conclus, presque essoufflée, je me rends compte que nous avons déjà bu les trois quarts de la bouteille. Je nous ressers (ne jamais laisser un fond traîner !) et me décide à lui exposer mon plan parfait pour la *consoada*.

— Qu'est-ce que tu fais demain soir ? demandé-je d'un ton innocent.

— Je comptais sur toi pour m'inviter ! répond Hugo du tac au tac.

— Tu vois ? On est tellement sur la même longueur d'onde, toi et moi... On aurait dû se marier ! À ce propos...

Hugo fronce les sourcils et esquisse une sorte de grimace étrange.

— Tu m'inquiètes, là...

— Ne stresse pas, je te garantis que ce sera le meilleur réveillon de ta vie, car tu auras l'immense privilège de...

Je laisse planer le suspense pour plus d'effet. Je suis tellement, tellement formidable. Et intelligente. Je vais écraser mes cousins.

— De ? me presse Hugo, impatient.

— De jouer mon petit ami ! TADA !

J'ouvre les bras en grand, m'attendant presque à un lancer de cotillons, mais Hugo se contente d'éclater de rire.

— Et d'une, quand tu bois, tu deviens mégalo, sache-le. « L'immense privilège », Gina ? Sans déconner !

Il glousse de nouveau avant d'esquisser une mimique d'incompréhension.

— Et de deux, c'est invraisemblable. Pourquoi je jouerais ce rôle ?

Il ne va pas refuser ça à sa meilleure amie, tout de même !

— Parce que Conception sera là. Parce qu'elle revient mettre de l'ordre dans nos affaires et qu'on doit tous être irréprochables. C'est-à-dire sur la voie sacrée du mariage et des enfants ! Parce qu'elle me fait carrément flipper. Je te jure que sa verrue grossit de jour en jour. Et son regard ! De plus en plus acéré ! Elle voit tout, comprend tout... Et aussi... parce que j'ai parié avec mes cousins.

Hugo lève les yeux au ciel.

— C'était donc ça, le nouveau pari... Gina, tu sais comment ça va encore finir...

— Je t'en SUPPLIE ! dis-je en joignant les mains.

— Et donc pour paraître irréprochable, tu as besoin d'un mec dans ta vie ? Tu es certaine que tu es féministe, toi ?

— Moi, je m'en fous du célibat...

Je mens. Je ne dirais pas non à un corps viril collé contre moi, le soir, pour m'endormir.

— ... Mais *avo* Conception... Elle tient au mariage comme à la prunelle de ses yeux !

Sceptique, Hugo croise les bras sur sa poitrine. OK, changement de technique : susciter la pitié.

— Je ne veux pas qu'elle meure sans m'avoir vue la bague quasi au doigt... La pauvre...

— Tu devrais lui expliquer les choses franchement et...

Ça suffit, à la fin !

— Oh Hugo, *merda* ! Tu peux bien me dépanner sans me servir ta morale à deux balles !

Mon ami lève les paumes en signe de paix.

— OK. Raconte : je vais devoir t'embrasser ? demande-t-il en riant.

J'esquisse une grimace horrifiée.

— Pas besoin d'en arriver à de telles extrémités ! On se contentera de prendre l'air amoureux. C'est bon pour toi ?

Je tends la main à Hugo qui tape dedans.

— Tu me devras une faveur !

— Tout ce que tu veux, dis-je, ravie qu'il ait accepté ma proposition et encore plus enchantée à la perspective de battre mes cousins à plate couture.

— C'est tout trouvé : ce soir, accompagne-moi à L'Essai.

J'ai promis à Marius que je viendrai. Et comme je n'ai pas du tout envie d'y aller seul...

À la mention de Marius, mon pouls s'accélère, et une vague nausée s'empare de moi. Tout à coup, je n'ai plus soif. La chips que je m'apprêtais à croquer ne me paraît plus si appétissante... Mon ventre se noue.

— Pourquoi L'Essai ? Il y a quelque chose de spécial d'organisé ? dis-je en tâchant de conserver un ton mesuré.

— C'est vrai que tu débarques, toi ! C'est la soirée de Noël ! Les Halles sont ouvertes en nocturne et Marius y participe, forcément. Il m'a réservé une table d'office.

— Heu...

Ai-je envie de faire face à Marius ? Ai-je envie de perdre de nouveau mes moyens ? De ressasser le passé ? De me faire du mal ?

— Allez..., insiste Hugo, qui ne comprend sûrement pas pourquoi je tergiverse.

Normal, concernant mes sentiments pour Marius, je n'ai jamais été honnête avec mon meilleur ami. Hugo n'est pas au courant de notre cinquième baiser. Ni du quatrième, d'ailleurs... Encore moins du troisième. Et j'ai toujours insisté sur le fait que les deux autres n'étaient que des gamineries sans conséquence. Ma bulle avec Marius n'est qu'à moi. C'est mon secret.

— On sera tous les deux, poursuit-il. Et il faut qu'on mette au point le récit extraordinaire de notre soudaine idylle.

— J'hésite... J'ai besoin de reprendre des forces pour affronter Conception demain. Et j'ai fait un long trajet depuis Nice...

Hugo fait mine de bâiller et s'étire.

— Pareil de mon côté. Je suis épuisé par ces journées sans fin ! Il me faut du repos, tout comme toi. Ce soir, demain soir… Tant pis pour le réveillon… Tant pis pour le pari…

Le fourbe !

— Pourquoi tu gagnes toujours, toi, hein ? OK, c'est bon, je t'accompagne, capitulé-je en lui donnant un coup de poing dans le biceps.

— Génial ! s'enthousiasme-t-il en se redressant brusquement. On y va à pied ! Je ne veux pas être Sam et toi non plus. C'est la fête !

— Tu peux dormir ici.

— Dans ton lit ? Comme ça on se met en condition pour demain ?

Un instant de silence avant que nous éclations de rire.

— On décolle ?

Au moment où nous nous levons, nous entendons Max dévaler les escaliers, suivie de Livio. Lorsqu'elle fait son apparition dans la cuisine, je manque de m'étouffer.

— *Tia !* Qu'est-ce que tu as fait à tes cheveux ?

Elle pointe un index sévère dans ma direction, avant d'offrir un grand sourire à Hugo et de le serrer dans ses bras pour le saluer.

— Comment ça va, *grandalhao*[1] ? demande-t-elle avec chaleur, alors que Livio quémande des caresses.

— Il va bien, réponds-je à la place de mon ami. Mais c'est quoi cette nouvelle coiffure ?

Ma tante, qui a l'habitude de porter ses cheveux épais et frisés dénoués ou vaguement ramassés en une tresse

1. « Mon grand ».

lâche, les a tirés derrière son crâne en un petit chignon strict, qui ressemble à une crotte.

— À ton avis ? rétorque-t-elle d'un air agacé. Je prépare moi aussi l'arrivée de ma mère. À cause de VOUS.

— C'est affreux ! commenté-je, toutefois admirative de l'acharnement dont elle a dû faire preuve pour dompter sa tignasse rebelle.

— Ce qui est affreux, c'est de lui avoir donné envie de se pointer sans crier gare ! proteste Max, dont le visage prend une expression menaçante. Tu n'as pas idée de tout ce que je dois gérer ! D'ici demain, je dois faire ma couleur, tout mettre en ordre et...

— Ta maison est impeccable, si je peux me permettre, intervient Hugo.

Max lui adresse un sourire affectueux et lui caresse le bras avant de me faire face à nouveau : ses traits se crispent instantanément, et ses yeux lancent des éclairs. *Meu Deus !* À cet instant, elle a tout de sa mère !

— Elle détectera la moindre faille. L'unique petit truc qui cloche. Je dois finir mes treize desserts, qui ont intérêt à être parfaits. Il faut que je sois irréprochable. Sérieuse. Respectable...

— Formidablement opposée à la femme merveilleuse que tu es ! complète Hugo.

— *Meu gato*[1]... tu es gentil... Si seulement je pouvais t'échanger avec l'un des membres de ma progéniture, je n'hésiterais pas, crois-moi !

— Ça tombe bien, puisque je serai là demain. Gina m'a invité... Et je suis censé jouer son fiancé.

1. « Mon chat ».

— Gina et ses cousins, et leurs paris stupides ! peste ma tante, qui s'est mise à inspecter le dessus du frigo en quête de poussière. Enfin, c'est un mal pour un bien, et tu es le bienvenu !

À ces mots, elle observe son doigt et soupire.

— Cette situation me rend folle. Et avec tout ça, je ne t'ai même pas demandé comment va la belle Constance !

— Parfaitement bien. Elle est en pleine forme. Elle n'en fait qu'à sa tête à la crèche !

— C'est un excellent signe ! Il faut qu'elle ait du caractère ! J'espère qu'elle vient demain !

— Elle ne passe pas Noël avec moi…

— C'est dommage. Tu me l'amèneras après. J'ai un cadeau pour elle.

— Bien sûr, Max ! C'est gentil.

— Tu parles, ça me fait plaisir. Je ne risque pas d'être grand-mère avec ceux-là…, s'exclame-t-elle avant de se mordre la lèvre. *Merda* ! Je parle comme ma mère ! Effaçons ce que je viens de dire ! Passons à autre chose ! Vous partez quelque part ou vous mangez ici ?

— On va à L'Essai ! répond Hugo.

— Tiens donc ! s'exclame Max avec un clin d'œil appuyé à mon attention. Vous rendez visite au beau Marius ?

— Beau, beau… C'est vite dit, avec son oreille déformée, lancé-je avant de m'arrêter net (de peur que la mauvaise foi m'étouffe).

— Tu veux venir avec nous, Max ? lui propose Hugo.

— Oh non, je vais ouvrir une bonne bouteille, puisque vous avez fini celle-ci, bande de débauchés, et m'installer dans la véranda devant Netflix.

Je jette un œil à travers la fenêtre de la cuisine et aperçois le jardin de Laurent, tout illuminé. Notre voisin est accroupi devant un plant de laurier-tin, une bêche à la main.

— Tu es sûre que tu ne veux pas rester dedans ? Laurent risque de te voir, et je n'ai pas envie que votre histoire de mur tourne en pugilat… Tu as les nerfs à vif. Qui sait ce que tu es capable de faire !

— … dit celle qui a crevé le tympan de son collègue à coups de stylo !

— Bien envoyé ! commente Hugo en riant.

— Ne t'inquiète pas, reprend Max qui a sorti une bouteille de *vinho verde*[1] du frigo. Ce n'est pas parce que quelqu'un m'agace que je lui enfonce un objet dans le corps. C'est toi, le Joe de la famille !

— Joe ? demande Hugo.

— *You*, Netflix ! répondons-nous à l'unisson.

— C'est un psychopathe ! protesté-je. Je n'en suis pas là ! Mais j'admets que tu es plus calme que moi.

— Encore heureux ! répond ma tante. Allez, laissez-moi me détendre avant l'ouragan de demain. Filez, maintenant, et amusez-vous bien.

— Il y a du monde ! s'écrie Hugo quand nous débouchons sur la place Léon-Blum.

Un brouhaha festif s'échappe des Halles illuminées dont les portes sont ouvertes. La place est éclairée par une multitude de guirlandes bleues et or suspendues aux platanes qui l'entourent, mais aussi par les braseros qui

1. Vin très jeune, typiquement portugais.

dispensent une lueur chaleureuse sur les tonneaux de vin faisant office de tables et autour desquels les gens sont installés et discutent joyeusement, emmitouflés dans de gros manteaux. Au milieu, on a laissé un espace libre : des instruments de musique attendent leurs propriétaires pour le concert du soir.

— C'est chouette, non ? s'enthousiasme Hugo en passant son bras autour de mes épaules. On y va ?

— Oui, je...

... suis interrompue par un « merde ! » sonore. Nous nous retournons et apercevons de l'autre côté de la rue une jeune femme à la silhouette longiligne et aux cheveux blonds chatoyants qui vient de faire tomber une vingtaine de baguettes de pain. Célia. Célia, ancienne reine du bal, méga sportive, méga populaire, méga tout, qui se trouve juste à côté... du 4×4 Vitara bleu de Marius. À moins que ce ne soit le sien ? Le leur ? Sont-ils en couple ? Le dépit me dévore. Ce ne serait pas étonnant... Adulés, beaux, sociables : faits pour être ensemble. Cette idée grouille en moi comme un insecte noir et déplaisant.

— Je t'ai dit qu'elle bosse avec Marius depuis un mois ? Viens, on ne va pas la laisser comme ça ! lance Hugo avant de traverser pour lui donner un coup de main.

Nous nous agenouillons pour l'aider, et Hugo la salue. Elle marmonne un bonsoir à défaut de nous jeter un regard, puis demande :

— Est-ce que je dois les mettre à la poubelle à votre avis ?

— Ne t'inquiète pas, on ne dira rien ! la rassure mon ami une fois que nous nous sommes tous relevés.

Il lui tend le pain qu'il a ramassé, et j'en fais de même.

— Merci, lance-t-elle avec un demi-sourire.

Ses yeux noirs, toujours un peu froids, scrutent Hugo avant de se poser sur moi... pour revenir ensuite sur lui.

— Bon... Je dois y retourner. Il y a un monde fou ! Marius ne touche pas terre et si je ne le rejoins pas, il sera débordé ! Mais dis-moi d'abord, Hugo : comment ça va ? Constance n'est pas avec toi ?

Elle ostensiblement. Mais ce n'est pas ça qui me gêne le plus... Alors qu'ils se mettent à discuter, je sens gronder un orage de jalousie dans ma poitrine... Marius et elle sont-ils de simples collègues ou y a-t-il quelque chose entre eux ? Je les revois échanger un baiser... Je les revois comme si c'était hier.

Le baiser dans le noir

Tous les quatrième le savaient : Célia organisait une soirée. LA soirée. Chez LA fille la plus populaire du collège. Célia était magnifique, sportive et intelligente. Moi, j'étais intelligente. Tellement d'ailleurs, qu'on me surnommait l'Ampoule. Mais ça ne me dérangeait pas. Je préférais mille fois être une Ampoule qu'une ado stupide. Souvent, je pensais à Justine, ma meilleure amie de primaire, qui était exactement comme moi, mais qui avait malheureusement déménagé durant l'été. L'équation était néanmoins facile à résoudre : je ne serais pas invitée.

Fort heureusement, j'avais Hugo ; ce jour-là, nous étions tous les deux installés autour de l'une des tables en pierre qui bordaient la cour de récréation. Je faisais mine d'être absorbée par la formidable romance de Rhett (que je trouvais délicieusement débauché) et de Scarlett (que je jugeais affreusement chieuse) pendant que Hugo, qui tirait la langue sous l'effet de la concentration, recopiait mon devoir d'algèbre en créant quelques erreurs pour plus de réalisme. Oui, je faisais mine de lire pour pouvoir observer discrètement Célia, qui distribuait ses invitations dont les enveloppes avaient été coloriées au fluo rose. On ne voyait qu'elles. On ne voyait qu'elle. J'étais certaine que Célia deviendrait star de cinéma. Les autres, qui jouaient, se hurlaient dessus, riaient ou discutaient, semblaient être de simples figurants à ses côtés. Elle virevoltait entre les groupes avec une grâce surnaturelle. Un instant, je me suis imaginée dans sa peau. C'était doux, confortable, grisant. La jalousie m'a assombrie. Célia a accéléré le pas en direction du terrain de foot et s'est plantée au milieu des joueurs, les bras en l'air.

— Stop les gars ! a-t-elle crié. Je veux vous donner vos invitations pour ma fête. Sauf si vous n'avez pas envie de venir ?

Ils se sont pressés autour d'elle, Marius parmi eux. Parfois, je me demandais s'il se souvenait de la plage du Rouet et de sa bouche contre la mienne. S'il en gardait le même souvenir que moi : la chaleur, le délice, le sel...

Tous ont reçu le précieux sésame rose fluo, qu'ils ont glissé dans leurs shorts avant de reprendre leurs affaires. Quand Célia a quitté le terrain, il lui restait une enveloppe en main. Elle s'est arrêtée et a scruté la cour ; son regard s'est dirigé vers nous. Vite, vite, j'ai fait mine de me replonger dans mon roman. Il était hors de question que Célia sache que je mourais d'envie qu'elle m'invite.

Il y a eu une ombre devant moi, et j'ai refermé mon

livre. Elle m'a souri ; j'ai fait pareil. J'ai presque, presque tendu la main. Puis, elle s'est tournée vers Hugo, qu'elle a salué d'une voix cristalline. Il a levé la tête en fronçant les sourcils.

— Salut Hugo ! Je viens te donner une invitation pour mon anniversaire. J'espère que tu pourras être là !

Il a hésité. Ce qu'il était agaçant ! Tout le monde adorait Hugo et le voulait à ses côtés : les filles parce qu'il était prévenant, qu'il les faisait rire ou qu'elles étaient amoureuses de lui ; les garçons car, quel que soit le sport, c'était le meilleur. Mais il ne semblait pas s'en rendre compte et gardait toujours une certaine distance avec les autres.

— Heu... OK, a-t-il répondu quand elle a déposé l'invitation sur son cahier.

Nos yeux se sont croisés. Il a dû lire la déception que je tentais de dissimuler.

— Gina, tu y vas ? a-t-il demandé.

— Heu..., ai-je marmonné, mal à l'aise.

Célia a rougi, gênée.

— Je viendrai, mais seulement si Gina est invitée, a décrété Hugo.

Célia a viré écarlate et s'est empressée d'acquiescer.

— Oui, bien sûr... Désolée, Gina, je n'avais plus assez de cartons et... Mais tu étais prévue ! J'allais te le dire...

— Super, alors ! On fait comme ça ! a tranché Hugo avant de se replonger dans son devoir de maths.

Célia et moi avons échangé un sourire artificiel, avant qu'elle s'éloigne en faisant virevolter sa chevelure blonde.

Et nous nous y sommes rendus, à cette fête. Pour l'occasion, le garage avait été investi : des saladiers de chips, de gâteaux et des bouteilles de Coca ou de panaché s'entassaient sur une longue table… Il y avait un stroboscope au plafond et quatre grosses enceintes. Une quarantaine de quatrième se trémoussaient dans cet antre de la fête. Je me souviens de tout : l'odeur des parfums mélangés (Eau jeune pour les filles, Brut pour les garçons), la saveur des Lay's (barbecue), la vibration de la musique qui résonnait dans ma poitrine (je m'en souviens encore : *Just Dance*, de Lady Gaga).

Je me rappelle aussi le jeu de la bouteille dans lequel j'ai été entraînée. J'ai tenu deux longues heures en faisant mine de ne pas trop m'ennuyer, mais j'arrivais au bout de ma patience : il était temps de partir. J'avais récupéré ma veste, mon sac à main, et je voulais rentrer. Une dizaine d'ados étaient assis en cercle à même le sol : j'ai reconnu Célia, ses deux meilleures amies, Marius et ses copains de rugby. Je me suis arrêtée pour dire au revoir à la reine de la fête, mais à peine avais-je ouvert la bouche que Jordan, l'un des joueurs, m'a interpellée :

— Oh ! l'Ampoule, tu joues ?

J'allais décliner la proposition, quand Marius m'a devancée.

— Laissez-la tranquille, vous savez bien que ce genre de débilités, c'est pas son truc !

Brusquement, j'ai été en colère contre lui. Parce qu'il allait dans le sens des autres en me stigmatisant comme intello ? Parce qu'il avait toujours fait mine, depuis le CM2, de ne pas me voir ? Parce qu'il avait son bras autour des épaules de Célia et qu'ils se sont regardés en souriant ?

— Je suis d'accord pour jouer, ai-je décrété sans réfléchir.

On m'a applaudie. Je me suis assise et j'ai déposé mon

sac à côté de moi, regrettant déjà ma décision. Célia a brandi une bouteille en verre.

— Vous connaissez les règles. On fait tourner la bouteille et celui ou celle sur qui ça tombe doit choisir entre Action ou Vérité. Personne n'a le droit de mentir pour les Vérités. OK ?

La partie a commencé. Célia a dû admettre qu'elle avait déjà senti mauvais des pieds ; Jordan qu'il avait piqué un max d'argent dans le porte-monnaie de ses parents ; Lola qu'elle avait toujours une tototte dont elle avait besoin pour s'endormir. Au départ innocentes, les questions sont vite devenues intrusives. De qui rêves-tu la nuit ? Avec qui pourrais-tu sortir dans cette pièce ? Dormir ? Plus si affinités ? Qui trouves-tu la plus jolie ? Le plus beau ? Gage ! Lèche la joue de Valentin. Gage ! Tiens la main de Jordan pendant dix minutes ! Gage ! Embrasse Célia. Ça, c'était pour Marius. Il a tourné la tête vers elle, ils se sont souri et ont joint leurs lèvres. Envolés, le sable, le vent, la plage du Rouet… Je devais me rendre à l'évidence : c'était un ridicule souvenir qui n'avait d'importance que dans mon esprit. Quand le goulot s'est arrêté face à moi, j'ai dissimulé mon angoisse derrière un air nonchalant. Anthony, l'un des joueurs de rugby, a plissé les paupières et m'a dévisagée… avant de se pencher vers moi, de saisir mon sac et d'en extraire mon journal.

— Est-ce que tu peux nous lire une page de ce que tu écris dans ce cahier ?

Il l'a brandi. J'ai cessé de respirer et les larmes me sont montées aux yeux. Et s'il décidait de l'ouvrir et de dévoiler ce qu'il y avait dedans ? J'y racontais TOUTE ma vie, j'y exprimais TOUTES mes émotions. Je me suis détestée.

Pourquoi je ne l'avais pas laissé à la maison ? Dans la précipitation, je n'y avais pas pensé...

— Alors ? a-t-il insisté, les prunelles brillantes de curiosité.

Désemparée, perdue, j'ai secoué la tête. J'ai cherché Hugo du regard, mais il était occupé à danser un slow langoureux avec Aurore.

— Alors, l'Ampoule ?

— Non, je refuse, ai-je murmuré.

— Action, du coup ! Un gage pour toi ! s'est écrié Marius en arrachant le cahier des mains d'Anthony pour me le rendre.

J'ai soupiré de soulagement et j'ai réussi à sourire faiblement.

— Oh ! Marius, comme c'est mignon ! s'est exclamé Jordan. Tu viens de sauver l'Ampoule en détresse ! Puisque c'est ça... Voilà le gage : l'Ampoule, tu dois rester enfermée dans le placard à manteaux quinze minutes avec Marius !

Ce dernier a haussé les épaules et s'est esclaffé. Il s'est levé, a traversé le cercle et m'a tendu la main pour m'aider à me relever.

— Sans souci !

J'ai attrapé mon sac promptement et j'ai suivi Marius jusqu'au dressing au fond du garage. Célia nous a accompagnés.

— Quinze minutes ! Bon courage, Marius ! a-t-elle dit avant de me toiser d'un air méprisant en refermant la porte sur nous.

La penderie n'était pas trop remplie et nous pouvions rester debout. Nous avons entendu un bruit de clé. Nous étions coincés. Le stress du carnet conjugué à l'enfermement m'a fait tourner la tête. J'ai eu le souffle coupé. Un sanglot a secoué ma poitrine.

— Ça va ? a chuchoté Marius.

J'ai senti son doigt cogner durement contre ma joue mouillée.

— Pardon ! a-t-il continué. On n'y voit rien ici ! Tu pleures ?

J'ai haussé les épaules. Face à mon silence, Marius a poursuivi :

— Ça sert à rien de pleurer pour Anthony. Il est complètement con. Et au final, personne n'a lu ton carnet. C'est l'essentiel, non ?

— Merci, ai-je chuchoté.

— Bof... J'avais pas spécialement envie de savoir ce qu'il y a dedans ! Je suis sûr que tu critiques tout le monde !

— Pas du tout !

— Arrête, je te vois, dans la cour de récré ! Tu te mêles jamais aux autres. Moi, tu me dis jamais bonjour. Tu nous observes et t'écris comme une malade !

C'est vrai que je détournais le regard, chaque fois que je le croisais. Moi qui croyais que c'était lui qui m'ignorait...

— Je ne dis rien de mal ! En vérité, j'invente des histoires à propos de la vie des gens.

— Quoi ?

— Par exemple, Simon... Ce mec de cinquième un peu bizarre...

— Oui.

Je lui ai résumé l'existence secrète que j'avais imaginée : il était astronaute à ses heures perdues et passait ses nuits à sauver notre monde et à lutter contre des extraterrestres voulant nous envahir. Je parlais, je parlais, je parlais sans pouvoir m'arrêter. Marius écoutait, silencieux, riant parfois.

— C'est pour ça qu'il a toujours l'air crevé, ai-je conclu.

— C'est plausible. Et tu l'as déjà fait pour moi ?

— Non, ai-je murmuré.

— Ah...

Était-il déçu ?

— Je le fais pour ceux que je ne connais pas. Et parfois pour moi...

— Tu imagines quoi ?

— Que je suis comme Célia. Ou que mes parents sont encore là. Ou que mes cousins sont mes frères.

Pourquoi est-ce que je lui confiais tout ça ?

— Je comprends.

Il n'a pas développé. Il n'a pas tenté de me dire que j'étais aussi jolie que Célia. Il n'a pas essayé d'en savoir plus sur ma famille. J'ai entendu l'un des imperméables suspendus aux cintres bruisser. Il s'est approché, mais a laissé une distance entre nos corps. J'ai senti son souffle chaud sur la peau de mon visage. Je l'ai respiré. Et j'ai éprouvé le contact de ses lèvres sur mon front. Il m'a embrassée juste au milieu des yeux, pendant une minute... Peut-être trois ? Puis, il a reculé. Avant que je puisse dire quelque chose, la voix de Célia a résonné devant la porte :

— C'est bon, je vous libère !

Quand elle a ouvert, nous avons cillé face à la lumière. Je n'ai pas attendu. J'ai remercié Célia et j'ai filé, le cœur battant à tout rompre.

C'était mon deuxième baiser. Le deuxième baiser de Marius, doux, réconfortant, pudique. Et j'ai toujours en moi l'odeur de l'antimite saveur lavande mélangée à celle de son parfum – eau de toilette et transpiration. J'ai encore la sensation sur mon front de ses lèvres appuyées, comme un baume, comme une promesse encourageante.

— Ohé, Gina ! Tu t'endors ou quoi ? me presse Hugo en secouant la main devant mon visage.

Je retrouve la réalité et constate que Célia et lui m'observent d'un air étonné.

— J'étais en train d'expliquer qu'on se faisait un petit tête-à-tête avant le réveillon de demain en famille. Bon, il faudrait y aller, maintenant ! On boit un verre ensemble tout à l'heure, quand tu toucheras terre, Célia ? propose joyeusement Hugo, avant de prendre ma main et de m'entraîner vers les Halles.

Un instant, je tourne la tête et constate que Célia me contemple, glaciale, ses baguettes dans les bras. Peut-être qu'elle aussi se souvient des rares moments où l'on s'est côtoyées au collège. En tout cas, vu son expression, ça ne doit pas l'inspirer plus que moi…

5.

Vous avez shoppé une super lampe au vide-grenier du quartier, et en la nettoyant, POUF, d'un coup d'un seul, le génie de la lampe apparaît devant vous. Il vous propose d'exaucer un vœu (un seul et non trois, ce n'est pas négociable. Il est devenu radin avec le temps, c'est la triste évolution des choses) :

♥ Vous réfléchissez activement afin de formuler votre souhait de la meilleure des manières et ainsi combiner plusieurs désirs en un, style : « Je voudrais être riche pour toujours, non seulement matériellement, mais également sentimentalement, familialement... Bref dans tous les domaines existant sur cette terre. » Pas folle, la guêpe !

♣ Trop excitée, vous hésitez, vous hésitez, vous hésitez... Une idée vous séduit, puis une autre... Vous arrêtez votre décision, puis vous vous ravisez. Excédé, le génie perd patience et décide de retourner fissa dans sa lampe pour ne plus jamais en sortir, définitivement écœuré par les humains.

♠ Vous vous décidez en quelques minutes, comme ça, spontanément, dans le feu de l'action, emportée par vos préoccupations actuelles (« j'aimerais enfin réussir à combattre les mauvaises herbes qui envahissent mon jardin et contre lesquelles je lutte tout le temps, malgré la pose de graviers censés les étouffer »). Vous regretterez ensuite d'avoir déblatéré végétation au lieu de demander l'amour, le bonheur ou la richesse, mais trop tard. Vous voilà avec un extérieur 100 % béton.

L'olive vengeresse

L'intérieur des Halles est noir de monde. Je lève les yeux pour admirer le plafond en verre à travers lequel j'aperçois la lune, orange et ronde ; pour les fêtes, il a été constellé d'étoiles scintillantes, dorées et argentées. Chaque stand – et notamment, la poissonnerie de Loulou, les fleurs de Mme Gontrand, la fromagerie d'Anita – est décoré : des guirlandes serpentent entre les produits et des sapins de taille moyenne dont les parfums se mélangent à ceux des fruits de mer, des épices et des olives, embaumant et égayant les allées. Nous nous frayons un chemin à travers la foule et atteignons L'Essai. Le bar est délimité par de larges comptoirs en bois brut où sont accoudés des gens qui grignotent ou boivent un verre. Tout autour sont disposées des tables massives cernées par de longs bancs un peu rudimentaires : ici, on s'éternise en mangeant et en discutant. Le rugby est omniprésent : des maillots de joueurs célèbres et des affiches de matchs inoubliables sont placardés sur toutes les surfaces verticales. C'est convivial, chaleureux et populaire. Tout le monde aime L'Essai, les gens du coin comme les touristes. Et la raison est simple : c'est parce que...

— Marius fait le show, constate Hugo.

Voilà… Marius fait le show. On le contemple, on l'écoute, on rit avec lui et on se laisse happer par sa voix chantante. C'est un spectacle. Marius a toujours été solaire, il fait partie de ceux qui aimantent. Parfois, je me demande comment auraient tourné les choses s'il avait été plus renfermé, moins aimé. Un peu plus comme moi, en fait. Peut-être que notre histoire aurait été différente ? Qu'il m'aurait moins impressionnée ? Qu'à cette heure-ci, je n'aurais pas la gorge serrée et les tempes battantes ? Mon regard s'attarde sur son visage riant. Il a beau froncer les sourcils, ses fossettes sont, comme toujours, apparentes, et sa bouche s'étire en un large sourire, lorsqu'il lève un mégaphone au niveau de sa bouche. D'une voix assurée, grave et légèrement rocailleuse, il lance :

— OK, table 2 pour Mme Nouaillhaguet, plus jolie que jamais, et pour son mari qui, je l'espère, réalise la chance qu'il a de l'avoir dans sa vie ! Si j'avais vingt ans de plus, je tenterais ma chance !

La première concernée rougit et roucoule, son mari se rengorge, et les clients rient de bon cœur alors qu'il poursuit :

— Pour ce couple phare de La Nouvelle, un steak et une entrecôte, s'il te plaît, Jo !

Il fait mine de déposer son mégaphone mais se ravise.

— Je vous rappelle que toute commande passée vous inscrit automatiquement au tirage au sort de ce soir !

— Et qu'est-ce qu'on remporte ? questionne un jeune homme dont la voix couvre les sifflements enthousiastes de ses amis.

— Le droit de me demander ce que vous voulez…, répond Marius en s'inclinant, grand seigneur.

Hourras et bravos.

— ... Dans la limite du raisonnable ! précise-t-il. Un repas gratuit, une tournée, ou autre... C'est moi qui régale ! Cadeau de Noël !

— Et si on te demande un strip-tease sur le bar ? clame une brune magnifique, encouragée par ses amies.

Elles le dévorent toutes des yeux...

— Je danse comme un canard, j'ai toujours du mal à me sortir le cul de ce jean et je serais capable de me casser la gueule. Crois-moi, ça ne serait pas joli-joli ! réplique Marius. Non, je ne veux pas vous infliger ça !

Les clients s'esclaffent, font d'autres propositions saugrenues et applaudissent, mais Marius ne s'attarde pas : avec des gestes rapides, il attrape deux bières qu'Amhed, son employé, vient de préparer et les fait glisser sur le comptoir juste devant deux clients. Puis, au coup de sifflet de Jo, le boucher du stand d'en face à qui il a passé commande, il se redresse et saisit la viande, que ce dernier lui a lancée comme s'il s'agissait d'un ballon de rugby. Quand on l'acclame de nouveau, Marius fait mine de saluer avant de tendre le paquet à Ingrid, sa sœur et associée. Certains filment la scène : ce sont probablement des touristes, qui ont appris que les envols de viande qui rasent les têtes des clients et la gouaille de l'ancien rugbyman de Perpignan constituent l'attraction locale.

— Regarde, on va se faufiler ici ! lance Hugo en me prenant par le coude pour me guider jusqu'au comptoir. Hé ! Salut, chef !

Marius se retourne et son visage s'illumine. Lorsqu'il m'aperçoit, il hausse un sourcil surpris, avant de me sourire largement puis de se tourner vers sa sœur.

— Ingrid, je peux te confier la maison une trentaine de minutes ?

Cette dernière acquiesce et Marius fait le tour du comptoir pour nous rejoindre. Il serre la main de Hugo avant de reporter son attention sur moi.

— Je ne te fais pas la bise, Gina, puisqu'on s'est déjà vus !

— Quand ? demande Hugo qui me dévisage, surpris.

— En arrivant, réponds-je d'un ton volontairement léger, afin qu'on ne s'attarde pas sur le sujet.

Mais évidemment, Marius renchérit. Si l'on devait résumer mon état d'esprit en émojis, ça donnerait : 🙄🙄🙄 × 1 000.

— Gina ne t'a pas raconté que, tout à l'heure, on a eu un accident ? Un peu plus et ma voiture finissait à la casse ! explique Marius en m'adressant un clin d'œil.

— C'était un minuscule accrochage. Sa voiture n'a rien eu ! Elle est comme neuve, rectifié-je à l'adresse de Hugo.

— Elle a simplement zappé de freiner, c'est rien, ça nous arrive à tous, pas vrai ?

Marius et Hugo se mettent à rire.

— Bien sûr ! Un petit carambolage par-ci, un petit accrochage par-là ! Pas grand-chose ! Rien qui mérite d'être raconté, hein, Gina ! lance Hugo d'un ton taquin.

Ele exagera[1] *!* Quand ils sont réunis, ces deux-là sont épuisants ! J'adopte ma voix la plus sentencieuse pour mettre fin à cet échange stérile :

— Effectivement, ça n'avait pas d'intérêt !

— Et voilà comment en une petite phrase, une seule, elle

1. « Il exagère ! »

me tue ! À ses yeux, je suis juste un mec dénué d'intérêt ! ironise Marius en faisant mine d'agoniser.

Dénué d'intérêt ! Si seulement...

— Alors que tant de gens t'admirent ici ! complète Hugo avec humour.

Marius laisse échapper un rire bref. Puis, il se frotte les mains.

— Trêve de plaisanterie, vous voulez boire quoi ? Non attendez ! J'ai mieux ! On va prendre un verre en face !

— Ton nouveau restau ? demande Hugo.

— Futur nouveau restau ! On y est presque. Les travaux de construction et la décoration intérieure sont terminés. Il ne reste que les sanitaires... J'ai envie que tu voies ça ! Gina, tu viens ou tu trouves ça *sans intérêt* ?

Je lui adresse ma plus belle grimace... Mais elle ne fait pas mouche, puisque son attention est détournée par Célia, qui s'est matérialisée à nos côtés. Elle sourit largement à Hugo, me toise d'un air légèrement méprisant, avant de retrouver une expression gracieuse quand elle se tourne vers Marius.

— J'ai le pain ! Le stock de sauces est OK, j'ai vérifié. On a de quoi faire ce soir, mais il faudra faire une commande demain.

— Génial, Célia, merci beaucoup ! J'allais prendre une pause de trente minutes. Ça ira pour toi, avec Ingrid et Amhed ?

— Bien sûr ! Tu n'as pas arrêté depuis ce matin ! répond-elle avec chaleur. Par contre, passe-moi les clés du restaurant, je dois relancer une fournée de frites : on a un monde fou, ce soir !

— Pas besoin, on y va, donc ce sera ouvert.

Célia hoche la tête et s'éloigne. Marius nous entraîne vers la sortie en face de L'Essai. Elle donne sur une rue étroite, que nous traversons.

— On a commencé à faire les préparations des frites et des desserts en face. C'est bien plus pratique ! L'autre cuisine, au fond des Halles, était trop petite et surtout, on devait la partager. Une galère ! Surtout quand le mec de chez Dourny voulait faire griller son poisson. Parfois, il utilisait notre plancha… Pas top le mélange avec la viande. Enfin, bref. Le problème est réglé.

Nous nous arrêtons à ce « en face » : un bâtiment clair, dont les murs en pierres apparentes sont percés d'immenses baies vitrées. Une pancarte en bois gravé – Chez Marius – trône au-dessus de la porte.

— Mon futur royaume ! s'exclame ce dernier d'un ton ravi, tout en tournant la clé dans la serrure. Un stand aux Halles, c'était très sympa, mais depuis le temps que j'ai envie de quelque chose de plus élaboré… D'un vrai restau !

— Tu comptes ouvrir quand ? demande Hugo.

— Si tout va bien, au printemps !

Nous pénétrons dans le restaurant au plafond voûté, divisé en plusieurs espaces par de larges poutres et colonnes en pierre. Le parquet clair et les tables, de toutes tailles et de tous styles, donnent du cachet à l'endroit. Le clou du spectacle est un fût immense, en plein milieu de la salle, qui est en fait une cave à vin dans laquelle ont été déposées une multitude de bouteilles.

— C'est superbe !

— Ça oui ! renchérit Hugo. Et je suis certain que le menu sera à la hauteur !

— Il n'est pas encore finalisé, mais je l'espère ! Allez, venez !

Marius passe derrière le bar, à notre droite. Il dépose trois verres sur le comptoir, ainsi qu'un vin rosé qu'il ouvre avant de nous servir généreusement. Puis, il attrape un bol en terre cuite et y verse un sachet d'olives noires avant de soupirer de contentement en jetant un regard circulaire sur son restaurant.

— À la vôtre ! lance-t-il. Je suis content d'avoir pu vous montrer les lieux à tous les deux !

— Heureusement que Gina a pu revenir plus tôt. Sans son coup d'éclat au boulot, elle ratait ça ! réplique Hugo, à qui je donne un coup de pied sauvage.

Quand il se tourne vers moi, choqué par tant de violence (il a les yeux brillants de larmes, j'y suis peut-être allée un peu fort), je le fusille du regard (hors de question de me laisser attendrir, il y va de ma réputation). Cette histoire ne doit pas être ébruitée ! Marius me prendrait pour une folle !

— Effectivement, mon dernier article, pertinent et bouclé avant l'heure, m'a permis de revenir plus tôt, expliqué-je avec un brio mensonger qui me surprend et m'épate à la fois.

— Heu, voilà..., acquiesce Hugo qui a compris qu'il ne devait pas la ramener. D'ailleurs, je...

Les vibrations de son téléphone l'interrompent. Il l'extrait de sa poche et consulte l'écran avant d'annoncer :

— C'est Mélina. Je dois décrocher, désolé !

À ces mots, il s'éloigne, ce qui me donne la très désagréable impression d'être un mauvais nageur ayant perdu sa planche. Ce mauvais nageur s'en sortait plutôt pas mal avec son accessoire. Mais sans, c'est la noyade assurée, option suffocations sans fin et souffrance infinie. Hugo est ma planche, ma bouée, mes brassards, et Marius est… la mer en furie. Et je ne veux pas rester seule avec lui. *Por favor*[1] ! Je pourrais prétexter quelque chose pour m'éclipser, non ? Une furieuse envie de faire pipi ? Un irrépressible besoin de prendre l'air ? Un…

Le silence s'installe alors que j'égrène les excuses qui me permettraient de fuir pendant que Marius, lui, m'observe posément, tout en buvant son verre. Tranquille. À l'aise. Souriant. Et moi… Moi, il faut que je dise quelque chose, que je comble ce blanc ultra-gênant… Mais pour parler de quoi ? De la pluie et du beau temps ? De Noël ? Du dernier TikTok fascinant que j'ai visionné (deux chats en tutu qui se battent) ? De l'effet dévastateur de l'Hépar sur mon transit (j'en ai acheté quarante packs pour combler mon déficit en magnésium : vive les effets secondaires aux toilettes…). Non, non, non… Je divague. Je délire. Parler de ça à Marius ? La panique me rend folle, c'est certain.

Tu pourrais aussi poser LA question…, me suggère soudain une petite voix malsaine jaillie des tréfonds de mon cerveau, que je meurs d'envie d'étouffer à mains nues. Mais elle n'a pas tort… Je pourrais tout simplement demander : « Pourquoi est-ce que tu m'as laissée, après ce que nous nous sommes dit ? » Mais je n'ai pas le courage d'aborder ce sujet, de me replonger dans ce qui m'a fait tant de mal, ce que j'ai tenté d'oublier.

— Tu es muette, Gina ? demande Marius en s'accoudant au comptoir. C'est étonnant !

1. « S'il vous plaît ! »

Il me fixe avec une intensité qui me trouble. Ses iris verts prennent des nuances plus sombres. Je ne parviens bien entendu pas à soutenir son regard ; mes yeux glissent sur ses lèvres. Cinq baisers. À cette pensée, je sens mes joues devenir brûlantes. Et… Voilà, c'était prévisible. Ma langue remue dans ma bouche, et je sens que je m'apprête à me lancer dans un monologue sans queue ni tête ! Oh non ! Non, non, non ! *HELP !* Ceinture de chasteté verbale ! Triple verrouillage lingual ! Serré de bouche ! Cette fois, je ne me laisserai pas avoir. Hors de question de caqueter. Je suis mature, raisonnable, adulte. Je n'ai PAS à être troublée par Marius, qui ne représente rien, plus rien du tout, pour moi.

— J'allais te demander si tu es heureux et si le rugby ne te manque pas, dis-je d'un ton tout à fait digne.

Voilà, c'est bien. Pertinent. Pas de discours autocentré. Sujet à la fois intime mais neutre. Pas de pente glissante. Je m'autocongratule mentalement tout en essayant d'enterrer la fameuse question qui me brûle les lèvres – question aussi tenace que la gale. Et je pèse mes mots, ayant contracté cette terrible maladie après un séjour à Londres (ce truc affreux qui refusait de partir, malgré les traitements, les mises en quarantaine de vêtements et les pschitts désinfectants. Je frissonne encore de dégoût chaque fois que j'y repense !).

Le visage de Marius devient songeur.

— Oui et non. Le sport de haut niveau, c'est grisant, c'est clair. Tu as du succès, ton ego explose. Tu as l'impression que tu peux obtenir tout ce que tu veux. Et tu l'obtiens, même ! Et surtout, il y a l'amour du jeu… Être payé pour faire ce qu'on adore, c'est une chance énorme. J'ai eu du bol de monter vite et de vivre des choses que je n'aurais jamais imaginées. Le Top 14, c'est fou. Mais au final…

— C'était trop ?

Son sourire se voile, et son regard devient vague. Machinalement, il passe une main sur son oreille abîmée. Il a cette manie, quand il est stressé ou qu'il aborde un sujet sérieux.

— Je crois que je n'étais finalement pas fait pour ça. Je ne l'ai jamais confié à qui que ce soit, mais la pression, le fait de vivre constamment par et pour le sport, c'était usant. Et j'avais toujours en tête l'après, quand je serais moins bon, moins performant. Comment je réagirais ? Et ma famille ? Mes proches ?

— Je comprends, murmuré-je. Même si je n'ai jamais ressenti ça. Je peux l'imaginer.

— Quand j'ai été blessé et que j'ai dû me faire opérer des croisés, à deux reprises, qu'on m'a dit que c'était foutu pour moi, j'étais presque…

— Soulagé ?

Marius acquiesce et secoue la tête avant de me sourire.

— C'est exactement ça, Gina. J'avais une bonne raison d'arrêter. Je pouvais revenir ici et mener une vie paisible. Port-la-Nouvelle me manquait trop, mais jamais je n'aurais abandonné le rugby sans y être obligé.

Il attrape une olive, la lance en l'air et ouvre la bouche. Elle atterrit droit dedans.

— Enfin ! Tout est bien qui finit bien, quoi ! conclut-il en riant. Et toi ? Tout le contraire, non ? Pour rien au monde tu ne reviendrais dans le coin ! Tu adores ton boulot et Nice… C'est génial, ça.

J'ai envie de lui raconter que je reste ici pour un long

moment et que ça tombe bien, puisque vivre ici me manquait énormément, mais ça impliquerait le récit du Grand Carnage du Stylo...

Vivre ici...

Vais-je sans cesse tomber sur lui ? Si c'est le cas, mon cœur se calmera-t-il au bout d'un moment ou continuera-t-il à s'affoler chaque fois que je le verrai ? À cette pensée, je me trouble. Pouls au maximum, bouffées de chaleur. *Foda-se !* Ce mec est une ménopause à lui tout seul ! (Max m'a décrit en détail ce type de réjouissances, et ça correspond.)

— Oui, j'adore Nice. D'ailleurs, la promenade des Anglais, bien que trop touristique, est mon endroit préféré. J'apprécie les chaises bleues, disposées le long de la plage. Il y a même une statue de chaise. Elle est de travers. Enfin, de travers... Inclinée, tu vois ? Et...

Et voilà... je parle, je parle et je parle. Trop, trop et trop. *Meu Deus !* Comment stopper ce débit insupportable ? Le visage de Marius devient moqueur. STOP, GINA ! STOP ! Mais je continue à pérorer comme une pauvre poule égarée jusqu'à ce que... je trouve la solution. Le bol d'olives. Les olives. Avec précipitation, je n'en prends ni une, ni deux, ni trois, mais quatre, que j'enfourne dans ma bouche avec précipitation. Au moins, comme ça, impossible de parler. Je me la bouclerai et... et...

Non !

NON !

Quelque chose cloche. Quelque chose cloche VRAIMENT dans ma gorge. Il y a une fausse route. UNE FAUSSE ROUTE !

L'une des quatre olives... *Que desgraça*[1] *!* L'une des quatre olives s'est coin... cée... Juste là... Et... Je suffoque. *Merda*, je suis en train de mourir étouffée par une olive, même pas délicieuse car bien trop pimentée. Je défaille, j'agonise, mais étrangement, mon cerveau tourne à plein régime. Il hurle : *je ne VEUX pas quitter ce monde si jeune ! Pas comme ça ! Pas pour avoir boulotté quatre olives au lieu d'une dans un accès de panique ! Pas devant Marius !* Ma respiration se bloque et je tente de tousser sans succès. Une brusque chaleur me monte au visage, et je cherche Marius, mais je ne le vois pas à travers mes larmes. Alors que je rêve d'une once d'oxygène, je visualise une plaque grise sur laquelle sont inscrits les mots suivants :

« *Fauchée par une olive dans sa pleine jeunesse. Souvenez-vous toujours : une olive à la fois. De préférence sans noyau* ».

J'hallucine ou il s'agit de mon épitaphe à la con ? Je délire. Ce doit être le début du coma. Bientôt, je verrai le tunnel et la lumière blanche au bout. Est-ce que j'aurai l'occasion de faire demi-tour ? Je refuse de mourir, JE REFUSE DE MOURIR ! Dois-je faire un petit listing de mes péchés ? Tout a commencé en CP, quand j'ai volé...

Mon autoconfession est soudain interrompue par le choc d'un corps contre mon dos. On me saisit et l'on appuie fortement sur ma poitrine. Ce doit être mon cœur qui s'arrête. Je voudrais hurler, mais comme j'agonise, évidemment, ce n'est pas possible et... Et puis, c'est la libération. Ma cage thoracique s'ouvre brusquement et,

1. « Quel malheur ! »

les yeux écarquillés, je vois la cruelle olive jaillir devant moi, comme au ralenti. Et pourtant... Elle est projetée hors de ma bouche avec une rapidité surprenante. Et elle vole, vole, vole... jusqu'à atterrir... Suis-je en train de délirer ? ... Sur... Oui ! Sur Célia. Enfin, plus exactement sur le front de Célia. Pile entre ses sourcils.

Les bras vigoureux – ceux de Marius, je le sais – m'enlacent toujours et je m'affaisse en inspirant comme une malade. Un cri de dégoût résonne alors que le soupir de soulagement de Marius fait bouger sa poitrine qui vibre contre mon dos.

— Ça va aller ? souffle-t-il dans mon oreille d'une voix grave et rassurante. Tu m'as fait une de ces peurs ! Redresse-toi, tu respireras mieux. Je te tiens. Je ne te lâche pas. Je ne te lâche pas, Gina...

Je m'exécute, tremblante. Je respire enfin... et me retrouve face à Célia, armée d'un immense baquet qui déborde de frites. Il y a une si grande concentration de haine dans son regard que je me demande si elle ne va pas achever le travail de l'olive. Je tente de balbutier des excuses, mais un gargarisme incompréhensible sort de mes lèvres. Marius se met à rire.

— Tu trouves ça drôle, toi ? fulmine Célia en se frottant le front.

Elle file les jetons. Je voudrais fuir, mais mes jambes sont en coton.

— Gina a l'art de viser. Peut-être qu'elle devrait se mettre aux sports de ballon ! répond Marius qui essaye sans succès de reprendre son sérieux.

Je contemple l'olive recrachée, qui gît aux pieds de Célia. Elle suit mon regard et écrase consciencieusement l'arme du crime. Oui, son pied l'écrabouille lentement, avec précision, et elle ne me lâche pas des yeux durant toute la manœuvre. Je suis certaine qu'elle imagine que c'est mon visage, sous sa Converse.

— Elle t'a symboliquement tuée, commente Marius à mon oreille, au moment où la porte du restaurant s'ouvre et laisse apparaître Hugo.

— C'est bon, j'ai eu Mélina qui...

Il s'interrompt et nous fixe sans comprendre : moi dans les bras de Marius, Célia, furieuse, plantée devant nous.

— Qu'est-ce qui se passe ? Ça va, Gina ? Tu es toute pâle ! demande-t-il d'un ton inquiet, en s'approchant de moi.

Célia soupire avec une force digne d'un tsunami puissance 10 et nous dépasse d'une démarche rapide en marmonnant ce qui ressemble à des insultes bien senties. Puis, elle disparaît par la porte du fond, probablement celle de la cuisine.

— Je peux te lâcher ? s'enquiert Marius en desserrant son étreinte.

J'ai envie de crier : « Non, surtout pas ! Ne me lâche pas. Ne me lâche jamais... »

Carrément ?

Acalma-te[1], Gina ! L'attaque de l'olive tueuse a dû me monter au cerveau et assassiner bon nombre de mes neurones. *Marius et toi, toi et Marius, ça n'existe pas !* Il n'y a pas de « pour toujours et à jamais ». Juste quelques baisers et une question en suspens. Rien, en somme...

— Gina doit avoir vraiment, vraiment faim, parce

1. « Calme-toi ».

qu'en voulant manger quatre olives d'un coup, elle s'est étouffée avec. Célia s'est pointée au moment où je réussissais à la lui faire recracher et l'a reçue dans le front, résume Marius.

— Je suis content que tu n'aies rien Gina. Célia s'est énervée ? commente Hugo en jetant un regard vers la cuisine avant de nous scruter tous les deux. Ça vous a fait marrer ?

— Moi, non, protesté-je d'une voix faible. J'étais trop occupée à revivre.

— C'était nerveux ! proteste Marius. Jamais je ne vexerais intentionnellement Célia. C'est ma perle rare et elle le sait. Je vais aller la voir de ce pas. Pendant ce temps, finissez vos verres !

Il se dirige vers la cuisine avant de faire volte-face.

— Et par pitié, Gina, évite les olives, OK ? Je t'ai secourue avec plaisir mais essaye de faire attention !

Alors qu'il disparaît de ma vue, j'ai l'insupportable sentiment de le perdre. Je rejoins Hugo au comptoir, bien décidée à protéger mon cœur. Célia est « sa perle rare ». Moi, je ne suis qu'une fille qui ne lui a jamais sérieusement plu.

De toute façon, s'il tenait vraiment à toi, il t'aurait rejointe au phare l'été dernier..., susurre la petite voix que je renvoie à coups de pied aux fesses dans son tiroir, tout au fond de mon esprit.

6.

Vous avez trop bu et vous êtes donné en spectacle. Le lendemain :

▲ Vous êtes dans le déni total : il ne s'est rien passé. Votre meilleure amie a beau vous appeler pour vous raconter comment vous vous êtes enrubannée de papier-toilette avant de revenir sur le dance-floor pour faire le show, vous n'y croyez pas et la traitez de menteuse. Jamais quelqu'un comme vous ne serait capable d'agissements si ridicules.

♥ Vous assumez à mort : oui, vous êtes montée sur le bar, oui, vous avez voulu danser de manière sexy, oui, vous avez fini par chuter lamentablement, oui, vous avez vomi dans le Uber vous ramenant à la maison, oui, mais c'est fun, c'est drôle, c'est la vie !

♣ Vous acceptez la situation tout en étant mortifiée : votre coloc vous raconte que les voisins ont appelé la police pour tapage nocturne et que vous avez tenté de draguer l'officier venu calmer le jeu. La garde à vue vous pendait au nez à cause de votre insolence. Vous avez honte et prenez la décision fatale d'un divorce définitif entre l'alcool et vous.

Lendemain de soirée

J'ouvre un œil : c'est aussi ardu que de soulever une paire d'haltères en enchaînant des squats (Sissy Mua ordonne de « ne rien lâcher » et affirme guillerettement, sans une goutte de sueur sur le front, qu'on « peut y arriver »... Elle ment). Puis le deuxième (degré de difficulté identique... Peut-être est-ce même pire...). Ils sont lourds et secs. Flash-back brumeux : des bras puissants m'ont mise au lit alors que je chantonnais Las Ketchup (« *Y asereјé-ja-dejé, De jebe tu de jebere seibiunouva majavi an de bugui an de güididípi* »). Je n'ai ni protesté ni envisagé de me brosser les dents (mon haleine, subtil mélange d'ail, de vin et de souterrain, en témoigne), encore moins de me démaquiller. Je tâte mes cils : rigides comme Marie-Thérèse, la surveillante en chef de la cantine qui nous faisait tous complètement paniquer en sixième. Je n'ai bien sûr pas ôté mes lentilles de contact et je ressens déjà la souffrance qui s'emparera de moi quand je tenterai de les décoller de mes pauvres prunelles. Lorsque j'essaye de séparer ma langue de mon palais, c'est un échec cuisant ; on dirait qu'ils se sont passé la bague au doigt : inébranlables dans leur union. Je m'évertue un peu et y parviens enfin, prise d'un long et profond bâillement. Une conclusion, atroce, douloureuse, pulse dans mon cerveau : hier, j'ai TROP bu. Vraiment trop.

Mes souvenirs sont confus, la chronologie des événements… n'en parlons pas ! Mais je vais y parvenir. Il me faut un peu de concentration. Oui, je vaincrai les ravages de l'alcool. Et pour cela, je dois m'hydrater. Alors que je vide consciencieusement la Contrex qui trône sur ma table de chevet, la porte s'ouvre et laisse apparaître mon cousin Sandro qui clame d'une voix tonitruante :

— Alors l'Ampoule Mirifique et Charmante et Fabuleuse ? Comment ça va ? Quand je t'ai collée au lit hier soir, j'ai eu peur que tu nous fasses un petit coma éthylique ! Mais non, te voilà, rayonnante, une vraie pub pour l'eau minérale et la fraîcheur matinale…

Je repose ma bouteille et grogne en guise de réponse.

— Ou l'égérie d'une revue gothique, rectifie-t-il.

Je lui lance un regard noir.

— Quoi ? Ton maquillage a coulé et on sent comme une légère odeur de mort ! Tu ne m'en veux pas si j'aère un peu ?

À ces mots, il fonce vers la fenêtre dont il tire les rideaux, puis l'ouvre en grand.

— C'est quoi ce truc d'Ampoule ? demandé-je alors qu'un courant d'air glacial m'atteint.

— Oh ! c'est une longue histoire…, répond Sandro en me poussant pour s'installer à mes côtés. Tu as été si… productive, hier soir. Et tu… Ouah ! Gina ! Je pense que si je craque une allumette devant ta bouche, elle s'enflamme ! Tu as une haleine de chacal, sans vouloir te vexer.

Je place la paume devant mes lèvres, souffle, grimace et acquiesce.

— Toi, tu ne bois pas souvent, mais quand tu t'y mets, tu ne fais pas les choses à moitié ! poursuit-il, hilare, en croisant les jambes et calant confortablement ses mains sous son crâne. Cela dit, moi aussi, je n'y suis pas allé tout doux. Mais je tiens bien mieux que toi.

Je veux bien le croire... Tout à coup, les rouages de mon pauvre cerveau amoché se remettent en place, à la manière d'un Rubik's Cube maléfique. Oui... Les événements de la veille me reviennent en tête un par un... Il y a d'abord eu Hugo...

— J'ai rêvé ou Hugo me lâche pour la *consoada* ? murmuré-je.

Sandro acquiesce tout en tapotant mon épaule, et je me souviens...

Hugo... Hugo était déterminé à faire la fête. Il a demandé une nouvelle bouteille de rosé que nous avons copieusement entamée avant de passer commande. Quand Amhed nous a servi nos tartares à la truffe, nous l'avions finie. L'œil pétillant (quoiqu'un peu vague), Hugo a choisi un vin rouge, histoire « de varier les plaisirs ». J'avais déjà la tête qui tournait. J'aurais dû m'arrêter là, mais on a commencé à se remémorer les années d'école, puis de collège, puis de lycée... On riait et on buvait, et on riait et on buvait... C'était un cercle infernal, mais alcooliquement infernal donc délicieusement infernal, et par définition sans fin. Tout se déroulait pour le mieux. J'aurais dû comprendre qu'il fallait que je ralentisse lorsque j'ai voulu danser la macarena (Hugo m'a retenue). Je me sentais pourtant si bien : j'arrivais même à faire abstraction de Marius, qui passait de temps en temps vers nous et nous adressait quelques mots. Je n'ai presque pas été troublée quand il s'est assis quelques minutes et m'a demandé (oui, à moi, pas à Hugo : il a plongé ses yeux dans les miens, pas dans ceux de Hugo) si j'aimais mon plat, que j'ai répondu par l'affirmative, et qu'il m'a suggéré de venir plus souvent afin de goûter tout ce qu'il y avait à la carte pour décider ce que je préférais.

Alors que nous allions passer aux desserts, nous sommes tombés sur Sandro qui venait de dire au revoir à des amis, avec qui il avait bu un verre. Il s'est attablé avec nous et – plus on est de fous, plus on rit – nous avons commandé une troisième bouteille. Du blanc, cette fois. C'est vraiment, vraiment à ce moment que j'aurais dû quitter pour de bon cette pente glissante. Au lieu de ça, j'ai gaillardement siroté mon breuvage en gloussant. Ah, ça, pour glousser, j'ai gloussé...

Avant de déchanter d'un coup, lorsque le maudit téléphone de mon meilleur ami a sonné et que ce dernier a décroché pour prendre l'appel qui a foutu en l'air mon plan de maître pour la *consoada*. La nouvelle est tombée, comme une crotte de pigeon (liquide) sur mon crâne : il s'agissait de la secrétaire de la capitainerie, qui a annoncé à Hugo qu'un certain Jérôme Debrut était malade. Hugo, d'astreinte, a donc été sommé de le remplacer au pied levé, dès le lendemain, du 24 au 25, donc, afin de guider les cargos entrants. Quand Hugo m'en a informée, j'ai d'abord eu envie d'achever ce Jérôme Debrut avant de me raviser et d'avoir l'idée d'aller lui rendre une petite visite pour le tirer de son lit à coups de pied aux fesses et l'envoyer au boulot. Je l'ai même googlisé puis cherché sur Instagram, histoire de lui mettre un coup de pression. Introuvable. J'ai donc larmoyé et supplié Hugo : « Tu ne vas quand même pas bosser la nuit ! Pas pour le réveillon ! » Je crois que Hugo a répliqué (mais il avait du mal à articuler) que les chantiers de Port-la-Nouvelle ne s'arrêtant jamais, il était contraint de s'y coller. Il commencerait à 15 heures, le lendemain, et ce serait non-stop jusqu'au 25 au soir. Alors, j'ai bu à nouveau, pour effacer la contrariété de voir mon superbe plan s'effondrer.

— Hors de question de laisser gagner Tomas ! murmuré-je en ramenant la couette sous mon menton.

— On aime Tomas, on est d'accord. Mais il est insupportable de perfection. Il faut le battre ! répond Sandro en riant. Et je pense pouvoir remporter la partie !

Je réfléchis un instant, et l'image d'une blonde longiligne et pétillante me revient en tête.

— L'Anglaise ? Ce n'était pas une blague ?

— *Miúda*[1] *!* Les femmes ne sont jamais une blague pour le grand Sandro, rétorque-t-il avant de se lever pour fermer la fenêtre puis de s'asseoir de nouveau à côté de moi.

Il tapote son portable quelques secondes et me le colle sous les yeux : une conversation entre une certaine Dorothy – l'Anglaise, donc – et lui :

8 h 33 – Sandro [en ligne] :

Toujours OK pour ce soir, Dorothy ? Prête à découvrir un réveillon de Noël franco-portugais de folie ?

1. « Ma belle ».

8 h 34 – Dorothy [hors ligne] :

With pleasure, Sandro ! J'ai très hâte de venir dans ton famille. Je n'ai pas très compris pourquoi je dois faire ton fiancée, mais c'est OK. Shall we kiss at midnight ?

8 h 36 – Sandro [en ligne] :

If you want, I want. Et plus si affinités !

La Dorothy en question s'est contentée de répondre avec trois émojis : 🍆 😘 🙈 Élégance.

— *Meu Deus !* On peut dire que toi, tu es cash !

— L'honnêteté, il n'y a que ça de vrai ! se rengorge Sandro. Je ne vais pas lui mentir : si elle est partante, je serais ravi de passer une nuit torride en sa compagnie. Ça compensera la torture de la *consoada* avec Conception ! Je pense qu'*avo* va l'adorer…

— Tu as déjà vu *avo* adorer quelqu'un, toi ?

— Quand je dis adorer, je parle d'un simple hochement de tête sec, mais approbateur, précise-t-il avant de me donner un coup de coude. Et toi, *a minha boneca*[1] ! Est-ce que ton nouveau fiancé lui plaira ?

Mon fiancé… Mon fiancé, mon fiancé, mon fiancé… Ma gorge se serre, la panique me gagne. Les souvenirs de la suite de la soirée affluent soudain dans mon esprit…

Sandro, accostant les filles de la table d'à côté – le groupe d'Anglaises –, et leur dévoilant son numéro de charme : le mec fort et sensible, féministe, mais viril – son

1. « Ma poupée ».

bon vieux classique. La fameuse Dorothy, aux anges... Hugo, désolé pour moi et devant partir pour se reposer en prévision du lendemain... Sandro m'encourageant à terminer la soirée avec lui... Et puis... Du vin, encore du vin et toujours du vin... Moi, moi, moi... Moi ayant brusquement envie de danser quand le concert en plein air a commencé. Moi, titubant un peu jusqu'à la piste, heureusement soutenue par Sandro. Notre pas de deux qui a fini en cascade et notre fou rire. Puis notre retour à L'Essai pour le dessert. Et...

— Le tirage au sort..., chuchoté-je en sentant mes joues devenir brûlantes.

— Le tirage au sort ! « Voici venu le moment tant attendu par tous ! » brame Hugo, en imitant la voix de Marius.

Je me contente d'un gémissement désespéré.

— Je suis tellement chanceux d'avoir assisté à ton show...

— Tu penses que tu es capable d'oublier tout ce qui s'est passé ?

Sandro se tourne brusquement vers moi et sourcille, la mine moqueuse.

— Malheureusement, non. Je me dois de te rappeler ces événements assez régulièrement.

— Quand on sera tous les deux ?

— Tu sais bien que je ne cache rien à la famille, répond Sandro en me donnant une pichenette sur le front. On va se marrer.

— Je n'en doute pas...

— Hé ! Ce n'est pas toujours aux mêmes de trinquer ! Depuis deux ans, je me coltine à chaque repas le souvenir de la fois où j'ai invité Luna et le moment où...

— Tu as eu la gastro et que tu as vomi devant elle ! complété-je en éclatant de rire.

— Voilà ! À ton tour de subir les quolibets et l'humiliation familiale !

Si seulement je pouvais retourner en arrière... Pile au moment où Marius a clamé : « Le tirage au sort ! » Tout le monde s'est tu en attendant que Célia pioche un papier dans l'urne transparente qu'Amhed brandissait devant son nez. Elle l'a tendu à Marius qui l'a d'abord lu silencieusement avant d'annoncer : « La commande 102 est la gagnante ! Celle de Hugo et de Gina ! » Il s'est tourné alors dans ma direction et a souri largement. J'ai mis un certain temps à réaliser que j'avais gagné. J'ai ouvert la bouche puis je l'ai refermée, pendant que Marius clamait : « Félicitations ! Puisque Hugo nous a quittés, c'est à toi de choisir ce que tu veux... Et on t'écoute ! » Tous les clients ont applaudi en me fixant. Marius s'est approché de notre table. Sandro braillait que les Ferreira étaient les meilleurs et les plus chanceux du monde, alors que moi, je passais par différents stades : stupeur, déni, prise de conscience, satisfaction, joie, excitation, extase, béatitude... Je me suis sentie comme le mec lambda qui a joué au loto sans y croire et qui gagne le jackpot. Je me suis sentie puissante, surhumaine... Je me suis sentie... Wonderwomanisée. J'avais le pouvoir, la force : je dominais le monde. J'ai regardé Marius, debout devant notre table (je l'avoue : je me suis attardée une seconde sur ses biceps et sa peau brune, parsemée de grains de beauté). J'ai jeté un œil à Sandro, qui a tiré la chaise de son Anglaise pour la coller contre la sienne avant de passer son bras autour de ses épaules. Et c'est à ce moment que j'ai eu l'illumination suprême. L'idée de génie. La solution à mon problème. Le remède à l'insupportable départ de Hugo… Et quand Marius a demandé :

— Alors, Gina ? Quel est ton vœu, que je le réalise ?

J'ai répondu :

— Je… Heu… J'…

OK, j'ai un peu bredouillé avant de me redresser et d'annoncer fièrement la couleur en levant mon verre (j'ai eu sur le coup l'impression que c'était une posture stylée, mais je me rends compte ce matin que c'était juste ridicule, d'autant plus que j'en ai renversé la moitié sur la table).

— Je voudrais que tu sois présent au réveillon de Noël dans ma famille !

Je l'ai clamé haut et fort. Devant tout le monde. Marius a froncé les sourcils, l'air confus, mais s'est vite repris.

— Va pour une soirée de réveillon de Noël ! a-t-il conclu dans son mégaphone.

Les gens ont sifflé et applaudi et, dans la folie du moment, je me suis levée et j'ai fait une révérence. Et même un petit coucou à la con à la Lady Di. *Meu Deus*… Je me revois agiter la main, l'air niais…

— Célia, peux-tu nous servir trois Get, que je trinque avec les gagnants ? a poursuivi Marius.

Quand cette dernière a apporté nos verres, elle les a déposés violemment sur la table. Si fort qu'ils ont débordé et ont giclé sur moi (comme par hasard).

— Profite bien de ton prix ! a-t-elle lancé d'un ton hargneux.

Sandro, occupé à parler avec son Anglaise, et Marius,

interpellé par un client, n'ont pas vu la haine sur son visage, mais moi, OUI. OK, OK, je lui avais craché une olive sur le front. OK, l'impact avait été violent. « Mais qu'est-ce que j'y peux, moi, si je possède une puissance de lancement inégalée ? » : voilà ce que je me suis dit ! Elle n'avait même plus de trace de ce traumatisme ! Enfin... Peut-être une petite bosse, mais je n'ai pas voulu m'attarder sur ce détail. Non. Parce que soudain j'étais en colère. Cette Célia devait à tout prix arrêter de me traiter comme elle le faisait au collège. Avec ce mépris insupportable. Ce manque de respect... Je n'étais plus l'Ampoule. À moins que... Si ! J'étais *toujours* l'Ampoule. Mais une chouette Ampoule, stylée, tout droit sortie d'un magasin de déco branchouille. Une Ampoule bien dans sa peau, avec un bon job. OK, une Ampoule célibataire, mais une Ampoule désirable ! Cool. Sympa. D'accord, capable de quasi assassiner quelqu'un au stylo, mais quand on le mérite, on le mérite. Et...

Je sursaute, rabats la couette et, dans un élan de panique, attrape mon cousin par le col pour le secouer comme un prunier.

— J'ai vraiment fini par crier que j'étais une Ampoule mirifique, ch...

— Charmante et Fabuleuse, complète Sandro.

— Devant tout le monde ?

Sandro me force à le relâcher avant de me saisir par les épaules et de m'observer avec une compassion teintée d'espièglerie.

— J'ai le regret de te dire...

J'avale ma salive et murmure une petite prière en portugais…

— … Que oui.

J'ouvre grand la bouche alors que son sourire s'élargit.

— Et le meilleur, c'est que tu ne t'es pas arrêtée là. Tu as aussi braillé que Célia devait en prendre de la graine…

Je me tape le front avec ma paume.

— Heu, non, je ne suis pas exact, pardon ! Tu as crié que Célia-CACA devait en prendre de la graine !

La honte me submerge – en parfaite synchronisation avec la nausée qui me monte à la gorge –, et une bouffée de chaleur m'étreint.

— Célia-caca ?

— Célia-caca, confirme mon cousin, aux anges.

La panique me gagne. Oh *merda, merda, merda* ! Je n'ai pas fait ça… Non, JE N'AI PAS PU FAIRE ÇA ! *Catastropha* ! Comment ai-je pu en arriver là ?

— Je n'ai pas dit ça. Tu mens.

— Ne sois pas dans le déni comme ça !

Ma mémoire renchérit, en me faisant brusquement visualiser la scène de manière atrocement nette.

— Célia-caca…, murmuré-je, atterrée.

— Célia-caca, confirme Sandro avec entrain. Tu as même piqué le mégaphone de Marius pour le répéter…

Mes yeux picotent.

— TROIS fois, conclut Sandro avant d'éclater de rire.

Mes yeux picotent de plus en plus. Mais ils sont malheureusement trop desséchés pour me permettre de verser une petite larmichette d'autocompassion.

— Heureusement que ton cousin préféré – l'inégalable Sandro – veillait au grain. J'ai dû mettre fin à tout ça quand j'ai cru que Célia allait droit à la crise cardiaque tellement la rage l'étouffait, et au moment où le groupe de jeunes installés derrière nous a crié : « Une baston ! Une baston ! », je t'ai prise sur mon épaule comme un sac de patates et je t'ai sortie de là.

— Comme... un sac à patates...

Je portais une jupe. Vu la finesse légendaire de Sandro, tout le monde a dû bénéficier d'un gros plan sur ma culotte (coton, motifs chatons, large et englobante, anti-sexy) puisque mon collant n'était pas mat. Mais ce n'est qu'un détail, à côté du reste...

— Et Marius...

— J'étais concentré sur toi, pas sur Marius. Mais je crois qu'il s'est bien marré.

Je m'enfouis dans mes draps.

— Arrête de planquer ta flamboyance sous cette couette ! s'esclaffe mon cousin. Les effets ravageurs de l'alcool touchent tout le monde, un jour ou l'autre.

Je soupire alors que la scène infamante ne cesse de repasser dans mon esprit, un peu plus précise... Par contre, impossible de me souvenir si j'ai demandé à Marius de jouer mon fiancé...

— Allez, ne te prends pas la tête ! Moi, j'aime bien la Gina pleine de confiance et qui s'encense !

Je gémis.

— *Merda*... Heureusement que tu m'as tirée de là.

— Je t'ai ramenée au bercail et, en cousin dévoué et adorateur, je t'ai couchée et bordée, je te signale ! J'ai même accepté de te chanter le refrain de Las Ketchup en guise de berceuse.

— Plus jamais je ne quitterai cette chambre...

— J'ai peur que tu n'aies pas trop le choix, ma grande !

À ces mots, il se lève d'un mouvement énergique et me tend la main pour que je l'imite. Je me contente de grogner.

— Laisse-moi quelques minutes et je descends.

— Allez, digère ta performance, et ramène-toi. Je t'accorde dix minutes, OK ?

Quand je me retrouve seule, je me mords la langue pour ne pas hurler. Comment ai-je pu craquer à ce point ? Pourquoi ? J'ai un vrai problème de gestion de mes émotions. Il faudrait peut-être que je consulte ? Que je tente le yoga ? Que je me mette au vert, loin de l'humanité tout entière. Que dois-je faire ? Que vais-je faire ? Oserais-je ressortir un jour en ville ? Et Marius ? Oh non… Je dois m'excuser et lui expliquer que cette idée d'invitation n'était qu'une manifestation de la folie induite par la consommation excessive d'alcool. J'inspire profondément. Oui, je dois assumer et prendre mes responsabilités. Je saisis mon portable sur la table de chevet et le déverrouille. Trois notifications.

7 h 33 – Message vocal de Maxima :

Mi gato ! *Sandro m'a fait part de tes exploits d'hier ! Bravo ! Tu laisses parler la femme libérée, la tigresse qui est en toi. Ceci dit, si tu pouvais étouffer cette tigresse, le temps du séjour de Conception, ce serait parfait ! J'ai hâte que tu te lèves pour me raconter ça de vive voix. L'Ampoule lumineuse… J'aurais bien aimé voir ça !*

7 h 41 – Message vocal de Maxima :

Au fait, j'ai fini la saison de La Chronique des Bridgerton *! GÉ-NIAL !*

7 h 42 – Message vocal de Maxima :

Hier, contrairement à tes prédictions, Laurent ne m'a pas embêtée. Soit il est envahi par l'esprit de Noël, soit il a renoncé à cette stupide idée de mur... Quoi qu'il en soit, il m'a souhaité une belle soirée et m'a dit que lui aussi adorait regarder des séries. Tu sais, j'avais fait exprès de laisser Livio dans le jardin. Pas une seule fois mon chien adoré n'est allé vers sa haie. Je suis certaine que les crottes ne sont pas les siennes.

Je soupire, clique sur l'onglet « contacts » et fais défiler la liste jusqu'à tomber sur Marius. Dernière connexion à 1 h 30 du matin. Allez, j'y vais. En avant. *Go.* Pas le choix.

Mon index, qui tremble comme le double menton de Conception, fait un peu de résistance avant de se lancer :

Cher Marius...

Nul. J'efface.

Marius...

Trop solennel. J'efface.

Salut Marius...

On y est...

Salut Marius. Je voulais m'excuser pour hier. Je n'ai pas l'habitude de l'alcool et nous avons commencé à boire l'apéritif très tôt, avec Hugo. J'étais fatiguée du long trajet depuis Nice. Et comme je n'ai pas beaucoup mangé...

STOP. Je parle trop. Enfin, j'écris trop, mais c'est le même principe. J'efface. Je dois me montrer claire, concise.

Salut Marius.

Ajout d'un ☺.

Désolée pour hier. J'ai trop bu et je ne sais pas trop ce qui s'est passé...

Ajout d'un 😵. Hésitation, retrait du 😵.

Je m'excuse de m'être donnée en spectacle dans ton restaurant. En plus, tu venais de me sauver la vie. Je n'aurais jamais dû me comporter ainsi. Évidemment, je retire mon vœu. C'était stupide. Je te souhaite de joyeuses fêtes et te dis à bientôt !

J'hésite un instant... inspire un bon coup et, sans plus réfléchir, appuie sur la touche « envoi ». Je soupire de soulagement. Affaire réglée. Mais je ne peux m'empêcher de contempler l'écran de mon portable.

9 h 03 – Marius [en ligne] :

Mon cœur accélère.

9 h 09 – Marius [en ligne] est en train d'écrire...

Meu Deus ! C'en est trop pour moi. Pire que le décompte de la finale de Miss France (oui, ce concours est sexiste, mais je ne peux pas m'empêcher de le regarder religieusement chaque année).

9 h 21 – Marius [en ligne] :

Salut Gina. Aucun souci pour hier, combien de fois ça m'est arrivé ! 😵

J'aurais dû laisser mon smiley ivre.

Moi, j'ai trouvé ça marrant. Quant à ton vœu…

Je scrute mon écran fébrilement… Aimerait-il venir ?

9 h 28 – Marius [en ligne] est en train d'écrire…

(Et moi, j'ai l'impression de mourir.)
J'attends, j'attends…

9 h 32 – Marius [en ligne] est en train d'écrire…

Encore !
Il pond un roman ou quoi ?
Puis…
Rien.

Marius [hors ligne] Dernière connexion à 9 h 30.

QUOI ? ? ?

Mais POUR-QUOI me fait-il ce coup-là ? C'est aussi dégueulasse qu'une fin de saison de série, quand on quitte les personnages sur un insupportable *cliffhanger.* Il se moque de moi. Qu'allait-il dire ? Je réfléchis frénétiquement et en arrive, va savoir pourquoi, à la conclusion qu'il est indispensable que je lui dévoile les raisons de cette invitation inopinée, que je viens d'annuler.

Je m'excuse pour ce vœu déroutant… je ne te l'ai pas

expliqué hier, mais tout est parti d'un pari stupide avec mes cousins. Ma grand-mère vient nous rendre visite. Disons qu'elle est assez traditionnelle et surtout terrifiante. Je te passe les détails, mais on a eu l'idée de faire semblant de tous être en couple pour lui faire plaisir. C'est devenu une sorte de concours entre nous. Hugo devait se dévouer pour jouer mon fiancé, mais il est finalement pris par le boulot. C'est pour ça que je t'ai invité hier. Mais j'avais trop bu et je me rends compte que c'est stupide et étrange ! Pour tout avouer, je me sens un peu honteuse, mais cette histoire a au moins un avantage : je suis déterminée à assumer mon célibat devant ma grand-mère ! 💪 🙄

Oui, c'est bien. Honnête, simple et tout en légèreté.
Envoi.
Message marqué comme lu.

9 h 39 – Marius [en ligne] est en train d'écrire...
Et...

Marius [hors ligne] Dernière connexion à 9 h 40.

Ce mec veut me rendre folle. Je soupire et rejette la couette. J'hésite à me fendre d'un texto à Hugo pour tout lui raconter, mais me ravise. Je n'ai pas envie de parler de Marius avec lui et encore moins de me remémorer ma honte d'hier... Je dois oublier cette histoire. Ne plus y penser... Et Célia ? Comment réagira-t-elle quand je la recroiserai ?

Je ne le saurai pas puisque je ne sortirai plus jamais en ville. De toute ma vie. Oui. Je deviendrai une ermite. Une VRAIE. Forte de cette inébranlable décision, je me lève enfin et me dirige vers la petite salle de bains attenante à ma chambre, me préparant à faire peau neuve (ce ne sera pas du luxe) quand...

— Gina ! *Querida !* Vite ! Descends !

C'est la voix de ma tante, complètement affolée. Pouls qui accélère. Que se passe-t-il encore ? Je me précipite dans le couloir et dévale les escaliers.

— *Tia* ! *TIA* ! Tout va bien ?

— Viens ! Dépêche-toi !

Je fonce dans la cuisine. Quand j'y entre, j'aperçois Max, debout devant la table sur laquelle est posée une grande enveloppe décachetée.

— Il n'y avait pas de nom, j'ai cru que c'était pour moi... mais je pense que ça t'est destiné, *mi gato...*

Quand je m'approche et que je jette un œil au courrier que me tend Max, un hoquet de surprise m'échappe. Il s'agit d'une simple feuille blanche, sur laquelle on a écrit en lettres rouges :

Ne reviens jamais.

Sans un mot, ma tante saisit l'enveloppe et l'ouvre pour me montrer ce qui s'y trouve : de la terre.

— Qu'est-ce que ça veut dire ? murmure Max.

— Je n'en ai aucune idée...

Et pourtant. Pourtant, dans mon esprit germe un début de réponse.

7.

Si vous étiez propulsée au cœur d'un thriller haletant, vous prendriez la place :

♥ De l'héroïne que rien n'arrête : poursuivre le grand-méchant-avec-son-regard-de-maître-psychopathe-et-son-couteau-ultra-pointu-et-sa-cicatrice-de-guerre, puis l'attraper par la peau des fesses, lui coller votre poing dans la figure et le menotter dans la foulée ne vous font pas peur.

♣ De la victime terrorisée : vous êtes observée par un harceleur, mal planqué derrière le lampadaire en bas de chez vous… Il apparaît, il disparaît et vous épouvante : vos ongles sont rongés jusqu'au sang, vos lèvres sont gercées à force de mordillage, et votre tension est aussi élevée que si vous vous étiez enfilé trente boissons énergisantes d'affilée. Décidément, le visionnage de Ça (qui vous avait traumatisée), c'était de la rigolade, à côté de ce que vous vivez.

▲ Du témoin : tranquillou-bilou, vous avez assisté à pas mal de trucs, planquée derrière votre rideau entrouvert ou en faisant mine d'arroser vos plantes artificielles. Rien ne sert de payer un abonnement à Disney+, la vie des gens est tellement fascinante ! Vous vous sentez open pour coopérer avec les forces de l'ordre en cas d'enquête. Pire que l'œil de Sauron, vous voyez TOUT.

Mystère à La Nouvelle

Max tient l'enveloppe entre le pouce et l'index comme s'il s'agissait d'un sac à crotte contenant une déjection canine fraîche et fumante. Ou une bombe atomique programmée pour tous nous envoyer dans l'au-delà en moins de deux. Ou un mix des deux.

— Entre cette... *chose* et l'arrivée de ma mère... J'ai l'impression d'avoir été plongée dans un thriller alors que ce que j'aime, moi, ce sont les séries romantiques !

— Attends, tu devrais essayer ! Tu as vu *La Femme qui habitait en face de la fille à la fenêtre* ? Avec Kristen Bell ? C'est vraiment chouette ! Je te conseille de t'y mettre parce que c'est à la fois flippant ET second degré : vraiment, l'actrice est...

Œillade atterrée de ma tante ; je m'interromps. Qu'est-ce qui me prend ? Comme si je n'avais pas d'autres chats à fouetter que de me lancer dans une critique cinématographique détaillée ! L'affaire est gravissime. Je suis la cible d'une ignoble attaque anonyme, la proie d'un infâme corbeau... Tout à coup, l'image de Jon Snow dans *Game of Thrones*, super sexy, supra hot, méga viril, s'impose à moi... Mmmh, j'accepte d'être sa proie sans hésiter. Il peut me kidnapper, me ligoter, me... STOP ! Jon Snow est LE seul homme-corbeau glamour du monde. Et c'est un personnage de fiction. Moi, j'ai affaire à un être vil et lâche, qui n'assume même pas ses propos. À moins que… ? Je saisis la feuille « Ne reviens jamais » et l'observe sous toutes les coutures, à la recherche d'un indice, de la moindre petite trace, d'une…

— Empreinte digitale…, murmuré-je.

— Gina, *minha preciosa*, tu nages en plein délire. Tu regardes des thrillers et pourtant, tu ignores que les empreintes digitales ne sont pas visibles à l'œil nu ?

— On ne sait jamais ! Si leur propriétaire a boulotté du Nutella et qu'il ne s'est pas lavé les mains…

Mais je déchante vite : la feuille est impeccable. Max s'empare alors de l'enveloppe, fourre le nez dedans, paupières closes, puis elle inspire comme si elle s'apprêtait à déguster un grand cru (elle pourrait vraiment faire illusion chez un caviste !). Alors que je pouffe, elle me lance une œillade sévère.

— En tant que fleuriste, je m'y connais, tout de même ! Il y a une fraîcheur bien ronde. La terre n'est pas sèche, commente-t-elle d'un air savant, avant de fourrer la main dans l'enveloppe pour tâter son contenu. Souple au toucher, homogène…

Waouh ! Elle ferme même les yeux ! *Meu Deus !* À ce train-là, si je ne l'arrête pas, elle va finir par la goûter !

— OK, Miss Marple ! Merci pour ces conclusions, mais moi, ce qui m'intéresse, c'est l'identité du coupable…

Elle ouvre brusquement les paupières, comme ramenée à la réalité.

— Sandro pourrait nous aider : il a toujours été doué au Cluedo. Tu te souviens de la fois où il a deviné dès le début de la partie que le colonel Moutarde était le meurtrier ? Je...

— Où est-il ?

— Je l'ai envoyé faire quelques courses pour la *consoada*.

D'un geste de la main, elle désigne le plan de travail, rempli de victuailles, sur lequel trône l'un des treize desserts du réveillon, mon préféré : le *baba de camelo*, un flan tout simple au lait concentré et aux amandes, accompagné de *fios de ovos*, cette garniture en forme de fils à base de jaunes d'œufs et de sucre. J'en ai l'eau à la bouche et ne peux m'empêcher de m'en approcher pour goûter les brindilles dorées.

— C'est réussi ? demande Max, inquiète.

— Absolument parfait, comme d'habitude ! Elles fondent sous la langue !

— Il y a intérêt. Au moindre faux pas, Conception va me tomber dessus...

Elle se tord les mains avec angoisse, jusqu'à ce que je la rejoigne et que je la prenne dans mes bras. Elle accepte mon étreinte quelques secondes, avant de gigoter pour se dégager et de poursuivre en s'agitant inutilement :

— Conception arrive dans la journée. Je ne sais même pas quand. Cette femme est incroyable de perversion ! Comment puis-je être si gentille alors qu'elle est si méchante ? Elle nous gâchera la soirée ! Elle est tellement maligne... Comment a-t-elle réussi à trouver un vol en moins de deux ? Elle a dû terroriser un pauvre employé d'Air France qui en a cauchemardé toute la nuit, c'est certain ! Elle lui a peut-être fait du chantage... Je suis persuadée qu'elle va m'appeler au dernier moment pour que je vienne la chercher à l'aéroport... Et quand je me pointerai, elle me reprochera mon retard. À moins qu'elle ne débarque sans crier gare pour essayer de me tendre un piège. Quelle vieille bique… Elle est de pire en pire : je te jure, *querida* : les parents, c'est comme le coton blanc, ça vieillit mal. Et…

— Max, on sera tous là pour temporiser… On te soutiendra !

— C'est ça ! La dernière fois où Conception est venue, vous avez tous trouvé une raison pour filer, bande de lâches !

Je rougis et lève les paumes en signe d'excuses.

— Je l'admets, elle fait trop peur…

— Je ne te dirais pas le contraire. Mais bon ! Revenons à nos moutons. L'enveloppe. Tu crois que c'est…

… Lui. C'est une évidence. Il veut avoir le dernier mot. C'est si typique de ce pauvre poivron farci à la connerie. De ce *louco*[1] de…

— Djonatane.

Le regard de ma tante s'éclaire.

— Mais bien sûr ! Il enfonce le clou !

— Ah, ça pour l'enfoncer, il l'enfonce ! Avec la finesse du marteau de Thor !

La colère me gagne. Comment ce suppôt de Satan aux cheveux ultra-gominés (et malgré tout légers et virevoltants : c'est agaçant !) ose m'envoyer une lettre de menace ? Comment a-t-il trouvé mon adresse ? COMMENT ? Quoi qu'il en soit, je lui ferai comprendre les choses, moi. Je lui montrerai qui est le plus puissant. Cette fois, ce n'est pas dans l'oreille que je lui fourrerai mon stylo, mais dans

1. « Cinglé ».

la bouche pour étouffer son venin ! Dans les yeux, pour l'aveugler ! Dans les bijoux de famille, histoire de couper net son ego délirant de petit conn...

— Pourquoi est-ce qu'il a mis de la terre dans l'enveloppe ? demande Max, pensive.

C'est vrai, ça ! Pourquoi ? Instant de silence durant lequel mon cerveau s'active comme un lapin de garenne sous ecstasy... avant que l'horrible vérité éclate dans mon esprit (de moins en moins embrumé par les effets dévastateurs de l'alcool : recevoir un tel courrier est encore plus efficace qu'une nuit en cellule de dégrisement). *Meu Deus ! Ele é o diablo*[1] *!*

— C'est évident, murmuré-je, abasourdie. C'est une menace de mort en bonne et due forme !

Max porte la main à son cœur et esquisse un rictus de panique.

— De... mort ?

Sa voix s'est transformée en un couinement terrorisé.

— Une vraie menace de mort ? poursuit-elle. Pas comme celle de Conception ?

Je hoche la tête d'un air sinistre.

— Conception est ce qui se fait de mieux en matière d'épouvante, mais Djonatane joue dans une autre catégorie : celle des fourbes accros au boulot. Il tient à récupérer ma rubrique plus qu'à sa propre vie. Enfin, il est débarrassé de moi en m'exilant, ce qui lui laisse le champ libre pour essayer de s'en emparer ! Voilà le message qu'il veut faire passer : si tu reviens, je te zigouille puis je te colle six pieds sous terre. Je t'enterre. Je t'ensevelis. Je...

1. « C'est le diable ! »

— Oui, oui, j'ai bien saisi l'idée, *pedade*[1] !

Max place la paume devant sa bouche pour étouffer un cri avant de poursuivre :

— Tu dois à tout prix porter plainte !

Je gonfle la poitrine et prends un air conquérant (le même que Buffy, quand elle s'apprête à envoyer une armée de vampires dans l'au-delà) avant de clamer :

— Je ferai mieux que ça. Je parlerai à ce *palerma*[2]. Je te jure qu'il retirera ses menaces, sinon cette histoire ira bien plus loin qu'un tympan à peine effleuré.

— J'ai l'impression de voir Guillermo... Tu sais, mon arrière-arrière-grand-oncle chasseur de prime. Et je t'avoue que ça m'effraye. *Por favor*, ne te transforme pas en criminelle ! Je n'ai pas envie que tu finisses derrière les barreaux !

— Ne t'inquiète pas et laisse-moi gérer la situation. Je reviens : il me faut juste passer un petit coup de fil à ce *palhaço*[3], à cette tête d'endive, à ce fils de mouette, à ce...

— Tu es certaine de ne pas vouloir confier cette affaire à la police ?

— Non, j'exige une confrontation à l'ancienne. Un véritable DUEL ! m'exclamé-je avant de quitter la cuisine d'un pas flamboyant alors que Max s'écrie : « Sans épée, hein ! »

Je gagne ma chambre au pas de course, ouvre la porte à la volée puis contourne mon lit pour empoigner mon

1. « Pitié ».

2. « Abruti ».

3. « Crétin ».

téléphone, déterminée à pulvériser verbalement Djona-con et…

Une notification.

Un nouveau message de…

10 h 21 - Marius [hors ligne] :

Étrangement, mon détestable collègue passe au second plan illico… Et l'image d'un Marius sexy, vêtu d'un T-shirt noir laissant apparaître ses biceps, sourire ravageur aux lèvres, envahit mon esprit.

C'est comme tu veux, mais moi, j'étais ravi de ton invitation ! Je suis complètement libre puisque dans ma famille, on se réunit le 25. Alors ? Qu'est-ce que tu en penses ? Tu tires à pile ou face et tu me dis ?

Impossible qu'il soit en couple avec Célia. Mes mains se mettent à trembler, et me voilà envahie par un souvenir que je ne peux repousser. *Pile ou face…*

Le baiser sous cape

C'était durant l'année de seconde, celle qui a précédé le départ de Marius à Perpignan pour suivre une filière sport-études.

Au mois de juin, le lycée avait organisé un bal masqué afin de clôturer l'année en beauté. Thème ? La mer, évidemment ! Hugo et moi nous étions longuement penchés sur nos choix de costumes, puisqu'il fallait que je refuse chacune de ses suggestions (celle des murènes tarées d'Ursula dans *La Petite Sirène*, celle de la baudroie abyssale – clairement la créature la plus terrifiante des fonds marins – et celle d'une méduse gluante et gélatineuse : rien que de l'antisexy) car, selon Hugo, un déguisement DEVAIT être drôle.

Au final, nous avions trouvé un compromis en décidant d'incarner Nemo et Dory. Je portais un legging et un top bleus, assortis d'une queue jaune (Hugo avait insisté), alors que lui avait customisé un pantalon et un T-shirt blancs en y peignant des rayures orange. Nous avions dégoté deux masques en forme de gueule de poisson, et le rendu final, quoiqu'un poil ridicule, n'était pas mal du tout.

Le conseil des lycéens, présidé par Célia (forcément), avait décoré la salle polyvalente. C'était magnifique : des néons azur balayaient les lieux ; de grands panneaux représentant des vagues avaient été placardés sur les murs. Des bulles de savon flottaient au-dessus de nos têtes. Les élèves étaient installés autour des larges tables de la cantine, déplacées ici pour l'occasion, ou dansaient. La plupart des filles portaient un déguisement glamour – sirène, naïade –, et je me suis sentie un peu stupide. Mais je suis passée outre, et nous nous sommes amusés. Vraiment !

Ce n'est que plus tard dans la soirée que Marius et les autres rugbymans, qui jouaient un match contre Béziers, sont arrivés. Comme d'habitude, ils ont fait sensation, et les regards se sont braqués sur eux, même s'ils n'étaient pas déguisés. Damien m'a repérée et m'a rejointe : nous sortions ensemble depuis deux semaines. Il était mignon, sympa et distrayant. Ce n'était pas transcendant. Je n'étais pas amoureuse, mais sa compagnie m'était agréable. Je ne voulais ni le quitter ni rester avec lui. J'attendais mollement que l'année se termine et que nos relations se délitent. Il a déposé un baiser rapide sur mes lèvres, puis, pressé par Hugo, il lui a raconté le déroulement du match seconde par seconde. Marius s'est approché. Il a serré la main de Hugo et m'a souri. Mon cœur a cogné plus fort.

— Bravo pour la victoire ! a lancé Hugo.

— Merci ! a répondu Marius. Jolis costumes, tous les deux ! Et j'aime bien le souci du détail !

Il a pointé le doigt sur mes lunettes aux montures bleues.

— Tu les as coloriées pour les assortir à ton déguisement ?

J'ai acquiescé.

— Très réussi, a-t-il commenté. Dory te va bien. Très attachante bien que fatigante !

Un rire taquin lui a échappé.

— Tu fais référence au TP de chimie que j'ai eu le malheur de devoir faire avec toi ? ai-je répliqué en lui administrant un léger coup à l'épaule. Si ce prof arrêtait son jeu de pile ou face pour nous mettre en binôme, aussi ! « Pile, vous choisissez votre partenaire, face, c'est moi ! » Enfin, bref, je suis peut-être fatigante, mais grâce à mon sens du détail, on a eu 19 je te rappelle !

— Sens du détail qui t'a amenée à m'envoyer un message à minuit, la veille du rendu, pour m'ordonner de recommencer le croquis de notre solution, car le violet n'était pas assez clair pour toi !

— Il ne l'était pas ! Si tu n'avais pas accepté, on aurait eu...

— 18,5 ?

— Voilà ! Un demi-point, ce n'est pas rien !

Nous avons ri et Damien a passé un bras autour de mes épaules avant de commenter :

— C'est ma petite intello à moi…

— C'est vrai que c'est la plus intelligente. D'ailleurs, je me suis exécuté sans protester, a poursuivi Marius. Le pile ou face a finalement bien fait les choses ! Tu aurais pu tomber sur quelqu'un qui conteste tes décisions et refuse de passer une nuit blanche à dessiner pour tes beaux yeux !

— Au final, je dois te dire merci, alors ?

Marius a fouillé dans sa poche et en a extrait une pièce de 1 euro.

— Pile, tu exprimes publiquement ta reconnaissance devant ton meilleur ami et ton mec. Face, je te dispense des remerciements de mise.

Nous avons ri et il a lancé la pièce.

— Face !

J'ai serré le poing en signe de victoire et lui ai tiré la langue. Il a haussé les épaules. Ses prunelles pétillaient.

— Moi, le pile ou face, je trouve ça nul et je n'en ai pas besoin pour me décider, contrairement à notre prof ! Alors merci d'avoir été conciliant ! ai-je dit.

Marius s'est incliné pour me saluer.

— Mais de rien, mademoiselle ! C'était un plaisir de passer la nuit à satisfaire vos moindres désirs !

— Cette phrase, hors contexte…, a commencé Hugo.

— Arrête, je pourrais mal le prendre ! a lancé Damien en pressant mon corps contre le sien.

J'ai ressenti une violente envie de le repousser. Oui, c'était bien ça, mon sentiment. Non, pas un sentiment… une sensation physique, impérieuse. Je me suis écartée et j'ai ri tout en me sentant chavirer… avant de sursauter quand le cri de ralliement de l'équipe de rugby a retenti. Marius et Damien se sont excusés et nous ont quittés.

La team au grand complet est revenue un quart d'heure plus tard : tous les garçons étaient déguisés en requins. Ils portaient une tenue grise : un collant qui laissait voir leurs cuisses musclées et un haut, gonflable et gonflé, qui reproduisait la forme du corps du dangereux prédateur. Touche finale : un aileron pointu dans le dos. Leur masque était assez réaliste, effrayant, et l'on n'apercevait d'eux que leur bouche. Ils se sont dispersés à droite et à gauche, semblant passer à l'attaque. Damien est revenu vers nous. Il m'a tendu la main pour m'entraîner sur la piste de danse. Il m'a enlacée : la sensation était chaude et agréable. Lorsque nos cuisses se touchaient, le fin tissu de nos costumes me permettait de sentir la chaleur et la souplesse de son corps. Nous étions bousculés de part et d'autre. Les lieux étaient noirs de monde, à tel point que nous avions à peine la place de bouger. Quand on m'a poussée brusquement, Damien a resserré son étreinte et j'ai eu la délicieuse surprise d'un frisson, long et enivrant, qui m'a traversée tout entière, qui a pris possession de moi. Nous avons commencé à nous mouvoir, à danser lentement. Ma joue reposait sur son torse et ma peau frottait contre le tissu rigide. J'avais le souffle court et le ventre contracté sous l'effet du trouble, d'une émotion indescriptible que je n'avais jamais ressentie en présence de Damien. *Suis-je requinophile ?* me suis-je même demandé avec un zeste de terreur.

Juste avant que *Stand by Me* se termine, Damien a légèrement reculé. Je me suis hissée sur la pointe des pieds pour l'embrasser. Son nez de requin a cogné mon sourcil.

Il a bougé, mais j'ai réussi à l'atteindre. Ses lèvres étaient humides, un peu salées. Délicieuses. J'ai entrouvert la bouche. Il a hésité puis m'a imitée, un peu timidement. Nos langues se sont à peine effleurées, et alors que mon corps tout entier vibrait, j'ai réalisé. J'ai tout compris. Ces lèvres étaient bien trop charnues pour être celles de Damien. J'ai été renvoyée des années auparavant, sous le ponton de bois de la plage du Rouet et… il a reculé brusquement puis disparu dans la foule. Il m'a laissée là, les bras ballants, crevant d'envie d'en avoir plus. Je n'ai retrouvé Damien que bien plus tard dans la soirée. Je l'ai quitté : jamais je n'aurais pu l'embrasser après avoir goûté au délice des lèvres de Marius. Parce que, j'en avais la certitude absolue, c'était Marius que j'avais embrassé ce soir-là.

Émue, je m'extrais de mon souvenir et fixe mon téléphone, au creux de mes paumes tremblantes, avant de relire les derniers mots de Marius :

Alors ? Qu'est-ce que tu en penses ? Tu tires à pile ou face et tu me dis ?

J'ouvre mon sac à main, jeté hier au sol, en sors mon portefeuille, et prélève une pièce, que je lance en murmurant :

— Pile, tu viens. Face, je suis seule.

La pièce atterrit… Pile. Je ne peux m'empêcher de sourire, tout en hésitant. Mais je visualise soudain ma terrible grand-mère, lèvres pincées, chignon serré, me scrutant de haut en bas avec un air de vautour prêt à fondre sur sa proie innocente, prête à me gratifier d'une remarque plus acide que le pur jus de citron que j'essaye de m'enfiler le matin sous prétexte que ça donne bonne mine. Est-ce judicieux que Marius soit là ? Oh ! *Erro*[1] ! Il faut que je tranche. D'autant plus que j'ai tout de même une menace de mort à régler… Et le sort l'a décidé pour moi. *Em frente*[2] ! Alors, je réponds :

> La pièce est tombée côté pile, donc je serai ravie de t'accueillir ce soir à la maison ! 19 heures, c'est OK pour toi ? Je te promets que le repas sera délicieux : il sera à la hauteur de ton effort !

Je résiste à la tentation de regarder si mon message est lu, si j'ai droit à un « Marius [en ligne] est en train d'écrire… » et bascule sans transition à l'appel qui renverra Djona-la-cata dans les cordes.

Ça sonne. Encore. Et toujours. Boîte vocale… Je raccroche, agacée. Mon imbuvable collègue a CONSTAMMENT son portable sur lui et ne daigne JAMAIS le coller sur silencieux. Même en pleine réunion. Normal : il passe son temps à checker les réactions de ses *followers* sur Instagram (oui, Djonatane fait des photos stylées, oui, il a une armée de groupies à sa botte qui l'inonde de compliments à chaque post et oui, je suis au courant, car je le *follow* moi aussi. Que personne ne me juge : tout le monde mate ce que fait son pire ennemi sur les réseaux). Sachant que Djonatane embarque même son téléphone aux toilettes, il me semble évident qu'il fait exprès de ne

1. « Mince alors ! »

2. « En avant ! »

pas me répondre. À moins que… Un sursaut de terreur me secoue. Et si Djonatane avait mis son portable sur silencieux ? Et s'il avait fait ça parce qu'il n'a pas de temps à lui accorder, pour une fois ? Et ce, pour une bonne raison : s'il était ici, à Port-la-Nouvelle ? Tout près… planqué dans le buisson du jardin, cherchant une opportunité pour s'introduire dans la maison pour se venger. Mais oui, c'est plausible ! L'enveloppe n'a pas été affranchie, mais déposée. En main propre. *Meu Deus !* Si ça se trouve, Djonatane est grimpé le long de la façade et m'a observée dormir, attendant son heure pour à son tour m'enfoncer un stylo dans le tympan… J'ai la tête qui tourne. Panique ! Panique ! Je… Je…

— Stop, Gina ! lancé-je d'une voix ferme.

J'inspire longuement en reprenant mes esprits. Djonatane est certes la plus horripilante des créatures vivantes mais ce n'est PAS un dangereux criminel. Même s'il avait des envies de meurtre, il ne passerait pas à l'acte : il tient trop à son boulot pour souhaiter végéter en prison. Mais alors, l'enveloppe ? A-t-il fait appel à un coursier ? Il faut que je sache la vérité, et si besoin, je le harcèlerai jusqu'à le faire craquer, quitte à lui tenir compagnie en cellule pour m'être transformée en psychopathe de premier ordre. Je compose de nouveau son numéro. Et cette fois, on décroche au bout d'une sonnerie.

— Allô ?

Je connais cette voix !

— Sonia ? dis-je, étonnée qu'elle réponde à la place de mon ennemi juré.

— Gina ! Tu vas bien ?

— Oui… Heu… Je me suis trompée de numéro ? Je croyais appeler Djonatane…

— C'est le cas, mais…

Un grognement puissant, en arrière-fond, l'interrompt et c'est un ton plus bas qu'elle poursuit :

— Attends deux secondes…

J'entends des pas puis un bruit de porte qui s'ouvre et se ferme discrètement. Intriguée, je plaque mon portable contre mon oreille (si fort que, si elle le pouvait, elle protesterait contre tant de violence).

— Oui, Gina, je t'écoute ?

— Sonia, est-ce que je pourrais parler à Djonatane, s'il te plaît ? Comment ça se fait que tu répondes pour lui ? Tu…

Je m'arrête brusquement, alors qu'une vision d'horreur me donne envie de me transformer en tragédienne grecque pour me griffer le visage et m'arracher les yeux. Car, oui, je viens d'imaginer l'adorable et douce Sonia dans les bras de… Djonatane… Son AMANT.

Oui. C'est la seule raison pour laquelle elle répondrait à sa place et…

— Impossible de lui parler, je suis désolée… Tu n'es pas au courant ? dit-elle d'une voix éplorée.

— Au courant de quoi ?

— Il lui est arrivé une sacrée tuile. Quand il est sorti des urgences après que tu lui as quasi percé le tympan…

— Je n'ai pas fait ça ! La blessure est superficielle ! m'insurgé-je.

— Il est rentré chez lui et… il s'est fait renverser par deux Jean-Michel.

Qu'est-ce qu'elle raconte ? Elle a bu ou quoi ? À moins

qu'elle essaye de me cacher leur torride liaison à l'aide d'un mensonge saugrenu…

— Deux… Jean-Michel ?

— Oui, deux Jean-Michel qui font partie de l'Amicale des Jean-Michel du vélo… C'est le nom de ce club de cyclisme qui n'accepte que des membres qui s'appellent Jean-Michel… Chaque lundi, en fin de journée, ils font une sortie en groupe… Apparemment et selon les divers témoignages, Djonatane a traversé la route sans regarder…

— *Meu Deus !* Il est en vie ? demandé-je, affolée par son ton sinistre.

Je déteste tellement Djonatane que je lui souhaite une calvitie précoce, mais pas la mort, tout de même !

— Oui, ne t'inquiète pas, explique Sonia. Mais le pauvre a les deux bras cassés…

— Non ? !

— … Les deux mains aussi…

— Impossible !

— … Et le majeur droit.

— Incroyable ! dis-je en tentant de museler mon enthousiasme alors que Sonia poursuit d'une voix lugubre :

— On lui a roulé dessus. Les deux Jean-Michel en tête de peloton allaient très vite… Ils n'ont pas eu le temps de freiner. Heureusement que les autres ont pu l'éviter !

Je reste bouche bée. D'une part parce que je suis stupéfaite… D'autre part – je l'avoue, c'est condamnable – parce qu'il est plus facile de retenir mon gloussement les lèvres serrées.

— Tu voulais lui parler ?

— Heu…

— Il dort pour le moment. Si tu rappelles plus tard, tu

tomberas sur Enrique. Avec les collègues, on a organisé des tours de garde et on se relaye pour rester à son chevet.

— C'est très gentil de votre part.

— Oh ! c'est normal ! Je suis certaine que malgré vos... mmmh... divergences... tu n'aurais pas hésité une seconde à lui tendre la main.

Je me contente d'un murmure vague (qui peut passer pour de l'approbation).

— Et toi, ça va ? Tu es heureuse d'être rentrée chez toi ? Les fêtes se préparent ?

Je lui raconte un peu ma vie, elle en fait de même dix bonnes minutes avant que...

— Attends pour raccrocher : je vérifie si Djonatane est réveillé ! On ne sait jamais !

Por favor, qu'il ne le soit pas !

Je tends l'oreille et perçois un râle peu engageant.

— Djonatane ! C'est Gina. Tu veux lui parler ?

Des grognements indistincts se succèdent avant que j'entende la voix de mon infâme collègue... Une voix faible... Un pauvre gémissement.

— Désolé, Gi... Gina. Mon karma m'a... m'a pu... puni pour t'avoir poussée à bout. Je t'offrirai des sty... stylos et... Et...

Sa tirade prend brusquement fin et cède la place à des ronflements sonores. Sous l'effet de la surprise, je hoquette.

— Oui, je sais, Gina. C'est terrible de le voir dans cet état, lance Sonia qui pense sûrement que, comme toute personne normalement constituée, je suis sous le choc (alors que je me demande juste si le cerveau de Djonatane n'a pas été lui aussi touché). Mais il n'a rien de grave et se rétablira plus vite qu'on ne le croie !

Lorsque nous raccrochons, je me laisse tomber sur le lit et tire les conclusions qui s'imposent : Djonatane ne peut être le coupable… Pas dans cet état ! Je soupire de soulagement… avant que l'angoisse refasse surface… En effet, si Djonatane est innocenté, alors qui est le corbeau ? Existe-t-il d'autres gens qui me détestent, mis à part mon collègue ? Suis-je si horripilante ? Je fronce les sourcils, prête à me creuser la cervelle pour avoir le fin mot de l'histoire, quand mon téléphone vibre dans ma main :

11 h 34 - Marius [en ligne] :

OK. Dernière question : dois-je jouer ton fiancé ? 💍

Je souris, et m'apprête à taper une réponse, mais il est plus rapide que moi.

11 h 34 - Marius [en ligne] :

Je dois savoir, histoire de répéter pour me mettre dans la peau de mon personnage, comme les grands acteurs !

11 h 34 - Moi [en ligne] :

Carrément, les grands acteurs !

11 h 35 - Marius [en ligne] :

Tu doutes de mon talent ?

11 h 36 - Moi [en ligne] :

Je ne me le permettrais pas ! Ton interprétation du vilain petit canard, en CE1, restera pour toujours gravée dans mon cœur. Quelle prestation !

11 h 36 - Marius [en ligne] :

Jamais tu n'as entendu quelqu'un déclamer aussi bien, avoue !

11 h 36 - Moi [en ligne] :

Jamais un coin-coin n'a été aussi émouvant, je l'admets.

11 h 36 – Marius [en ligne] :

Je pense que mon éloquence ne m'a pas quitté : je suis capable d'impressionner ta grand-mère en étant ton faux mec. Et je te promets de ne pas dire coin coin.

Ton faux mec... Est-ce qu'un faux mec donne de faux baisers ? Est-ce qu'un faux baiser impliquerait nos deux langues qui se caressent ? *Acalma-te*, Gina ! Je tente de me ressaisir mais mes jambes se mettent à trembloter comme celles d'une mamie (Conception exceptée : elle pourrait envoyer Hulk dans l'au-delà à coups de pied aux fesses).

11 h 38 - Moi [en ligne] :

OK, je compte sur ta formidable capacité d'interprétation, alors ! Merci beaucoup Marius !

11 h 38 - Marius [en ligne] :

Avec plaisir. Je suis prêt à tout pour une « Ampoule fabuleuse »... 😵😂😂😂😂😂

Pardon. C'était facile. Mais tu m'as tellement fait rire, hier !

11 h 39 - Moi [en ligne] :

Mais ! ! ! C'est l'alcool qui parlait, pas moi ! D'ailleurs, en tant que patron, tu aurais dû refuser de me servir. On ne laisse pas les clients en état d'ébriété creuser la tombe de leur dignité sans rien faire !

11 h 39 - Marius [en ligne] :

Mes plus plates excuses ! Je pensais que tu gérais ! Et sinon... Est-ce qu'il y a un dress code particulier pour impressionner les grands-mères acariâtres ?

11 h 40 - Moi [en ligne] :

Aucun. Reste toi-même !

Charmant... beau... solaire... capable de me briser le cœur.

Je fixe mon téléphone, attendant une réponse.

Marius [hors ligne] Dernière connexion à 11 h 39.

Et je le pose en essayant de ne pas m'emballer.

8.

On dit souvent que l'on hérite des comportements familiaux : les mimiques, la gestuelle, les expressions verbales… Aussi, quand vous serez grand-mère, vous serez peut-être à l'image de la vôtre. Vous vous visualisez donc comme :

♣ Une grand-mère complètement gâteuse : et vas-y que je prépare des gâteaux à tout-va pour les petits-enfants, que j'excuse leurs comportements les plus condamnables (par exemple, quand ils braillent un chapelet d'insultes tout en canardant le vénérable chat de la voisine à coups de Nerf Rebelle).

♥ Une grand-mère moderne : voir les petits-enfants ? OK, mais que ça n'empiète pas sur votre cours de Pilate-spécial-élimination-du-double-menton et votre rendez-vous hebdomadaire au Club des lectures coquines de l'Âge d'or. Ça matche ? D'accord. Mais hors de question de jouer aux petits chevaux, au programme : visionnage d'une série Netflix, sushis à gogo et grandes discussions.

Une grand-mère acariâtre et flippante : vous prenez un malin plaisir à fréquenter vos petits-enfants, mais seulement pour satisfaire votre soif de cruauté. Humiliation, dédain et autoritarisme poussé au max : vous les effrayez (l'un ne parvient pas à articuler une phrase complète en votre présence ; l'autre manque de dégobiller à chaque fois que vous ouvrez la bouche). Et vous aimez ça.

Quand le grand méchant loup frappe à la porte !

Pressée d'annoncer l'incroyable nouvelle de la non-culpabilité de Djonatenbéquille à Max et de poursuivre notre enquête, je fonce au rez-de-chaussée. Cuisine ? Personne. Je jette un coup d'œil circulaire : ma tante a sorti sa vaisselle en faïence portugaise, cadeau de son arrière-grand-mère Dolores Pietate Felicia pour ses dix-huit ans (censé lui être d'un grand secours lorsque, mariée, le but de sa vie serait de mitonner de bons petits plats à son époux). Les assiettes sont empilées sur la table, prêtes à être remplies à ras bord de *bacalhau*. Si les recettes de la *consoada* sont simples, nous n'avons jamais pu nous résoudre à servir des quantités raisonnables, voire seulement copieuses… Une marmite repose sur la plaque allumée. Je m'approche et soulève le couvercle, avant de sourire largement. Max a même préparé de la *sopa da pedra*[1] ! Bouillon de légumes frais, oreille de porc, fèves, charcuterie, aromates, laurier et bien sûr… le fameux petit galet porte-bonheur, placé tout au fond ! J'en ai l'eau à la bouche… J'esquisse un mouvement vers les assiettes protégées par des torchons,

1. « Soupe de pierre ».

qui contiennent les treize desserts, mais me ravise. Si j'y touche – et ce sera irrésistible si je découvre leur contenu –, Max me tuera.

Je me rends donc au salon, désert, lui aussi. Je m'approche de la crèche et du sapin, que je contemple avec le même ravissement qu'à mon arrivée et la même émotion que chaque année. C'est ici que nous nous rassemblerons ce soir : Max a tiré le canapé et l'a placé contre le mur afin de laisser de l'espace pour la large table à manger, au milieu de la pièce. Dans la cheminée, encore éteinte, pétillera un feu chaleureux. Nous mettrons des bûches, et nous les regarderons brûler ensemble : c'est une tradition portugaise, un hommage à la *Messa di gallo*, la messe de minuit, à la fin de laquelle on faisait un feu de joie qui réunissait toute la communauté devant le parvis de l'église. Le dernier Noël que nous avons passé au Portugal remonte à trois ans, et j'ai adoré assister à ces célébrations traditionnelles (malgré l'ombre de Conception qui planait sinistrement sur nous comme celle des trois hyènes dans *Le Roi Lion*). Ici, nous n'assistons pas à la messe mais les fêtes en France, c'est quelque chose aussi ! J'ai hâte que mes cousins soient tous là et d'entendre leurs rires. Même une menace de mort ne tempérera pas mon enthousiasme ! Je laisse glisser ma main sur le velours du fauteuil favori de ma tante quand sa voix, justement, me parvient depuis la salle de bains :

— *A todos um Bom Natal ! A todos um Bom Natal ! Que seja um Bom Natal, para todos nós…*

Meu Deus ! Elle chante de plus en plus faux (mais avec de plus en plus d'entrain !).

— Max !

Je frappe à la porte.

— Max ?

Aucune réponse. Ma tante n'étant pas de nature pudique, je me permets d'entrer. Plongée dans un bain moussant, les cheveux recouverts d'une mixture marron, elle est occupée à se raser consciencieusement la jambe gauche.

— *A todos um Bom Natal ! A todos um Bom Nat...*

— Max !

Elle sursaute et laisse échapper son rasoir.

— *Por tudo o que é santo*[1] *!* Gina ! s'exclame-t-elle en fronçant les sourcils. Ne me fais pas des coups pareils ! Tu veux que je meure d'une crise cardiaque ou quoi ? Cette histoire d'enveloppe me stresse, si tu savais ! Je chantais pour me rassurer parce qu'une fois entrée dans mon bain, mon cerveau s'est mis à partir dans tous les sens : je m'imaginais que ton collègue fou venait me massacrer, comme dans ce film d'horreur, là...

— *Psychose* ?

Elle claque des doigts.

— Voilà !

— Rien à voir : le tueur se pointe alors qu'elle prend sa douche ET il y a un rideau. Tu n'es pas dans la même configuration.

— Djonatane m'a l'air d'être un type inventif. Il pourrait décider de me noyer... En plus, comme Sandro n'est pas rentré des courses, pas de force virile à portée de main pour me sauver...

J'éclate de rire avant de me tourner pour examiner mon reflet dans la glace : chignon en vrac, maquillage qui a

1. « Par tous les saints ! »

coulé – un mix de sumo décoiffé et de panda gothique déprimé. Glamour au top, sans parler de mon look qui ferait trépasser la pauvre Cristina Córdula ni de mon haleine chacalesque. Il faudra que je rebâtisse tout ça, comme Scarlett a reconstruit Tara, mais ce n'est pas (encore) le moment.

— Figure-toi que Djonatane n'est pas le coupable ! annonçé-je en me détourant du miroir pour fixer Max, qui interrompt de nouveau sa session d'extermination de poils pour m'observer, les yeux ronds.

— Comment ça ?

Je lui rapporte ma conversation téléphonique avec Sonia, et lorsque je conclus, elle prend une mine soulagée… puis abasourdie… puis affolée.

— Mais qui est-ce, alors ? s'écrie-t-elle en se redressant, ce qui éclabousse le carrelage de la salle de bains. Je préférais que ce soit Djonatane ! Au moins, on savait à qui on avait affaire !

— C'est certain. Il faut réfléchir aux suspects et je…

… suis interrompue par la sonnette de la porte d'entrée. Max sursaute et grimace.

— *Credo*[1] ! Cette *consoada* est maudite… Je crois que je vais tous vous planter là et partir loin… Un tueur potentiel… La présence de *mamã*… C'en est trop !

— Mais non ! Tu verras, tout se passera bien. Corbeau ne signifie pas forcément assassin. Et Conception est ta mère ! C'est un être humain ! Elle…

— … est immortelle. J'en suis certaine. La méchanceté tient les gens en vie aussi sûrement que la pierre philoso-

1. « Pouah ! »

phale de l'autre petit sorcier à lunettes. Crois-moi ! Elle va tous nous enterrer en ricanant.

Alors qu'elle soupire, la sonnette retentit une deuxième fois. À nouveau, elle bondit. Une minivaguelette s'échappe de la baignoire.

— Ce doit être Sandro, calme-toi, dis-je d'un ton apaisant. Tu as fermé à clé ?

— Bien sûr ! Dans le contexte actuel, verrouiller la porte d'entrée me semble la moindre des choses pour espérer rester en vie. Faites-moi le plaisir d'arrêter la soupe et de citronner la morue, OK ?

Je gagne l'entrée d'un pas vif, tourne la clé dans la serrure et ouvre la porte à la volée, prête à tout raconter à Sandro lorsque… Apparition inattendue, coup de théâtre…

Choc, stupeur, désolation.

Étonnement, désespoir, affolement.

Ce n'est pas Sandro, qui se trouve en face de moi. Ha ça, non !

C'est le Démogorgon. C'est Sauron. C'est Maléfique. C'est Voldemort. Pire ! C'est un mix des quatre.

Un courant d'air glacial fouette mon visage et mon corps se raidit.

Conception est ici. Devant moi ! Et comme les meilleurs méchants de tous les temps, elle a soigné son arrivée en se pointant PILE quand on ne l'attend pas.

Je porte la main à mes cheveux et tente de réajuster mon chignon dans un geste désespéré pour paraître présentable alors que ma grand-mère, droite comme une patte de flamant rose, rictus sévère aux lèvres, m'observe avec une désapprobation flagrante.

— *Olà*, Gina, lance-t-elle d'une voix grinçante, style craie qui dérape sur le tableau.

Mon regard passe de ses mocassins à pompons verts à ses bas marron, son manteau long en fourrure (oui, de la vraie, comme Cruella d'enfer) pour arriver à son visage. Elle n'a pas changé depuis trois ans. Max a peut-être raison : elle doit être increvable. Sa peau est toujours aussi parcheminée, mais ses yeux brillent avec une vitalité extraordinaire et ses pommettes sont bien roses, comme celles d'un bébé. Même chignon-crotte, même verrue au-dessus de la lèvre (cela dit, je crois noter qu'elle s'est ornée d'un quatrième poil, noir et dru, comme les autres). C'est bien ça. Elle n'a pas vieilli.

— Eh bien ! poursuit-elle d'un ton agacé. Je sais que tu n'es pas le plus aiguisé des couteaux, mais je pensais que tu te dégourdirais avec le temps ! Dire bonjour à ta grand-mère, est-ce que ça te paraît envisageable ?

Conception dans toute sa splendeur : en deux phrases, elle a le pouvoir de détruire irrémédiablement l'ego de son interlocuteur. J'ai bien quelques reparties en tête mais, dans notre famille, une obscure loi concernant le respect des anciens ne nous permet pas de moufter. Je le sais, elle le sait. Je sais qu'elle sait que je sais et inversement.

— Heu... Je... *Olà*, *avo*..., me contenté-je donc de bafouiller de manière pathétique.

J'ai tout de même dû parvenir à insuffler un peu d'enthousiasme à ma voix puisque – effroi total – Conception tend les bras pour m'attirer contre elle. C'est comme un ralenti de film d'horreur. Quand elle place ses mains sur mes épaules, je sens ses ongles s'enfoncer à travers le tissu de mon sweat. Veut-elle me tuer (elle aussi) ? Je m'autoréprimande illico. On parle quand même d'une vieille grand-mère ! OK, c'est un sniper du langage, mais au fond, Conception nous aime, j'en suis persuadée !

— Avachie, négligée, mal coiffée, pas du tout apprêtée..., constate-t-elle en reculant pour me contempler d'un œil critique. Ça ne m'étonne pas que ton pauvre doigt soit toujours privé de bague. Pathétique. Et cette acné qui repart en flèche...

Tout compte fait, je ne suis pas si sûre de ça de ses sentiments... Je tripote le seul et unique petit bouton qui orne mon menton et m'imagine déjà lutter contre une armée de ses semblables à coups d'Eau précieuse et de Biactol, mais encore une fois, je me secoue mentalement. Non, je ne suis pas acnéique. Avachie, négligée, mal coiffée et pas du tout apprêtée, d'accord, mais PAS pustuleuse.

— Tu comptes m'inviter à entrer ou dois-je rester sur le pas de la porte ? À ce rythme, je vais finir par coucher dehors et engraisser les vers du gazon ! Comment se fait-il que ma propre fille ne m'accueille pas, d'ailleurs ? poursuit-elle d'un ton acide.

Quand je m'efface pour la laisser passer, je perçois une cavalcade frénétique venant de l'étage. Livio dévale l'escalier en jappant, avant de foncer sur nous. Dois-je le retenir ? Après tout, il pourrait renverser Conception et la mettre K-O une petite heure... La pause serait salutaire : j'aurais l'occasion de préparer mes meilleures reparties en vue de ses prochaines attaques. Malheureusement, ma conscience me rattrape et je le contre fermement, alors qu'il s'apprête à nous faire une fête d'enfer. Je le saisis par le collier, le pousse dans le jardin et ferme la porte derrière lui.

— Une bête dans une maison…, commente Conception d'un air dégoûté. Encore une drôle d'idée de Maxima. Il doit y avoir des poils partout… J'aurais peut-être dû réserver une chambre d'hôtel !

À qui le dis-tu !

Elle pose sa valise, jette un œil au buffet qui trône dans l'entrée puis y passe lentement… très lentement l'index, avant de le brandir entre nous.

— Saleté… Poussière… Une véritable porcherie ! Ma pauvre fille est égarée et manque à tous ses devoirs… Où est-elle ?

— Heu… Tu ne nous avais pas donné d'heure et…

Conception me foudroie du regard, si violemment que mon visage picote. A-t-elle le pouvoir de lancer des minimissiles invisibles à l'œil nu ?

— Faut-il prendre rendez-vous pour partager la *consoada* avec sa propre famille ? N'êtes-vous pas enthousiastes de me revoir ?

Je me fends d'un sourire extra-niais.

— Oh si !

Conception grimace, la mine un peu dégoûtée, et je remballe mon masque de béatitude.

— Heureusement que Bernardo était là pour s'occuper de mon voyage car si je devais compter sur vous, je serais encore au Portugal !

Ça, c'est certain !

— Bernardo ?

— Bernardo, répète-t-elle en me contemplant comme si j'étais une demeurée. Mon mari !

J'avale ma salive de travers et manque de m'étouffer à

cette nouvelle mais, après m'avoir asséné une belle tape dans le dos qui me remet d'aplomb, elle rétablit la vérité.

— Je plaisante, *estupida*[1] ! S'il y en a une qui devrait se marier, ici, c'est bien toi ! Tu devrais savoir que les frivolités ne sont plus de mon âge et que je serai toujours fidèle à la mémoire de mon cher Migdao. Bernardo est un ami du club de bridge. C'est un homme généreux qui m'a prêté son jet pour que je vienne vous rendre visite...

Waouh ! Ma grand-mère serait-elle en train de vivre son petit *Cinquante Nuances de Grey* perso ?

— Il m'a même réservé une voiture avec chauffeur, ici, pour que je puisse me déplacer. Vous tous conduisez comme des manches et je préfère nettement Jordan. Jordan est laid et sent la transpiration, mais c'est un bon chauffeur, poursuit-elle.

J'acquiesce sans savoir quoi dire...

— *Por todos os Santos*[2] *!* Quand la bêtise est tombée du ciel, cette petite n'avait pas de parapluie..., murmure-t-elle, assez fort pour que je l'entende, bien sûr.

Je ressens une subite envie de lui arracher sa verrue et de la foutre dehors à coups de pied au cul, mais m'abstiens. Révérence filiale. Respect des aïeux. Paix sur la famille. Alors que j'inspire longuement pour me calmer, ma grand-mère s'impatiente.

— Où est Maxima, enfin ?

— Dans la salle de bains. Je vais la prévenir que tu es là et je reviens, réponds-je, soulagée d'avoir une occasion de m'accorder un bref répit.

1. « Sotte ».

2. « Par tous les saints ! »

Je m'apprête à fuir, mais elle me retient par le bras.

— Et tes cousins ?

— Sandro ne devrait pas tarder et les autres viendront ce soir.

J'essaye de me dégager, mais elle possède une poigne de catcheur.

— J'espère que vous avez préparé un vrai menu de *consoada* portugaise ! Bien que je doute que vous en soyez capables !

— Heu... Oui, tu n'as qu'à voir dans la cuisine... Je... Je reviens, je vais prévenir Max.

Elle relâche enfin son étreinte (j'ai la sensation que ma peau sera marquée à vie par l'empreinte de ses serres), et sans demander mon reste, je file vers la salle de bains en priant avec ardeur pour que Max soit prête : je n'ai pas la force mentale de me coltiner ma grand-mère encore longtemps.

— *Tiazinha*[1] ?

— Oui ? réplique ma tante, qui n'a toujours pas émergé. J'ai enfin réussi à me détendre. Après tout...

— Conception est arrivée ! annoncé-je brusquement, saisie d'une envie irrépressible de la faire sortir de son bain.

Elle se redresse et me fixe, complètement paniquée. Ses yeux roulent carrément dans leurs orbites, dans le plus pur style *L'Exorciste*. Flippant.

— Tu veux dire... arrivée ici ? Dans notre maison ?

Elle tente de chuchoter, mais sa voix part dans les aigus.

— Ici, dans notre maison. Qu'elle a déjà comparée à une porcherie, je le précise.

1. « Tatie ».

Max secoue la tête, l'air désespéré.

— Et je te fais grâce de ses commentaires sur moi...

— Pour Conception, nous sommes des créatures viles, repoussantes et stupides, répond-elle en tâtant sa chevelure, encore enduite de crème. Ma couleur n'a même pas fini de poser, je ne suis pas habillée...

Elle se ronge sauvagement un ongle, le crache et poursuit en se balançant d'avant en arrière.

— *Sopa da pedra... Sobremesas... Bacalhau...* As-tu citronné la morue, comme je te l'ai demandé ? Où est Sandro ? Nous avons besoin d'un protecteur ! Est-ce qu'elle t'a fait du mal ? Est-ce que... *Meu Deus !* je dois me dépêcher...

Je m'approche de la baignoire et pose ma main sur son épaule. La voir aussi affolée me donne du courage et je me sens soudain comme Iron Man quand il a sauvé le monde de ce *sacana* de Thanos. Oui, je suis prête à me sacrifier pour la bonne cause. Oui, je suis héroïque et courageuse.

— OK, respire. Prends ton temps, je gère *avo*, d'accord ?

— Mais elle va t'atomiser, *coitadinha*[1] ! Il ne faut jamais demeurer trop longtemps en tête à tête avec Conception. On ne s'en relève pas !

— Moi, si !

Je me la joue bravoure, mais en vrai, je n'en mène pas large... Ma tante hésite. Et si je verrouillais la salle de bains et restais enfermée avec elle ? Mais elle finit par acquiescer.

— Promis, je fais au plus vite...

1. « Pauvre petite ».

Pas le choix. Un super-héros endosse son costume, quelle que soit sa peur. *Iron Man, en avant !*

Quand je pénètre dans la cuisine, j'aperçois ma grand-mère de dos, figée devant la table. Elle fait volte-face et brandit la fameuse enveloppe du corbeau, qu'elle secoue comme une margarita.

— *Pelo amor de Deus*[1] *!* Qu'est-ce que c'est que ça ? Que se passe-t-il ici ? demande-t-elle d'une voix impérieuse.

— Rien… Rien du tout ! C'est un ami qui m'a fait une petite blague.

Hors de question qu'elle s'en mêle !

Avec une rapidité surprenante (elle a des pouvoirs, je le jure), Conception s'approche de moi et martèle mon nez de son index, comme si elle enfonçait un clou. Je recule d'un pas et elle me fixe durement.

— Ne me mens pas, *menina*[2] !

— Je ne te mens pas ! dis-je en essayant de la regarder droit dans les yeux (mais son foutu doigt pointé sur moi me fait loucher).

— Est-ce que ça a un lien avec cette histoire sordide à ton travail ? Celle que Tomas a évoquée et que tu as tenté de me cacher lorsque vous m'avez appelée, hier ?

Elle continue de m'observer. Encore. Et encore. Et encore. Elle est capable de tenir des heures comme ça, je n'ai aucun doute à ce sujet. Ses sourcils froncés m'angoissent.

1. « Pour l'amour de Dieu ! »

2. « Fillette ».

Sa verrue m'angoisse… C'est insoutenable, à tel point que je finis par me dégonfler et lui explique tout.

Je conclus.

Silence pesant.

Conception serre tellement les lèvres qu'elles ne forment qu'une pauvre ligne blanche.

— Avoue que vous faites tout pour m'envoyer six pieds sous terre ! Vous êtes tellement stupides que vous vous fourrez dans des histoires abominables dans lesquelles on vous menace de mort. Et pire que ça ! Vous n'êtes toujours pas mariés ! Heureusement que Tomas garde le cap et me donne satisfaction…

— Je te signale que j'ai un petit ami. Tu vas le rencontrer ce soir !

— Un petit ami n'est pas un fiancé. Mais chaque chose en son temps. Il faut d'abord régler ce problème de lettre anonyme.

— Ne t'inquiète pas, je m'en occupe. Ce n'est pas sérieux et…

Sans crier gare, elle m'administre un coup de pied bien senti dans le tibia.

— PAS SÉRIEUX ? Pas sérieux, une menace de mort sur un membre de la famille Ferreira ? Si ton grand-père t'entendait, *descanse em paz*[1], il serait outré. On ne MENACE pas notre clan !

— Oui, mais…

— On n'envoie pas de courrier anonyme aux Ferreira !

— Tu as…

1. « Paix à son âme ».

— Il n'y a que MOI qui aie le droit de vous maltraiter et de vous menacer de mort, COMPRIS ?

— Heu…

— Assise ! Et vite !

Je m'exécute docilement.

— Il ne manquait plus que ça pour achever de saboter cette *consoada… Minha pobre filha*[1], tu as le don pour te mettre dans de beaux draps. Et pas les draps nuptiaux, évidemment.

La menace de mort aurait pu insuffler un peu de compassion en elle… Mais non.

— Alors, le coupable n'est pas ce collègue au nom ridiculement américain, c'est ça ?

— Tout à fait.

— Et l'enveloppe n'est ni timbrée ni affranchie ?

— C'est ça…

— C'est donc quelqu'un du coin. Mais si tu ignores de qui il s'agit… Il existe une solution simple pour te tranquilliser l'esprit.

— Laquelle ? dis-je, alors qu'une lueur d'espoir jaillit en moi.

— Quand je rentre, tu viens avec moi. Tu habiteras à la maison. J'aurai un œil sur toi et tu pourras m'aider, dans mes vieux jours… Ce serait d'ailleurs la moindre des choses. Les cadets doivent épauler leurs aînés ! Ton fiancé t'accompagnera : je préfère que tu sois escortée. Tu es tellement maladroite !

Piada[2] *!* Conception est aussi fragile que la porte d'un

1. « Ma pauvre fille ».

2. « C'est une blague ! »

coffre-fort d'une banque suisse. J'ai dû pâlir, rougir, frissonner de terreur et m'affaisser (tout ça en même temps) puisque ma grand-mère plisse les paupières et claque sa langue contre son palais avec désapprobation.

— *Ingrata*[1] ! Vous me laisserez mourir seule ! Je savais bien que j'aurais dû tous vous emmener avec ton grand-père et moi quand nous sommes repartis au Portugal. Nous n'en serions pas là, à traquer un corbeau le jour de la *consoada* ! Vous seriez tous mariés, avec des enfants et je serais une *avo* comblée…

Dans sa bouche, « comblée » a une sonorité étrange. Je me demande ce que serait une version épanouie de Conception, mais j'abandonne. Trop difficile à imaginer.

— Alors ? Qui t'en veut ? me questionne-t-elle en se remettant à notre petite enquête.

— Heu…

— Heu… Heu ! Arrête de répondre par monosyllabe, enfin ! *Meu Deus* ! Plus lente qu'une horloge cassée !

— Personne ! C'est parce que je ne pense à personne ! explosé-je soudain.

Conception prend l'air estomaqué. Je me mords les lèvres alors que mon cerveau tourne à mille kilomètres-heure. Anciens amis, anciens ennemis, ex… Rien, rien, rien ! Moi, j'étais l'Ampoule. L'Ampoule sympa que…

Et tout à coup, la lumière se fait dans mon esprit, en mode néon agressif qui éclaire en toutes lettres le prénom du corbeau ! Mais OUI ! Bien sûr !

— Pourquoi n'y ai-je pas pensé avant ?

1. « Ingrate ! »

— Parce que tu n'as pas inventé le fil à couper le beurre, je me tue à te le répéter. Tu as trouvé ?

— C'est elle !

— QUI, ELLE ?

— Elle ! Célia ! C'est Célia ! Ça ne peut être qu'elle ! Mais oui ! Hier, je l'ai traitée de caca, tout de même ! Et puis... Il y a eu l'olive... Cela dit, même avant ça, elle semblait m'en vouloir. Elle me déteste ! Mais bien sûr ! Pourquoi n'y ai-je pas pensé plus tôt ?

— Qui est cette Célia ? demande ma grand-mère qui tapote la table avec impatience.

— Une collègue... une collègue de mon... petit ami ! Célia... Je raconte la scène d'hier en omettant les parties où je me suis couverte de ridicule et j'en viens à ma conclusion.

— Dès qu'elle m'a vue, elle s'est montrée méprisante et désagréable avec moi, surtout quand j'étais seule avec Marius. Ça ne peut être que ça ! Elle est amoureuse de lui... Qui ne tomberait pas sous le charme, d'ailleurs ?

— Parfait, répond Conception. Arrange-moi cette crinière : un vrai nid à araignée... Et suis-moi.

— Où ?

— *Meu Deus !* Ne reste pas plantée là comme ça ! Tu vas régler son compte à cette fameuse Célia !

9.

Vous faites face à une ennemie, à qui vous reprochez à peu près 345 choses...

▲ Vous mettez en pratique les conseils prodigués par Petit Bambou, votre appli fétiche (zénitude face à la vie cruelle) : vous exposez votre point de vue de manière pacifique, en respirant calmement (inspiration de la Loutre Agile qui épouse le courant ; expiration du Grand Tigre apaisé dans la jungle) et vous vous efforcez d'accueillir la réaction de l'autre avec bienveillance.

♥ Vous explosez et, comme dans le Street Fighter de votre enfance, vous dégainez votre coup de pied le plus réussi et le lui collez dans le ventre. Si ça ne suffit pas à lui faire expier tous ses péchés, vous lui tirez les cheveux jusqu'à ce qu'un arrachage d'au moins six mèches s'ensuive. Vous finissez en garde à vue, mais vous êtes satisfaite : son compte est réglé.

♣ Vous oscillez entre calme et excitation, un peu comme les marées bretonnes : un zeste d'agressivité, un soupçon de tentative de discussion sereine, un poil d'insultes, un grain de réconciliation... Bref, vous avez les fesses entre deux chaises et ça n'impressionne pas un brin votre adversaire, qui se marre sous cape.

Règlement de comptes

— C'est ici ? demande Conception en me donnant un copieux coup de coude dans les côtes.

— Heu… Oui ! dis-je en grimaçant.

— Alors pourquoi tu ne dis rien ? Jordan ! Stop ! *Chegamos*[1] !

Je l'admets : j'ai voulu feinter et passer devant les Halles comme si de rien n'était, pour éviter qu'on y aille. Jusqu'où étais-je prête à nous faire rouler ? Jusqu'au bout du monde, si nécessaire. N'importe où pour esquiver une confrontation avec Célia, en présence de ma grand-mère, avec Marius dans les parages ! Je flaire la scène honteuse… Et j'ai assez donné hier soir ! Mais je dois bien l'avouer : Conception n'a pas tort. Il faut mettre un terme à cette histoire de corbeau avant la *consoada*. J'aurai alors l'esprit libre pour jouer la parfaite fiancée afin de récolter la bénédiction de mon infecte *avo* et de coiffer mes cousins au poteau.

Plongée dans mes pensées, je tressaille quand la main de Conception écrabouille mon biceps droit avec une force outrageuse.

1. « Nous sommes arrivés ! »

— Pas un grain de muscle ! *Qualquer fraqueza*[1] ! Je suis certaine que tu sautes des repas, comme c'est la mode de nos jours, ou que tu suis l'un de ces régimes absurdes ! Si tu t'alimentais comme chez nous : poisson, légumes, huile d'olive…, tu n'aurais pas un bras d'oisillon prématuré !

— Comme je ne compte pas faire carrière dans le secteur du bras de fer, ça ne me paraît pas hyper important…

— Tsss ! Tu ne serais pas flasque, au moins !

— Je ne suis pas fla…

— *Silencio !* Tu l'es. Vais-je devoir te donner un coup de main pour remettre la *donzela* à sa place ? Certes, j'ai encore de l'énergie à revendre…

J'échange un regard entendu avec le chauffeur dans le rétroviseur… *Ah, ça ! On ne peut en douter…*

— … Mais ne compte pas sur moi. Tu es une grande fille et tu dois régler tes problèmes en toute autonomie.

Un soupir de soulagement m'échappe et je hoche la tête.

— On est d'accord ! Reste ici tranquillement au chaud, *avo* ! Dès que j'en aurai fini avec Célia, je reviendrai et nous rentrerons à la maison.

— *Estas chateada*[2] *!* clame ma grand-mère en m'assénant une claque bien sentie sur le front, avant d'ouvrir la portière à la volée. Je ne raterais ça pour rien au monde. Si je n'ai pas la chance d'avoir une petite-fille qui me donne des arrière-petits-enfants, qu'au moins elle m'apporte un peu de distraction, *Jesus Cristo* !

Je m'extrais du véhicule avec bien moins d'enthousiasme qu'elle, puis resserre mon écharpe autour de mon

1. « Quelle faiblesse ! »

2. « Tu es folle ! »

cou. Il fait un froid glacial et l'éternel vent du nord de La Nouvelle n'arrange rien. Les Halles, tout illuminées, sont aussi pimpantes qu'hier. Sur la façade de verre grimpent des branches de pin enguirlandées et *Jingle Bells* résonne à travers les haut-parleurs placés devant l'entrée. Que j'aime cet endroit ! Comme j'aimerais profiter de l'esprit de Noël sans menace de mort, sans mensonge et sans mon insupportable grand-mère !

— On y va ou tu restes plantée là comme une fourchette dans une purée trop épaisse ? En avant, zou ! s'impatiente cette dernière.

Elle attrape le pan de mon manteau et tire si fort qu'elle me fait trébucher. Je suis à deux doigts de lui saisir le poignet pour lui infliger une triple fracture bien sentie (soupe et gelée à la framboise de l'hôpital au menu pour la *consoada* : ça lui ferait les pieds !)... Mais encore une fois, je m'abstiens et me contente d'inspirer profondément pour contenir mon exaspération, alors que nous pénétrons dans les Halles.

— *Que horror*[1] *!* C'est bondé ! s'égosille Conception en fronçant le nez comme si les gens la dégoûtaient. Et c'est ici que travaille ton compagnon ? Hé bien...

Tout en la laissant déblatérer, je glisse mon bras sous le sien et prends à droite pour éviter la foule de l'allée centrale. Quand nous approchons de L'Essai, j'aperçois Célia derrière le comptoir. Le bar est vide : seules quelques personnes, attablées, boivent un verre. Il n'y a pas encore trop de monde, heureusement. Et surtout – *graças a Deus !* – Marius n'est pas là.

1. « Quelle horreur ! »

— C'est elle…, murmuré-je.

— Elle ressemble à une chèvre, commente ma grand-mère.

Bien que la cruelle comparaison m'enchante, elle est injustifiée. Comme d'habitude, Célia est parfaite.

— Vas-y ! Qu'est-ce que tu attends !

Nous gagnons le comptoir et je lève la main pour héler mon corbeau démasqué. Quand Célia m'aperçoit, elle m'offre un joyeux combo regard glacial-moue irritée. Puis, elle s'approche à contrecœur et demande d'une voix sèche :

— Encore là ? Qu'est-ce que je te sers ?

— Heu… En fait, j'aimerais qu'on discute sérieusement.

— Pour ça, il faut consommer. Je réitère donc ma question : qu'est-ce que je te sers ?

— Un porto, jeune fille ! intervient Conception avec autorité.

Elles se dévisagent un instant. Duel de western. Combat de titans. Cersei contre Daenerys !

— Va pour un porto ! lance finalement Célia avant de faire volte-face.

— *Faz-me un favor*[1], ressaisis-toi et sois vaillante, murmure ma grand-mère. Tu dois lui montrer ce que les Ferreira ont dans le ventre ! Sois digne de notre famille ! Et s'il faut se battre, tu ne te défiles pas…

Lorsque Célia dépose le verre devant elle, Conception l'interpelle avant que je puisse dire quoi que ce soit :

— Ma petite-fille est venue vous demander pourquoi vous la menacez !

Pas un tressaillement ni même un léger rouge aux

1. « Fais-moi une faveur ».

joues... Célia ne tique pas, mais se contente de lever les sourcils en nous observant comme si nous étions deux échappées de l'asile.

— C'est ça..., poursuit ma grand-mère. Ne jouez pas à l'innocente ! Croyez-moi, à mon âge, on a tout vu. Et on démasque facilement les petites menteuses manipulatrices comme vous. Songez que...

— Je vous arrête tout de suite, madame, j'ignore de quoi vous parlez.

— Moi, je sais, interviens-je. Tu m'en veux ! Je l'ai bien compris, hier !

— Tiens donc ! Il me semble que je ne t'ai pas mitraillée d'olives, MOI ! C'est TON œuvre ! Et c'est moi qui en ai après toi ?

Surprise et outrée, Conception pivote vers moi.

— De quoi parle-t-elle ? Dans notre famille, Gina, on ne joue pas avec la nourriture, assène-t-elle en frappant un bon coup sur le comptoir. As-tu oublié que ton arrière-arrière-arrière-arrière-grand-père était si pauvre qu'il est mort de faim ?

Alors qu'elle se signe, Célia acquiesce vigoureusement. (Pathétique ! A-t-elle vraiment cru qu'elle pouvait se mettre Conception dans la poche, comme ça ?)

— Je suis d'accord : on ne devrait jamais...

— Oh ! vous, n'en faites pas trop et dites-nous la vérité ! lâche ma grand-mère d'un ton si hargneux que les clients se mettent à nous observer.

Célia pose les poings sur les hanches et lève les yeux au ciel.

— Le goût du scandale, c'est de famille ? Tu ne crois pas que tu en as assez fait hier ? soupire-t-elle à mon adresse avant de poser son torchon sur le plan de travail et de se retourner vers Amhed. Tu peux t'occuper du service, s'il te plaît ? Je n'en ai pas pour longtemps !

Ce dernier acquiesce. Ma grand-mère fait mine de se lever, mais je la retiens.

— Finis tranquillement ton porto. Je gère la situation.

Elle hésite, mais la boisson lui fait de l'œil. Quelques secondes… Et hop ! Elle capitule. Sans plus attendre, Célia m'entraîne vers la sortie qui donne sur le restaurant de Marius et nous émergeons dans la rue. Elle frissonne (normal : elle ne porte qu'un pull ultra-léger, évidemment ultra-sexy, qui dénude ses épaules fines et musclées. Je la hais !), mais ne se laisse pas démonter pour autant.

— Bon, c'est quoi le problème ?

— Tu devrais le savoir mieux que moi, espèce de corbeau ! L'enveloppe pleine de terre et la lettre « Ne reviens jamais » : tu as en toi des trésors d'imagination ! Tu aurais pu me le dire directement au lieu d'essayer de me faire peur. Ce qui, je le précise, est complètement raté.

— C'est pour ça que tu arbores une mine d'une souris traquée ? rétorque-t-elle, rire moqueur à l'appui.

Je bombe le torse et tente de prendre une expression belliqueuse.

— Tu avoues ?

— Gina ! Je ne sais même pas de quoi tu parles ! Soit tu es folle, soit l'alcool fait des ravages sur toi et tu délires…

— Tu crois que j'irais inventer un courrier menaçant déposé devant ma porte, pile la veille de Noël ?

— Je peux facilement imaginer que tu insupportes certaines personnes à tel point qu'elles finissent par vouloir attenter à ta vie… mais ce n'est pas mon cas. OK, tu me sors par les yeux, mais tu n'as pas une telle importance pour moi…

— Sache que je n'ai aucun ennemi… et que les gens m'aiment !

Célia esquisse une moue moqueuse. Déstabilisée, je bredouille un instant, mais me ressaisis. Après tout, seuls Djonatane et elle me détestent ! En général, les gens m'aiment ! Oui ! Tout à fait !

— Ça ne peut être que toi ! poursuis-je. Dès que tu m'as vue, hier, tu as été agacée ! Quand je t'ai envoyé en plein visage, SANS LE FAIRE EXPRÈS, je le répète, l'olive qui a failli te défigurer, j'ai cru que tu allais me tuer… Ensuite, tu m'as servie avec agressivité au moment où nous avons gagné avec Hugo et que j'ai prononcé mon vœu…

Célia jette un coup d'œil vers le restaurant de Marius : le garage qui le jouxte est grand ouvert. Veut-elle fuir ? Si c'est le cas, je la rattraperai vite fait bien fait, je le jure ! Mais non… Elle reste immobile et se contente de hausser les épaules. Il est temps de lui donner le coup de grâce et de passer aux conclusions dévastatrices.

— J'ai compris ce qui se trame : tu me détestes depuis toujours. Mais jusqu'ici, tu faisais avec. Enfin… jusqu'à ce que je t'humilie sans le vouloir avec cette olive… pile devant le mec dont tu es amoureuse… Jusqu'à ce que je l'invite chez moi pour la *consoada*… ça et le fait que je t'aie traitée de caca… C'est pour ça que tu as déposé cette lettre chez moi… Parce que tu es amoureuse de Marius et que…

Célia braque son regard sur moi et éclate d'un rire sonore… et sincère.

— Amoureuse… de… Marius ? hoquette-t-elle.

Alors qu'elle continue à se fendre la poire, je me sens soudain ridicule. Ai-je encore une fois fait fausse route ? Non, impossible ! Elle me mène peut-être en bateau... Ne jamais croire un suspect sur parole ! C'est Colombo qui l'affirme. Conception ne jure que par Colombo. Je peux donc faire confiance aux préceptes de cet antique inspecteur.

— Oui. Ça saute aux yeux, dis-je sans me démonter. Pourquoi tu m'en voudrais autant, sinon ?

— Parce que tu penses réellement que toi, tu constitues une menace ?

Instinctivement, je tâte mon bouton (il est bien plus volumineux que tout à l'heure) et mon chignon en vrac... Elle n'a pas tort... Elle et moi, c'est le jour et la nuit. Cendrillon *versus* Fiona, l'épouse de Shrek. Je bredouille quelques inepties en tentant de me reprendre. Mais Célia et son teint parfait, ses cils incroyablement fournis et sa silhouette longiligne ont raison de ma confiance en moi.

— Donc... je me trompe ?

Célia souffle bruyamment en haussant les épaules.

— Évidemment que tu te trompes ! Je ne t'ai pas envoyé de lettre, qu'est-ce que tu crois !

— Elle n'a pas été postée. Elle a été déposée...

— Tu vois ? Je n'étais même pas au courant !

— Mais alors, qui est-ce ?

— Qu'est-ce que j'en sais, moi ! Je n'y comprends rien, à tes histoires ! Tu es sûre que tu as dessoûlé depuis hier ? Plus important : est-ce que tu vas enfin me lâcher ? J'ai du boulot, moi !

Honteuse, frustrée et abattue, je soupire.

— Oui...

Célia tourne les talons, faisant tressauter sa merveilleuse queue-de-cheval dorée, et s'apprête à partir, quand, saisie d'une impulsion, je la rattrape.

— Attends, Célia !

— Quoi encore ? s'écrie-t-elle, visiblement exaspérée.

— Pourquoi tu me détestes autant alors, si Marius ne te plaît pas ?

Le regard de Célia devient vague et elle se mord la lèvre. Elle semble soudain perdre ses moyens.

— Tu as raison, admet-elle d'une voix lasse où pointe la tristesse. Ce n'est pas Marius...

Ce n'est pas Marius... Ce n'est pas Marius...

Quelqu'un d'autre, alors ? Mais qui ?

Qui, autour de nous ? Autour de moi ?

Ce...

Non !

Si !

Vraiment ?

Mais bien sûr ! Bingo !

— Hugo ? demandé-je, alors que son visage se recouvre de son habituel masque de froideur.

Elle me tourne de nouveau le dos pour regagner les Halles, mais encore une fois, je la rattrape et saisis son bras. Elle se dégage d'un geste vif puis plante un regard plein d'amertume dans le mien.

— Mais tu vas me lâcher, à la fin ?

— C'est Hugo ?

— Hugo... Tu parles du Hugo qui est amoureux de toi et dont tu te fous ? Quelle importance ?

— Qu'est-ce que tu racontes ? Hugo et moi, c'est...

Je suis interrompue par un roulement sonore, suivi

d'un grand « boum ». Nous sursautons à l'unisson et nous tournons vers le garage, d'où provient ce vacarme.

— Et merde ! peste Marius, posté à l'entrée, qui se penche sur un énorme fût renversé.

— Tout va bien ? demande Célia.

Marius se redresse et nous fait un signe de la main.

— Oui, ne t'inquiète pas… C'est juste ce foutu truc, qui pèse une tonne et qui me fait chi… Bref. Salut, Gina !

Une fois qu'il a traversé la rue au pas de course pour nous rejoindre, il tapote l'épaule de Célia et se penche pour me faire la bise. J'aime qu'il se penche. J'aime me sentir petite auprès de lui. Et sa barbe qui pique ma joue ; et son parfum boisé. Il porte un jean brut. Son T-shirt est légèrement humide. Il a transpiré. Son regard suit le mien et il grimace légèrement.

— Désolé, je suis sale. Ça fait une heure que je me bats avec ces fûts… Aussi éprouvant qu'un match de rugby !

Il ne sent absolument pas mauvais. J'ai soudain envie de coller mon nez – voire ma langue – sur sa peau moite… Il me porterait et me hisserait sur l'un de ces fameux fûts et embrasserait ma gorge. Ensuite…

— Je suis content de te voir plus tôt que prévu, Gina ! Qu'est-ce que tu fais ici ? Tu es venue boire un verre ou faire des courses pour ce soir ?

… Ou fantasmer à mort sur toi ?

— Heu…, bafouillé-je, troublée.

— Je suppose que notre petite discussion est close, Gina, intervient Célia d'un ton aigre. Donc si vous le permettez, je retourne travailler.

— À tout à l'heure, Cécé, lui répond gentiment Marius, avant de se tourner vers moi.

Il observe mon visage attentivement, avec intérêt, comme quand on étudie quelque chose, et je sens ce lien entre nous, invisible, inexplicable.

— J'ai entendu votre conversation.

Je fronce les sourcils et plante mon index dans son torse.

— Tu n'aurais pas pu dire que tu étais là ?

Meu Deus ! J'ai osé penser que j'étais une menace pour Célia... ça me semble tellement mégalo ! Marius a dû me trouver pathétique...

— Pardon, mais j'étais en train de transvaser des fûts de bière : c'est assez délicat et je ne me voyais pas brailler : *Hé ! Les filles ! Salut !* Je ne voulais rien savoir, mais vous parliez vraiment fort ! Surtout toi !

Il croise les bras sur son torse large et me contemple en souriant. Un silence vibrant s'installe. Et... Allez... C'est reparti ! Je ressens une furieuse envie de déblatérer à propos de tout et de rien, mais encore une fois, hors de question que je me laisse dominer par cette fâcheuse tendance. Je me mords donc la langue sauvagement... Trop sauvagement... Si sauvagement que je grimace et que mes yeux s'embuent de larmes.

— Ça va, Gina ? demande Marius en tendant un bras pour caresser légèrement mon épaule. Ça te contrarie à ce point, que je sache ce que vous vous êtes dit ?

— Non ! Je me suis mordu la langue ! Ça fait super mal... Tiens... Tu savais qu'il existe normalement un dispositif de neurones censé nous protéger de ça ? Mais parfois, il bugge. Certains se mordent si fort qu'on doit leur faire des points de suture. Non, parce que...

Et voilà, c'est reparti... Je me déteste !

— Tu as de grandes connaissances dans des domaines

insoupçonnés ! commente Marius, amusé. Tire cette fameuse langue !

— Heu...

— Allez ! Je te dirai si tu saignes et si tu as besoin d'être conduite aux urgences, puisque visiblement, ça peut s'avérer très grave !

Je m'exécute timidement.

— Ça, c'est le bout du bout de ta langue ! Je ne vois rien ! Fais un petit effort, Gina !

J'y vais plus franchement. Au moins, ça m'évite d'avoir à discuter de ma conversation avec Célia.

— F'est bon, là ? tenté-je d'articuler.

— Parfait !

Marius s'approche, se baisse, fronce les sourcils et m'examine. Il est si près... Mon regard s'arrête sur ses cils épais et très noirs, sur les taches de rousseur qui constellent son nez, et sur sa bouche légèrement entrouverte. Ça me fait mal, de le trouver si beau. La dernière fois qu'il s'est autant approché de moi, c'était l'été dernier. J'aimerais revivre cet instant, sans la souffrance qui a suivi...

— Tu ne saignes pas, ce n'est rien ! Juste une égratignure !

Retour à la réalité. Je m'apprête à rengainer ma langue, mais il stoppe mon élan.

— Attends. Reste comme ça !

Je demeure figée, alors qu'il me fixe, les yeux pétillant de malice. Ses lèvres frémissent.

— Quoi ? m'impatienté-je.

— Non, rien ! C'était seulement pour t'empêcher de trop parler ! C'est une bonne technique, je trouve !

Un rire grave lui échappe, alors que je ferme la bouche et le repousse, tout en le foudroyant du regard.

— Tu te moques de moi !

— Oui ! Mais ça m'a permis de découvrir ta langue... Heu visuellement parlant...

Pense-t-il lui aussi aux baisers que nous avons échangés ? À nos cinq baisers ? Sent-il, comme moi, ce petit grondement, au creux de son cœur ? Cet élan ?

Une lueur que je ne parviens pas à analyser éclaire son regard... Et il sourit généreusement avant de prendre un air docte.

— Elle est rose, bien ourlée... Très jolie.

Je ne peux m'empêcher de pouffer.

— Merci pour le compliment. C'est une première !

— Je m'en doute ! Parce que le commun des mortels se concentre sur tes yeux...

Je fronce les sourcils.

— Ben oui, Gina ! poursuit-il comme si c'était une évidence. Tes yeux, ce sont les plus noirs qui existent ! Tu as remarqué qu'on ne distingue pas la pupille de l'iris ? C'est beau... Quand tu portais tes lunettes, c'était comme une œuvre d'art encadrée !

Je rougis. Il doit faire trois degrés, le vent est glacial, mais j'ai la sensation de brûler. Nos regards se cherchent puis s'aimantent. Je ressens l'envie irrésistible de lui parler. Vraiment. J'ouvre la bouche pour lui demander une explication de ce qui s'est passé l'été dernier... Mais il détourne les yeux. Le charme est rompu.

— Alors..., lance-t-il d'un ton léger. Je te disais, avant ton incident lingual, que j'avais entendu votre conversation. C'est quoi cette histoire d'enveloppe et de menace ?

Je soupire. De toute façon, il a bien dû comprendre... Et au point où j'en suis... Je me jette à l'eau et lui explique le déroulé de la Grande Affaire du Stylo-presque-perceur de tympan (en présentant les choses de manière un peu avantageuse pour moi), la culpabilité présumée de Djonatane, son innocence et cette nouvelle piste.

— Alors j'ai cru… J'ai cru que Célia m'en voulait parce qu'elle nous a vus ensemble… C'était stupide, puisque entre toi et moi, il n'y a rien. Juste une olive recrachée. Enfin, si, quelques trucs. Mais plus maintenant…

— Il n'y a rien entre Célia et moi, tranche Marius. C'est mon amie.

— Oui, je l'ai compris…

— Je peux me confier à elle, et inversement. Elle a bon cœur, elle est loyale et drôle.

— Drôle ? Je n'ai pas trop vu cet aspect chez elle…

C'est mesquin, mais le fait qu'il la complimente me pique à vif.

— C'est normal. Tu es toujours fourrée avec celui…

Marius s'interrompt, comme s'il avait gaffé.

— … dont elle est amoureuse, complété-je. J'ai compris. Ça fait longtemps ?

— Je préférerais que ce soit elle qui t'en parle.

— Pourquoi est-ce qu'elle n'a pas avoué ses sentiments à Hugo ?

Marius hésite.

— Tu peux me faire confiance. Je ne dirai rien à Hugo.

— D'abord parce qu'il était en couple avec Mélina. Ensuite parce qu'elle croit dur comme fer qu'il y a quelque chose entre vous. Elle est en boucle là-dessus et elle a cité à plusieurs reprises un certain Dawson comme principal argument. Je n'ai pas trop pigé.

— Dawson et Joey, Joey et Dawson, enfin ! La série !

Ces deux-là qui passent six saisons à se tourner autour, tout en ayant d'autres histoires d'amour qui ne fonctionnent jamais parce qu'ils sont des âmes sœurs !

— Univers inconnu pour moi ! Je préférais regarder les matchs de rugby, désolé...

— Si Célia a suivi *Dawson* jusqu'au bout, elle devrait se souvenir que Joey et lui finissent par réaliser que c'est platonique entre eux ! Et contrairement à ces deux-là, Hugo et moi n'avons jamais eu le moindre doute sur la nature de notre relation. On est amis. Point.

Marius lève un sourcil, sans me lâcher des yeux.

— C'est bon à savoir, dit-il en me fixant.

Son regard intense me trouble, à tel point que j'ose répliquer :

— Pour qui ?

Marius hoche la tête. Ses traits deviennent graves.

— Pour...

Le bruit d'une porte qu'on ouvre à la volée l'interrompt.

— *Meu Deus* ! Tu es là ! ENFIN ! Tu cherchais à m'abandonner ? Ingrate ! Tu attendais que je me dessèche ? Le porto déshydrate, je te signale ! Tu veux me renvoyer au Portugal sous forme de momie ? Heureusement que la godiche blonde m'a indiqué où tu te cachais !

J'adresse un sourire contrit à Marius, priant pour que l'attitude de ma grand-mère ne le fasse pas renoncer à venir ce soir. Mais il a juste l'air... amusé – oui, amusé ! – par sa tirade assassine. Conception s'approche et semble enfin s'apercevoir de sa présence.

— Qui est ce *simplorio* ? interroge-t-elle, alors que son regard (paupières plissées, œillade sévère) fait l'aller-retour entre Marius et moi.

— Traduction ? me demande Marius en se tournant vers moi.

— Heu… « Benêt », murmuré-je en rougissant.

L'air aimable, Marius tend la main à ma grand-mère.

— C'est un honneur pour un *simplorio* comme moi de vous rencontrer ! Je m'appelle Marius et je suis le compagnon de Gina. Je ne peux pas encore dire fiancé, bien que j'en meure d'envie…

Il lui adresse un sourire ravageur alors qu'il enserre la main frêle de Conception dans la sienne, large et puissante. Et… Non ! Je crois rêver ! Stupeur intense ! Est-ce… est-ce une légère rougeur sur les joues de ma grand-mère ? Ses lèvres esquissent-elles l'ombre d'un sourire ?

— Eh bien, jeune homme, vous n'ignorez pas comment soigner votre présentation et j'aime votre poigne, lance-t-elle avec une voix moins cassante que d'habitude. Mais j'attends de vous connaître. Je ne me laisserais pas impressionner par une stature avantageuse et un visage d'ange.

— J'ai hâte de vous prouver que j'en vaux la peine, répond Marius avant de m'adresser un clin d'œil et de poursuivre : J'adore le portugais, bien que je ne sache pas dire un mot. Rappelez-moi, vous m'avez qualifié de…

— *Simplorio* ?

— Oui. Voilà ! J'aimerais le prononcer correctement. *Simplorio* ? Comme ça ?

Ma grand-mère fronce les sourcils et secoue la tête. Elle se met à… *Impossible !* Nous avons basculé dans le multivers ! Je rêve ! Elle a gloussé. GLOU-SSÉ !

— Plus de rondeur sur les sons ; le « r » doit être roulé. *Simplorio !*

— *Simplorio*, répète Marius, qui affiche une mine d'écolier concentré.

— Plus d'accent sur le « lo ».

— *SimpLOrio* !

— C'est tout à fait... passable.

Hein ? Il a même droit à un demi-compliment ? *Retenez-moi, je défaille !*

— Passable, c'est mieux que lamentable, non ? lance Marius avec enthousiasme.

— Certes. Quoi qu'il en soit, vous ne m'avez pas l'air doué en langues...

Et voilà ! Conception reprend ses bonnes vieilles habitudes : humiliation et affront.

— ... Mais comme vous avez réussi à sortir ma pitoyable petite-fille du célibat dans lequel elle végétait, je ne vous en tiens pas rigueur...

Humiliation et affront... pour ma pomme ! Je lève les yeux au ciel et m'apprête à changer de sujet, mais elle me devance.

— Négligée comme elle est, je suis un peu surprise qu'elle ait plu à un homme comme vous...

Marius lui sourit avec obligeance, avant de se rapprocher de moi, de passer le bras autour de mes épaules et de me serrer contre lui.

— Je n'ai jamais trouvé Gina négligée. Et c'est au naturel, sans aucun artifice, que je la préfère. C'est comme ça, avec les belles femmes : elles pourraient s'habiller avec un sac ou être décoiffées au possible, elles rayonnent !

Alors là ! Il lui en a bouché un coin ! Ma grand-mère reste silencieuse un instant. Mon cœur bat la chamade, sous l'effet combiné de la paume de Marius sur mon bras et du compliment qu'il vient de me faire. D'accord, il joue un rôle, mais je me laisse aller à croire que ses propos recèlent un soupçon de vérité.

— *Muito bem*[1], jeune homme... Vous avez de 1a repartie, ça me plaît..., murmure Conception avec un zeste de satisfaction, avant de hausser le ton et de darder un regard intransigeant sur moi. Quant à toi, Gina ! As-tu... Ôte cette expression niaise du visage ! *Meu Deus !* L'amour te rend encore plus stupide que tu ne l'es naturellement !

J'obéis, mais Marius presse discrètement mon épaule, ce qui me fait de nouveau sourire. Conception grogne et pince les lèvres.

— As-tu pu régler ton affaire de menace ?

— Pas vraiment... Célia n'est pas coupable, finalement.

— Quoi ? Tu veux dire que nous nous sommes déplacées pour rien ? Qui en a contre toi, si ce n'est pas elle ?

— Je n'en sais rien !

— Alors ne restons pas ici, plantées dans ce froid glacial ! Partons !

À ces mots, elle fait volte-face, puis se ravise. Elle se retourne et pointe l'index en direction de Marius.

— Vous ! Vous aimez la *bacalhau*, j'espère ?

— La morue, soufflé-je.

— Bien sûr ! Je ne vis que pour ça ! affirme Marius en souriant.

— Vous avez intérêt. À ce soir, donc, lance-t-elle avant de se diriger vers la porte des Halles. Gina, allez hop !

— Une minute ! Laisse-moi une minute, et je te rejoins.

— D'accord, consent-elle avant de lancer un regard

1. « Bravo ».

menaçant en direction de Marius. Vous, vous ne posez pas vos pattes sur son derrière, sinon, je vous éventre à coups de cuillère à soupe. Rien avant le mariage. Compris ?

— C'est noté ! répond Marius d'un air innocent.

Quand elle disparaît, il éclate de rire.

— Ta grand-mère, c'est un personnage !

Je hausse les épaules avec fatalité.

— Humiliante, cruelle et sévère... Elle nous fait tous flipper !

— Dis-moi, en tant que fiancé, j'ai le droit de la remettre à sa place si elle n'est pas sympa avec toi, ce soir ?

— Je te remercie de prendre ton rôle à cœur, mais surtout pas ! Ne JA-MAIS attaquer Conception ! Elle est âgée et ma tante tient à ce qu'on soit parfaitement respectueux avec elle.

— C'est dommage...

— Quoi ?

— C'est dommage que je ne puisse rien dire.

— Pourquoi ? Ça ne m'atteint pas, tu sais...

— Oui, mais il faudrait qu'elle comprenne que tu es...

À nouveau, cette maudite porte qu'on ouvre à la volée.

— GINA ! braille Conception, qui apparaît dans l'embrasure. Mes varices me font mal et tu me fais poireauter ! Veux-tu qu'on m'ampute les jambes et...

Alors qu'elle poursuit sa tirade, j'adresse un sourire contrit à Marius.

— À ce soir, alors...

— À ce soir, Gina !

Je me détourne à contrecœur et rejoins ma grand-mère. « Il faudrait qu'elle comprenne que tu es... » Qu'a-t-il voulu dire ? Différente de ce qu'elle pense ? Intéressante ? Sympa ? Capable de la remettre à sa place avec respect ?

« Que tu es… »

Qu'est-ce que j'aurais dit, moi, à sa place ?

Alors que tu es parfait.

Voilà ce que moi j'aurais dit.

10.

Quelle relation entretenez-vous avec le temps qui passe et vos souvenirs ?

♣Vous radotez comme une mémé à propos des soucis gastriques de son chat ; vous tournez en boucle, telle une playlist « folie des années 1980' » en soirée ; vous vous repassez les événements non-stop, sans pouvoir arrêter cette machine infernale (mais où se trouve l'interrupteur ? OÙ ?).

▲Vous triez et ne gardez que les souvenirs qui vous arrangent : c'est pratique et confortable. Souvenir où vous vous êtes vautrée devant tout l'amphi quand vous étiez en fac ? Hop, vous jetez ! Souvenir où vous shine bright like a diamond lorsque vous êtes élue Miss Gratin de Courgette du camping de Palavas-les-Flots sous les yeux admiratifs de votre crush ? Vous conservez.

♥ Vous avez un rapport très sain avec vos souvenirs : ceux qui vous interrogent, qui vous troublent et vous perturbent, vous les décortiquez. Comme des crevettes, vous ne gardez que la chair – miam ! – et balancez la queue et la tête à la poubelle (OK, certains aiment aspirer ce qu'il y a à l'intérieur du crâne de ces pauvres bêtes avec un bruit particulièrement dégoûtant… Mais ce n'est pas votre cas).

Les choses se mettent en place

Lorsque Conception et moi pénétrons dans le jardin, Livio fonce vers nous avec le même enthousiasme que si nous étions des chipolatas géantes. Pour la deuxième fois de la journée, je me place devant ma grand-mère pour la protéger et calmer les ardeurs du chien qui plaque si fort ses pattes contre mon ventre que j'ai l'impression de me taper une césarienne sans anesthésie. Je retiens un cri de douleur – au moins, Conception est sauvée ! Je me tourne vers elle, prête à accepter ses remerciements en toute modestie, mais elle me contourne sans le moindre petit mot, parfaitement imperméable à mon altruisme. En un clin d'œil, je passe de chevalier héroïque à valet d'écurie méprisé.

— Enfin, tu es là, *minha filha* ! s'écrie-t-elle sévèrement à l'adresse de ma tante, penchée sur un massif de rosiers.

Pauvre Maxima ! À son tour de voir son ego cisaillé par Conception ! Elle sursaute, mais n'interrompt pas son travail. La langue tirée, elle termine sa coupe d'un geste rapide.

Encore une fois, elle me donne froid mais alors que d'habitude elle arbore de grands gilets difformes pour jardiner, elle porte aujourd'hui une robe en laine écrue, qui moule son corps harmonieux. Ses cheveux sont ramassés en chignon bas et élégant. (Ouf ! Elle a changé d'avis depuis hier et n'a finalement pas opté pour la crotte de constipé en haut du crâne.) Pas de doute : c'est l'effet Conception. Elle dépose son sécateur, se redresse et nous sourit largement (malgré tout, je suis certaine d'apercevoir une lueur terrifiée dans son regard, même à distance), puis nous rejoint. Elle embrasse sa mère chaleureusement.

— *Mamã !* Quel plaisir que tu sois là !

Sa voix a légèrement tremblé sur le mot « plaisir ». Aussi rigide qu'un maillot de bain plein de sel séché au soleil, Conception se laisse faire puis recule d'un pas pour scruter Max de la tête aux pieds. Elle ouvre et ferme la bouche... Oui, elle traque la moindre imperfection pour servir une critique acide, une formule cassante à souhait... mais ne trouve rien à redire sur le physique de ma tante. J'ai presque envie de sortir les pompons et d'entonner un petit hymne victorieux, mais m'abstiens. Agacée par son échec, ma grand-mère claque sa langue contre son palais avant de rétorquer :

— Ça ne semble pourtant pas t'enchanter ! J'arrive et tu continues à te prélasser dans ton bain au lieu de te précipiter pour me saluer, après tout ce temps et...

— Ma couleur posait : je ne pouvais pas faire autrement ! Crois-moi, tu ne voudrais pas voir tous les cheveux blancs qui envahissent mon crâne...

— Il faut savoir accepter son âge ! Tu as bien des pattes-d'oie que tu ne peux pas cacher, non ?

L'air mortifié, Maxima se tâte le coin de l'œil, mais poursuit courageusement :

— Je te jure que j'étais très impatiente de te retrouver !

C'est hallucinant que tu aies pu trouver un vol aussi vite ! Comment tu t'es débrouillée ?

Conception s'apprête à répondre, mais Max ne lui en laisse pas le temps.

— Et où étiez-vous, toutes les deux ? Je me suis inquiétée. J'ai cherché partout dans la maison. Je me suis demandé ce qui se passait. Quand je suis tendue, j'ai envie de jardiner. Heureusement que mes chers rosiers avaient besoin d'une petite coupe hivernale. Les rosiers doivent bénéficier de soins, particulièrement pendant la saison froide car...

Ma tante s'arrête pour reprendre son souffle. Je lui lance une œillade compatissante : team-ma-langue-est-incontrôlable-quand-je-suis-stressée ! Conception soupire bruyamment.

— Une fille qui se soucie de sa mère viendrait de temps en temps au Portugal ! Tu n'es pas plus inquiète qu'un vulgaire tabouret !

Une légère rougeur apparaît sur les pommettes de Max qui baisse docilement la tête. À nouveau, je sens monter en moi l'envie de calmer les ardeurs de ma grand-mère : hop, un petit coup de pied dans les mollets... Mais je me contente d'intervenir dans la conversation.

— On a dû partir en urgence parce que j'étais sûre d'avoir mis la main sur le corbeau, le vrai... Mais encore une fois, j'ai fait fausse route. Franchement, je ne vois pas qui peut m'en vouloir, à force !

— Ça me concerne peut-être. Après tout, cette enveloppe a été déposée chez moi... Mais de mon côté, je ne trouve pas non plus ! Un instant, j'ai pensé à Agathe, la fleuriste de Florvival, mais c'est impossible ! Nous sommes concurrentes, mais il y a de la place pour deux. Et puis... Elle a autant de clientèle que moi... Non, vraiment...

— Ce ne serait pas l'un de tes ex-maris ? Tu les collectionnes comme les timbres-poste ! intervient Conception, revêche.

— *Mamã*, ils ne sont pas si nombreux et je suis en excellents termes avec eux, proteste Max avant de hausser les épaules et d'afficher une expression résolument optimiste. Enfin... Je propose de ne pas trop y penser pour le moment et d'essayer de profiter de notre *consoada*, d'accord ?

— C'est bien ça, le problème de cette famille ! répond Conception. Vous prenez tout à la légère. Résultat ? Personne ne mène une vie respectable et...

Maxima hoche la tête et me jette un regard entendu. Nous serrons les dents et nous apprêtons à subir une tirade soporifique sur les bonnes mœurs quand une voix grave (et salvatrice) résonne :

— Bonjour !

C'est Laurent, notre voisin, vêtu d'un jogging et d'un T-shirt à manches longues – visiblement sur le point de se lancer dans un grand footing –, qui se dirige vers la haie séparant nos jardins.

— Bonjour ! répondons-nous en chœur.

Bien joué, Laurent ! Pile au bon moment ! Cela dit... Pourvu qu'il ne commence pas à radoter au sujet de son mur de malheur... Sinon, Conception ne fera qu'une bouchée de nous. Ou de lui.

— Les Bertrand n'habitent plus ici ? demande cette dernière en fronçant les sourcils.

— Ils ont vendu et sont partis en maison de retraite il y a un an, réplique ma tante.

— Les pauvres ! Condamnés aux infirmières autoritaires, aux Bingo débilitants et aux conserves de raviolis ! Encore des gens qui n'ont pas d'enfants s'occupant d'eux de manière appropriée, grogne Conception avant de s'adresser à Laurent : Bonjour, jeune homme. Vous êtes le nouveau voisin ?

Laurent lui sourit avec amabilité.

— Oui, j'ai emménagé il y a un an... Et je suis flatté d'être qualifié de jeune homme, madame !

— Oh ! arrêtez vos simagrées ! Tout le monde est jeune par rapport à moi. Vous vivez seul ?

— Heu..., répond Laurent en lançant une œillade interrogatrice à Max qui secoue la tête en signe d'impuissance.

— Eh bien ! Vous devez vous entendre à la perfection avec ma fille, qui mène une vie dissolue. Exactement comme vous !

Soudain, Conception se frappe la poitrine alors que son regard fait l'aller-retour entre Max et Laurent.

— J'espère que... J'ose espérer que vous ne fricotez pas ensemble, au moins ! lâche-t-elle d'un air dégoûté. Max a assez piétiné l'honneur de la famille Ferreira !

Solennel, Laurent lève la main droite.

— Nous discutons de temps en temps : de fleurs, de boutures et de nos jardins, mais en restons là, je vous le jure ! Nous ne songeons à rien d'autre !

Laurent jette un œil à Max qui hoche la tête en guise de remerciement.

— C'est étrange, pour un homme énergique et bien

constitué. Comment cela se fait-il que ma fille ne vous plaise pas ? Êtes-vous homosexuel ?

Incroyable… Elle est incroyable. Max, atterrée, tente d'intervenir, mais Laurent ne lui en laisse pas le temps.

— Non, je ne le suis pas et je trouve votre fille charmante. Et…

Le voilà soudain interrompu par Livio qui s'est faufilé sous la haie et lui renifle les jambes, avant de lui sauter dessus avec enthousiasme. Laurent fronce les sourcils et lui caresse le crâne.

— Tu vois qu'il passe facilement d'un jardin à un autre ! dit-il à l'adresse de ma tante qui croise les bras sur sa poitrine et lève le menton en signe de défi.

— Oui, mais ce n'est pas lui qui fait ses besoins chez toi !

Laurent esquisse une moue sceptique, mais finit par sourire en haussant les épaules.

— Trêve de Noël ! Je n'ajouterai rien de plus.

Max soupire de soulagement et change de sujet, après un bref silence.

— Tu pars courir par ce temps ? Tu élimines le repas du réveillon à l'avance ?

— Oh ! mes parents sont loin et mon frère est en vacances aux Canaries, alors je ne fais rien de spécial, cette année…

— Ce que tu es indiscrète ! intervient Conception (c'est bien sûr l'hôpital qui se fout de la charité).

Ma tante rougit et bafouille. De nouveau, un blanc, durant lequel Laurent se racle la gorge alors que je lève les yeux au ciel… et que Max, bien entendu, ne pipe mot. Laurent saisit les pattes de Livio et le repousse avec délicatesse.

— Allez, mon grand, tu te décides à rentrer chez toi ?

Le chien n'a pas l'air convaincu, mais Max siffle à trois reprises et Livio passe finalement à travers la haie pour nous rejoindre.

— Bon… Heu… J'y vais. Je vous souhaite un excellent réveillon ! lance Laurent qui hésite un instant puis fait volte-face pour se diriger vers la grille de son jardin.

Une fois qu'il a disparu, Conception se tourne vers Max.

— Je n'ai pas confiance en cet homme. Faire du jogging par ce temps glacial… Vivre seul à son âge… Il doit avoir une tare cachée.

— Hum… et si nous entrions ? propose Max, visiblement pressée de couper court. Il fait un froid de canard !

Au moment où nous pénétrons dans la maison, Sandro ainsi que Tomas et Duarte débarquent de l'étage en riant. Quand ils aperçoivent Conception, ils se figent un instant, avant de se ressaisir : adoptant une mine des plus sérieuses, ils descendent les dernières marches d'un pas mesuré. Tomas s'approche le premier de Conception pour l'embrasser.

— Je suis heureux de te voir, *avo* ! dit-il avec déférence.

Exploit digne du vainqueur du marathon des sables, il récolte un sourire. Mais les lois de la pesanteur spéciale bouche aigrie reprennent leurs droits et c'est en affichant un air revêche qu'elle se tourne vers Duarte et Sandro, qui se tiennent côte à côte, comme deux condamnés.

— Eh bien ! Que faites-vous, plantés comme de stupides concombres ? Venez saluer votre *avo* ! Tu sais, Tomas, s'ils prenaient tous un peu plus exemple sur toi, on n'en serait pas là !

Tomas se rengorge, alors que mes deux autres cousins s'approchent pour embrasser notre grand-mère.

— Vous êtes venus plus tôt ? demandé-je à Duarte et Tomas.

— Oui, j'avais hâte de voir mon *avo* ! répond Tomas, la moue angélique.

Duarte et moi échangeons un regard dans lequel se lit le désir farouche d'égorger Tomas au coupe-ongle.

— *Meu pequeno*[1] *!* murmure Conception avec un zeste de douceur. Où est ta fiancée ?

— Elle viendra ce soir. Elle aussi se réjouit que tu sois là !

— C'est une bonne petite ! Elle a de grands pieds et marche comme un camionneur, mais elle est gentille. Et puis, elle a les hanches larges : de quoi te faire de beaux enfants !

Je pouffe, mais transforme habilement mon rire en toux, imitée par Sandro et Duarte. Tomas nous lance un regard foudroyant, alors que Conception poursuit :

— J'espère que le mariage, c'est pour bientôt !

— L'an prochain, *avo*, je te l'ai dit.

— Tant mieux. Tu es le seul qui me contente, ici !

— Attends ! s'insurge Sandro. Ce soir, je te présenterai ma petite amie, tu vas l'adorer.

— Et moi donc ! renchérit Duarte.

J'ouvre de grands yeux dans sa direction. Qui a-t-il dégoté ? Mais je ne m'appesantis pas sur le sujet, puisque moi aussi je dois me rengorger.

1. « Mon petit ! »

— De mon côté, *avo*, tu as déjà rencontré mon petit ami, alors...

— Je suis certaine que tu as dû apprécier Hugo, c'est un chouette gars, mais ce n'est rien par rapport à...

Je secoue la tête en direction de Duarte pour lui faire comprendre qu'il gaffe, mais c'est trop tard. Conception a entendu.

— Hugo ? Qui est ce Hugo ?

Elle se tourne vers moi, soupçonneuse, et je tente de rattraper le coup.

— Duarte se trompe sans cesse. Il a de gros soucis de mémoire, HEIN, DUARTE ? Hugo n'est pas mon petit ami, mais mon meilleur ami !

— Voyez-vous ça..., répond Conception. De telles amitiés n'existent pas, *pobre iludida*[1]. Soit les hommes te passent la bague au doigt, ce qui visiblement ne risque pas de t'arriver, soit ils veulent te mettre sous leurs draps.

— Moi, je ne suis pas comme ça ! se défend Duarte.

— Ça ne m'étonne pas ! Toi, tu n'es pas un mâle, un vrai, tranche ma grand-mère d'un ton cassant.

Duarte ouvre la bouche pour répliquer, mais Max, qui est sagement demeurée silencieuse jusqu'à maintenant, intervient :

— Bon, on ne va pas rester plantés dans l'entrée ! *Mamã*, est-ce que tu as vu la *presépio*[2] ?

— Non, bien sûr que non ! Reçue comme je l'ai été ! J'aimerais aussi vérifier tes préparations pour le repas de ce soir.

1. « Pauvre naïve ».

2. « Crèche ».

Alors que tous emboîtent le pas à ma tante en direction du salon, j'en profite pour esquiver cette épreuve. Après tout, j'ai passé un temps plus que conséquent avec Conception, j'ai tenu bon, je suis demeurée stoïque et respectueuse, j'ai ravalé le Hulk en moi. Bref : j'ai droit à une pause salutaire. Sans demander mon reste, je file à l'étage puis dans ma chambre, dont je referme la porte avec soulagement, avant de m'asseoir sur le lit et de regarder mon téléphone.

Notifications : WhatsApp, deux messages.

Marius [hors ligne] Dernière connexion à 12 h 40.

Ta grand-mère est un phénomène ! J'espère avoir fait bonne impression. En tout cas, j'ai tout donné !

Hugo [hors ligne] Dernière connexion à 11 h 45.

Coucou Gin ! Alors, comment ça va ? Moi, je ne chôme pas… Je te passe les détails, c'est chiant. Ta grand-mère est arrivée ? Tu es toujours vivante ? Ou tu survis péniblement après l'ablation totale de ton ego ? À moins que tu te battes farouchement et que tu l'envoies bouler, comme une femme moderne et affranchie ? Ah ! Ah !

Je m'apprête à répondre à ce dernier, mais change d'avis et… clique sur ma conversation avec Marius.

13 h 30 - Moi [en ligne] :

Je suis admirative ! Le coup du désir d'apprendre portugais et du compliment : magnifique !

13 h 31 – Moi [en ligne] :

Je croyais que le visage de ma grand-mère s'était fossilisé mais tu m'as prouvé le contraire ! Elle a légèrement... souri ! C'était complètement dingue (un exploit !) et je regrette de ne pas avoir pris une photo !

13 h 32 - Marius [en ligne] :

Je le pensais réellement...

Quoi ? Quoi, quoi, quoi ? Le compliment ? Je ne peux m'empêcher de couiner de contentement et dans l'euphorie je tape :

Tu parles du compliment ou du dési...

... Avant de stopper net. Non, je ne peux pas envoyer ça. Je ne peux pas remettre une pièce dans la machine infernale je-fonds-pour-Marius. J'efface, malgré mon envie folle d'oser, malgré l'envie de plonger la tête la première dans ce tourbillon où mon cœur est déréglé, mon pouls affolé, mon souffle trop court. Mais la peur d'être déçue prend le pas. *Et tu l'as déjà été !* me rappelle la petite voix de la raison. Je soupire. Oui. Oui, bien sûr. Pas toujours, pourtant... Je m'allonge sur le lit et me recroqueville, alors que le présent disparaît pour faire place aux souvenirs. Ceux d'un soir de printemps, il y a trois ans.

Le baiser du stade

Il y avait grève à l'École supérieure de journalisme de Nice. Les uns après les autres, les cours étaient annulés. Même si je m'étais fait des amis, je tournais en rond et j'avais décidé de rentrer à Port-la-Nouvelle. Le soir de mon arrivée, Duarte avait prévu de se rendre à un match de rugby à Perpignan : il suivait assidûment la carrière de Marius, qui avait incroyablement décollé. Sa copine de l'époque l'accompagnait (une certaine Julie, au sujet de laquelle il n'avait pas vraiment l'air enthousiaste et qu'il a quittée peu de temps après). Quand il m'a proposé de venir avec eux, j'ai hésité : j'étais tentée de voir Marius, mais je me demandais si ça n'allait pas me perturber. Depuis notre baiser supposé au bal du lycée, il ne s'était rien passé de fracassant. Nous avions poursuivi nos routes : lui avait intégré la section Sport Études à Perpignan puis l'USAP, la prestigieuse équipe de rugby de la ville, qui jouait en Top 14. Quant à moi, je m'étais installée à Nice pour suivre un cursus de journalisme qui était censé déboucher, si j'avais le niveau, sur un poste chez *Oups, lol, mdr magazine*. Deux mondes totalement opposés. J'aurais dû oublier Marius et le peu que nous avions partagé. Mais il était resté là, quelque part, malgré d'autres bras, d'autres lèvres, d'autres peaux. Il demeurait en moi comme une question, un quelque chose d'inachevé et d'un peu mystérieux. Je le suivais discrètement sur Instagram, n'osant pas cliquer sur ses stories par peur qu'il s'en aperçoive, mais il n'entretenait guère son compte : il y avait des clichés de matchs, quelques paysages pris en photo lors de déplacements, des copains et dernièrement une jolie blonde svelte et élégante. Sa petite amie, probablement… C'était dans l'ordre des choses. Et pourtant ! Je ne pouvais m'empêcher de ressentir une pointe de jalousie. J'essayais vainement de l'effacer, mais à chaque fois, cette impression de fil distendu entre nous m'envahissait. Marius et moi appartenions à un même groupe WhatsApp, celui d'anciens élèves du lycée. De temps en temps, il rebondissait sur ce que je disais. Parfois, je lui répondais. J'étais comme en attente. Et, me trouvant pathétique et folle, je tentais avec force de mettre fin à ce genre de pensée, parce qu'elles galopaient en moi trop vite et trop fort… Parce qu'elles créaient un torrent insupportable de regrets et de « et si ? ».

Nous sommes arrivés au stade Aimé-Giral à 19 heures. Les joueurs s'entraînaient sur le terrain, et riaient aux acrobaties de la mascotte, Cap de Burro – un âne gris –, qui ne cessait de virevolter entre eux. J'ai trinqué distraitement avec Duarte et Julie : j'avais repéré Marius, bien entendu, et toute mon attention était tournée vers lui. Mon verre tremblait dans mes mains. Il était occupé à faire des allers-retours en courant. Ses cuisses musclées se contractaient sous l'effort. Il était vêtu du maillot de l'USAP, bleu ciel et blanc, et portait les traditionnelles chaussettes rouge et or remontées jusqu'aux genoux. Un bandage protégeait son oreille droite. Sa bouche était entrouverte, son front plissé par l'effort. Il était concentré, avait l'air grave. J'étais complètement absorbée par lui, ignorant tout autour de moi : les rires des supporters, la conversation de Duarte et Julie, les cris et les crécelles, les cornes de brume et le claquement des drapeaux à l'effigie du club. Tout était assourdi.

J'ai sursauté quand Duarte l'a interpellé :

— Marius ! MARIUS !

Ce dernier a fait volte-face. Il a mis la main en visière sur son front et a levé la tête puis nous a trouvés. Mon regard a croisé le sien ; il a souri, a glissé quelques mots à son coéquipier avant de se diriger vers nous. Quand il s'est trouvé en bas des gradins, des supporters accoudés à la rambarde se sont penchés pour lui parler et lui adresser des encouragements. Nous avons attendu notre tour.

— Duarte, Julie ! Ça fait plaisir de voir que vous êtes revenus !

Il s'est tourné vers moi. Le soleil l'éblouissait. Des rides d'expression se creusaient autour de ses yeux, lui donnant un charme fou.

— Gina… Ça fait longtemps !

J'ai souri. J'ai chaviré pour de bon et totalement. C'était comme une vague de plein fouet contre laquelle je ne pouvais lutter.

— Je suis content de te revoir…

Avant qu'il puisse poursuivre, que je puisse répondre, il a été interpellé par ses coéquipiers, qui s'impatientaient.

— Vous restez après le match ? On pourra discuter tranquillement !

Duarte et Julie se sont consultés du regard, avant de se tourner vers moi. J'ai hoché la tête.

— Bien sûr !

À nouveau, un joueur de l'équipe a attiré son attention.

— Oh ! t'attends le dégel ou quoi ? Ramène-toi !

— Le devoir m'appelle, a lancé Marius en levant les yeux au ciel.

Il a rejoint les autres. J'étais tellement hypnotisée que Duarte a dû tapoter mon épaule pour que je retourne m'asseoir. Le match est passé lentement. Ou rapidement, je ne sais plus. Je ne regardais que lui. Perpignan a perdu de quatre points. Les supporters déçus ont peu à peu quitté le stade, alors que nous trois restions là, à l'attendre. La présence de Duarte et Julie me rassurait. Ils feraient la conversation. Je ne me sentais pas si mal à l'aise que je l'aurais pensé ; probablement l'effet des deux bières bues durant le match...

— Gina ! Tu es ailleurs, toi, ce soir ! a lancé Duarte en me donnant un coup de coude.

— Je ne crois pas que le rugby la passionne... Tout comme moi ! a répondu Julie en riant. Et on...

La sonnerie de son téléphone l'a interrompue. Elle a scruté l'écran.

— C'est mon grand-père !

— À cette heure-ci ? a rétorqué Duarte en fronçant les sourcils.

— J'espère que tout va bien...

Elle a décroché et s'est éloignée.

— Le voilà ! s'est exclamé Duarte en pointant le terrain du doigt.

Marius est sorti des vestiaires. Il était toujours en tenue et ses jambes étaient maculées de terre. Un léger filet de sang séché marquait son cou. Il avait retiré son bandage.

— Désolé ! Vous êtes venus assister à une défaite !

a-t-il dit quand il nous a rejoints et que nous avons de nouveau gagné la rambarde.

— Ça arrive ! a répondu Duarte. Et il y a quand même eu ton essai à la deuxième mi-temps : beau travail !

— Merci ! Hé ! Vous ne voulez pas descendre de votre perchoir ? Je vous fais visiter l'intérieur du stade, si ça vous dit !

— Carrément !

— Vous verrez l'antre des joueurs. Bon, il ne faut pas craindre l'odeur de la transpiration, je vous préviens ! Par contre, il n'y aura plus grand monde : on a réservé une table au Bill's, et les autres étaient sur le départ quand j'ai quitté les vestiaires.

Julie est revenue, la mine affolée. Elle a rapidement salué Marius et s'est tournée vers Duarte.

— C'est ma grand-mère ! Elle est encore tombée dans les escaliers… Rien de grave, apparemment, mais il faut qu'on se rende à l'hôpital. Mon grand-père est perdu. C'est une chance qu'on soit là ce soir… Elle est à la clinique Saint-Pierre.

— Ne t'inquiète pas, on y va immédiatement…

Marius est intervenu :

— Je suis désolé, j'espère que tout ira bien pour elle !

— Si ton grand-père a dit que ce n'était pas grand-chose, c'est plutôt rassurant…, ai-je murmuré en posant une main sur son épaule.

Nous nous sommes apprêtés à partir, quand Marius a pris la parole :

— Gina, tu veux rester avec moi ? Quand Duarte et Julie auront terminé, ils passeront te récupérer. Enfin… Si ça vous arrange et que ça te tente, bien sûr.

Une escapade à l'hôpital *versus* un tête-à-tête avec Marius... Pour moi, c'était tout vu, d'autant plus que j'avais peur de gêner. J'appréciais Julie, mais je ne la connaissais pas beaucoup. Et il s'agissait de sa famille...

— C'est une bonne idée. On viendra te chercher après, a renchéri Duarte. Ça te va, Gina ?

— Heu...

— Oui, ce sera plus sympa que de passer la soirée aux urgences. Je suis désolée..., a soupiré Julie.

— Mais toi, tu as un restau de prévu, non ? ai-je demandé à Marius, qui a haussé l'épaule.

— J'ai mangé je ne sais combien de fois chez Bill. Je m'en fous !

J'ai acquiescé.

Quand Duarte et Julie sont partis, Marius m'a rejointe dans les gradins. Nous nous sommes assis côte à côte et nous avons contemplé le ciel qui s'assombrissait, et particulièrement un gros nuage encadré par les poteaux du terrain, comme une œuvre d'art.

— Alors, Gina ? Comment va la vie depuis..., m'a-t-il demandé en plongeant son regard dans le mien. Depuis combien de temps ?

Pour une fois, je n'avais pas envie de parler à tort et à travers. Je me sentais paisible, à ma place et étrangement hors de la réalité. Ni mal à l'aise ni stressée. Il n'y avait que la farouche volonté de profiter de ce moment qui, je le savais, serait éphémère et resterait ensuite mon trésor. Celui que je sortirais délicatement les soirs de solitude, à Nice, et que j'examinerais avec tendresse et nostalgie.

— ... depuis... le bal du lycée ? ai-je dit.

Le baiser...

— On s'est croisés ensuite. L'été. Et une fois, en ville, en automne. Tu promenais le chien de ta tante.

— Ça ne compte pas. Ce n'était que quelques minutes.

— C'est vrai... J'ai à peine eu le temps de te parler. À chaque fois, de toute façon, tu n'étais pas seule ou tu étais pressée.

Je faisais semblant d'être pressée, bien entendu, pour me protéger de ce que je ressentais en sa présence.

— Alors, comment est la vie, à Nice ?

— Pour ce qui est de l'école, vraiment, vraiment bien. Pour le reste... boulot, dodo, surtout !

— Tu t'amuses un peu, quand même ! Je sais que tu n'es pas seule. Je t'ai vue en charmante compagnie...

J'ai tourné la tête et l'ai observé d'un air interrogateur.

— J'avoue tout : je suis tes publications sur Insta !

— Ah bon ? ai-je rétorqué, secrètement ravie.

— Toi, tu ne me suis pas ?

J'ai tenté la mine détachée.

— Absolument pas.

— Bref. Tu étais avec ce mec...

— Antoine ?

— Ah ! il a un nom ! a rétorqué Marius en me donnant un léger coup d'épaule. Je me réjouis pour toi !

— Tu n'as pas à te réjouir puisqu'on a vécu une petite histoire sympa qui s'est finie il y a un mois ou deux.

— Ah...

— Sans regret, je te rassure !

— Mais parlons de toi et de cette jolie blonde avec qui tu t'affiches !

Je me suis mordu la lèvre.

— Et elle dit qu'elle ne me suit pas ! a répliqué Marius

en riant. Elle est sympa. C'est une petite histoire comme ça…

— Qui ne s'est pas finie il y a un mois ou deux…

Il a secoué la tête avec douceur.

— Rien de sérieux, vraiment.

Il était donc encore avec elle. Mon cœur a soudain pesé lourd dans ma poitrine, mais j'ai souri.

— Me voilà rassurée ! Je ne voudrais pas que tu m'abandonnes toute seule dans ce stade pour la rejoindre.

— Aucun risque ! s'est exclamé Marius qui a quitté le banc et m'a tendu la main. On descend ?

— À condition que tu me montres quelques tours de rugby.

Il a éclaté de rire.

— On ne fait pas des *tours*, au rugby ! Ça, c'est le domaine des magiciens !

J'ai levé les yeux au ciel.

— Apprends-moi quelques *trucs* ! Moi, ce qui me plaît, c'est les mêlées et les plaquages !

— Tu es une guerrière, alors !

Nous avons gagné le terrain et Marius s'est dirigé vers les vestiaires. J'ai tourné sur moi-même et observé cette grande pelouse ravagée par les coups de crampon. Ça sentait l'herbe humide. J'ai savouré la sensation de la brise fraîche sur mes bras.

— Tu attrapes ?

Je me suis retournée rapidement, j'ai tendu les mains et j'ai reçu le ballon qu'il m'avait lancé. Marius a sifflé en souriant.

— Tu as du talent !

— Tu en doutais ?

— Vas-y, envoie le plus fort possible !

Je me suis exécutée et Marius a attrapé le ballon d'une main, sans aucune difficulté.

— OK, ça, tu maîtrises !

Il m'a fait un clin d'œil et, sans crier gare, il a foncé sur moi et m'a plaquée au sol… Son corps massif et musclé était sur moi et j'ai compris qu'il prenait soin de ne pas m'écraser. J'ai ouvert les yeux en grimaçant et j'ai plongé mon regard dans le sien. Il était tellement près. Tout s'est mélangé : la couleur de ses iris, émeraude avec des taches jaunes dedans ; l'odeur de sa sueur, musquée, délicieuse ; le contact du bas de son ventre contre mes hanches ; son sourire. J'ai perdu le contrôle, happée par son regard… Et nous avons éclaté de rire.

J'étais tout bonnement, purement et simplement heureuse.

— Tu es fou ! ai-je murmuré, alors qu'il basculait sur le côté.

Il a appuyé la tête sur sa main en continuant à me regarder.

— Tu as dit que tu aimais les plaquages ! Je t'initie !

— Je suppose qu'entre joueurs ce doit être plus violent.

— Bien sûr. Mais je te préserve. Tu es toute petite. Et je ne voudrais pas casser tes lunettes.

De l'index, je les ai remontées sur mon nez.

— Tes lunettes, a-t-il répété avant d'en caresser le contour brièvement.

— Un de ces quatre, il faudra que je me mette aux lentilles.

— Dommage. J'aime tes lunettes.

J'ai détourné le regard et observé le ciel, mélange

d'orange et de bleu foncé, en arrachant machinalement une touffe d'herbe.

— Arrête de maltraiter ce gazon.

— Ce sera toujours moins que ce que vous lui faites subir !

Un silence léger et agréable s'est installé.

— Gina ?

— Mmmh ?

— Pourquoi à chaque fois qu'on se recroise il se passe ça ?

Mon pouls s'est affolé. Ressentait-il la même chose que moi ? Le lien ténu et pourtant solide ?

— Ça ? ai-je pourtant répété d'un ton interrogateur.

Je voulais qu'il le formule. Il a soupiré sans lâcher mon regard. L'intensité du sien…

— Ça. Ces moments suspendus. Comme au Rouet. Ou dans le placard. Ou au bal quand on a dansé…

Mon intuition avait-elle été la bonne ?

Il s'est interrompu. Je me suis légèrement redressée. Il a caressé mon avant-bras de sa paume râpeuse. Je n'avais pas peur, je n'étais pas nerveuse ; j'étais juste muée par une impulsion, une sensation d'évidence. J'ai approché le visage du sien. Il s'est allongé et j'ai joint mes lèvres aux siennes. Elles se sont entrouvertes, humides, avides. Nos langues se sont mêlées dans un délicieux frisson, lentement, de plus en plus profondément. C'était un baiser intense, salé, parfait. C'était le baiser du bal en mille fois mieux. C'était enivrant. Mieux qu'un tour de grand huit, mieux que les six Guronsan que j'avais avalés une nuit de révision, que le lever de soleil à Port-la-Nouvelle, que le jour où Sandro m'avait dit que j'étais sa sœur et qu'il m'aimerait toujours, que la tartiflette, le muscat de Rivesaltes, la cuisine portugaise, *OK Computer* de Radiohead, que faire des bulles de savon ou se prélasser dans un bain moussant en attendant la perspective d'une soirée, mieux que de danser sans se soucier d'être ridicule. Mieux qu'un feu d'artifice, qu'un saut dans les vagues un jour de drapeau rouge. Mieux que tout ça et pourtant identique à ce moment, dans le gymnase du lycée…

— C'était toi, le soir du bal, ai-je chuchoté.

J'ai parlé sans m'écarter, la bouche contre la sienne et il a posé ses mains en coupe sur mes joues.

— C'était moi, a-t-il murmuré.

Nos lèvres se sont étirées dans un même sourire et j'ai légèrement reculé. Il a haussé les sourcils. Ses yeux ont pétillé.

— Cela dit, c'est toi qui t'es approchée et qui m'as embrassé. Je ne comptais pas faire ça à Damien.

Je l'ai contemplé, vibrante et joyeuse.

— Tu n'as pas protesté, je te signale !

— La faute à ton parfum…

— White Musc ?

— Impossible de résister. Ton odeur, couplée à ton déguisement ultra-sexy de Dory…

À nouveau, un rire partagé, doux et nostalgique.

— Je ne pouvais pas ne pas craquer ! a-t-il poursuivi. Tu m'as piégé.

— Comme toi, ce soir !

Il a souri.

— C'est encore toi qui m'as embrassé !

J'ai esquissé une grimace.

— OK, je ne prendrai plus d'initiat...

Il ne m'a pas laissée finir et a attiré mon visage contre le sien. Sa bouche a effleuré mon nez, ma joue. Sa barbe a piqué mon menton. De nouveau, nos lèvres, nos souffles courts, les yeux fermés, la tête qui tournait délicieusement...

— Voilà. Égalité. Ou presque.

Quand nous nous sommes séparés, j'ai roulé sur le côté, sans cesser de le regarder. Il a soudain pris l'air grave et a froncé les sourcils. Puis, il s'est emparé du ballon, l'a lancé très haut et l'a rattrapé.

— Gina... Est-ce que tu crois qu'on pourrait essayer tous les deux ? a-t-il demandé d'une voix rauque.

J'ai soupiré et suis restée silencieuse. La joie m'a envahie, un soulagement intense. C'était comme si je trouvais une clé que je n'avais pas conscience d'avoir cherchée. C'était oui, oui, oui. Oui. Mais presque immédiatement, mon euphorie s'est voilée. Je me suis assombrie. Mon cœur palpitant, le désir qui grondait, le bonheur brut et fou que me procurait cette proposition... Tout me poussait à dire oui. C'était une évidence : pour Marius, je reviendrais ici, je plaquerais tout, je ne tolérerais pas d'être à Nice. Je serais capable de me transformer en petite amie supporter. Celle qui suit, qui encourage, qui vit à travers l'autre. J'en étais certaine... Mais mon esprit le refusait catégoriquement. Maxima ne m'avait élevée comme ça.

— Non, ai-je répondu, le cœur brisé.

— Pourquoi ? a-t-il demandé en bloquant le ballon dans ses mains.

Ses doigts étaient crispés sur le cuir.

— Parce que ta vie se trouve ici, que tu as de grandes choses à accomplir dans le sport alors que la mienne est à Nice et que j'ai bien l'intention de percer dans le journalisme. Et puis… tu as une fille blonde dans ta vie !

— Je n'exigerais jamais que tu rentres, tu ne me demanderais jamais de partir. La distance, ce n'est pas si grave, non ? On peut faire avec. Et la fille blonde, elle ne compte pas, elle n'a jamais compté.

— La distance serait intenable. En tout cas pour moi… Je n'y arriverais pas.

Il a posé son ballon et a tourné la tête vers moi.

— Je comprends, a-t-il dit tout simplement.

Dans son regard grondait un orage de chagrin, mais il m'a souri et a plongé la main dans mes cheveux.

— Est-ce qu'on peut quand même profiter de cette soirée ? Est-ce que tu veux m'embrasser encore une fois ?

Et j'ai fondu dans ses bras.

11.

Un réveillon de Noël cinq étoiles, pour vous, c'est :

♥ L'indécence : mieux qu'un buffet romain dans Astérix et Obélix ou qu'une soirée apéro-restau-disco à gogo : cotillons, repas décadent, playlist YMCesque de folie, danse des canards suivie par tous, bref, tout pour réveiller « en toi le tourbillon d'un vent de foliiiiie ».

♣ Une réunion familiale et traditionnelle : repas savoureux, conversations agréables (pas d'oncle relou aux blagues douteuses ; pas l'ombre d'un cousin diagnostiqué HPI en maternelle et qui ne cesse de se faire mousser depuis) ; cadeaux sous le pied du sapin.

▲ La solitude choisie : Noël, c'est aussi surfait que les échanges philosophico-amoureux dans Dawson. Bref, un film d'action, une bonne bouteille de rouge, des Kinder à profusion constitueront une soirée de choix pour le réveillon.

Aveux

— Et voilà ! Tout est en place ! s'exclame Sandro, sa toute nouvelle et charmante petite amie Dorothy au bras.

Tomas enlace Annie et hoche la tête d'un air satisfait, alors que Duarte et moi-même acquiesçons tout en observant la table que nous avons préparée ensemble : son bois brut est dissimulé par une nappe vert foncé, légèrement irisée. Bien entendu, nous mangerons dans la vaisselle en porcelaine que Max a sortie tout à l'heure, et nous utiliserons les couverts « spécial *consoada* » en argent, ternis et lourds, que nous ne parvenons jamais à expédier aux oubliettes. Serviettes épaisses en lin beige, repassées et pliées, avec les initiales de Conception ; hauts verres à pied : tout y est. Selon la tradition, la décoration doit être simple, mais Maxima, fleuriste dans l'âme, ne peut s'empêcher de confectionner de magnifiques ornements de table. Au centre trône un gros bouquet d'hiver, composé de fleurs de coton, dans lequel elle a glissé de minuscules pommes de pin et quelques branches de houx. À côté de chaque assiette ont été déposés des petits pots en zinc contenant de délicats perce-neige. L'effet est superbe ! Comme d'habitude, je salive à la pensée des plats qui nous attendent. Et pourtant… j'ai l'estomac noué. La faim ne me tenaille pas – moi qui, en temps normal, serais prête à me séparer d'un orteil pour déguster un dîner tel que celui de ce soir… Dois-je préciser que la venue de Marius me tend comme cet ancien maillot de bain (acheté en 2010, taille 36) que j'avais absolument voulu reporter un été (2018, quand je faisais un généreux 40) et qui me comprimait si fort les seins que j'ai cru que mes tétons allaient se résorber ?

— C'est… correct, intervient Conception qui effleure la table avant d'arracher un pétale. Bien que ces fleurs soient de trop. En plus, alignées, comme ça, au milieu, on dirait des décorations de pierre tombale… Peut-être est-ce un clin d'œil douteux de Max, qui tente de me mettre en condition ? Enfin ! Au moins, nous échappons aux brocolis, pas comme il y a cinq ans !

— Ça se fait beaucoup les bouquets de légumes, maintenant ! lance Tomas qui se ratatine immédiatement sous le regard acéré de notre grand-mère, avant de poursuivre d'un ton soumis : Mais je suis d'accord avec toi, c'est bien mieux cette année !

Stratégiquement placée derrière Conception, je mime une grimace moqueuse à l'adresse de Tomas, qui fait mine de ne pas me prêter attention et toussote en bombant le torse, style chouchou de la classe.

Meu Deus ! Si nous étions les comédiens dans *Harry Potter*, il incarnerait Percy à l'aise-Blaise, les doigts dans le nez ! Quel fayot !

— Moi, j'adorais les bouquets de légumes ! lance Sandro. On pouvait les manger avec un peu d'aïoli, je trouvais ça cool et vraiment original !

Duarte éclate de rire.

— On n'était pas censé y goûter ! Il y avait du vernis dessus !

— Ça ne m'a pas gêné en tout cas !

— L'effet ravageur de tout le vin que tu t'es enfilé cette année-là !

Nous pouffons tous de bon cœur, alors que Dorothy fronce les sourcils.

— *What ?* demande-t-elle, l'air égaré.

— *Santa Mãe de Deus !* Cette petite est-elle stupide ? croasse Conception.

— Arrête, *avo* ! Elle est anglaise, je te l'ai déjà dit, explique Sandro, qui parvient à conserver un air absolument serein. Normal qu'elle ne pige pas tout, *right, baby* ?

Il saisit Dorothy par les hanches et de lui adresser un sourire ravageur, auquel elle répond avec la même ardeur. Visiblement, ces deux-là n'auront pas besoin de se comprendre pour passer à la vitesse supérieure !

Vitesse supérieure…

Soudain, mon cerveau s'égare, puis se met à tourner à plein régime et m'inflige à un rythme furieusement soutenu des images torrides en noir et blanc (pour plus de sensualité) : peaux humides, souffles courts, mains qui caressent et s'attardent, parfum du désir…

Marius…

Je frissonne en nous imaginant, tous les deux… avant de m'administrer une claque mentale aller-retour force 9, et de me ressaisir. Marius est ici pour me dépanner. Il ne se passera rien de plus.

Comme à chaque fois.

Comme l'été dernier.

À cette pensée, la ribambelle de clichés voluptueux

retourne piteusement s'enterrer au fin fond de mon inconscient. J'ignore si j'ai hâte de le voir ou si je préférerais ne pas avoir affaire à lui. Une bouffée de chaleur me donne la sensation d'étouffer et je quitte donc le salon pour me rendre à la cuisine.

Le front plissé par la concentration, Maxima scrute le four, dans lequel chauffent les *rissois de camarao*, de délicieux beignets de crevette. Jao, attablé, le menton sur sa paume, la regarde d'un air morne.

— Ça va, de te tourner les pouces comme ça ? demandé-je en lui administrant une claque affectueuse sur l'épaule. Arrête de te morfondre ! OK, tu n'as pas trouvé de petite amie pour faire illusion, mais ce n'était qu'un petit pari de rien du tout ! Perdre, ce n'est pas si dramatique…

— … Dit celle qui a toutes ses chances !

Il grimace en tapant du poing sur la table.

— Je déteste être le loser de la bande. C'est nul, ce truc d'affirmer que le plus important est de participer. Écraser les autres, c'est tellement plus jouissif !

— Belle mentalité ! commente Max.

— Tu n'es pas un loser, réponds-je avec un sourire compatissant, pour mieux lui donner le coup de grâce. Tu es juste moins bon que moi, Sandro, Duarte. Ah, et aussi Tomas.

Jao se tourne, lève brusquement la jambe et m'inflige un coup de pied aux fesses bien senti. J'attrape le lobe de son oreille et tire dessus vigoureusement.

— Jeux de mains, jeux de…

— Vilains ! complétons-nous à l'unisson.

— Cinq ans d'âge mental, conclut Max.

— Au moins dix ans, s'il te plaît ! proteste Jao.

Max sort les *rissois* du four, les pose sur la plaque et se redresse. Elle jette son torchon sur son épaule et plante les poings sur ses hanches.

— Pour en revenir à vos histoires de faux couples… je pense que tu vas bien mieux t'en sortir que les autres, Jao. Tu n'auras pas à supporter les jugements de Conception sur ta promise, en plus des critiques acerbes qu'elle te réserve personnellement !

— Elle n'a pas tort ! Cela dit, me concernant, je ne suis pas inquiète puisque Conception a rencontré Marius et l'a beaucoup apprécié !

— Tiens, tiens, tiens… Marius et toi… Toi et Marius ! s'exclame Duarte, qui vient d'entrer dans la pièce. Alors ? Vous remettez ça ?

Maxima et Jao braquent leurs regards sur moi, interrogateurs.

— On ne remet rien du tout, puisqu'on n'a jamais « mis »…

Duarte hausse un sourcil sceptique.

— Heu…

— Il me dépanne puisque Hugo n'est pas disponible, dis-je d'une voix précipitée avant qu'il aille plus loin.

Lorsque Duarte et Julie étaient venus me chercher, après ce moment hors du temps au stade Aimé-Giral, ils n'ont posé aucune question. Mais mon cousin n'arrêtait pas de me scruter dans le rétroviseur. Il a vu le rouge sur mes joues, mes yeux humides, mon sourire résigné.

— Et comment ce cher Marius en est-il arrivé à te dépanner ? insiste-t-il tout de même lourdement.

— Et toi, qui est ton invitée-surprise ? demandé-je pour changer de sujet.

— N'essaye pas de noyer le poisson ! *Responde !*

— Une histoire de tirage au sort gagné. Et tu…

La sonnette m'interrompt. Immédiatement, c'est le branle-bas de combat en moi. Mes paumes deviennent moites et mon cœur bat la chamade. Je me dirige vers la porte de la cuisine en tâtant mon chignon d'un geste nerveux. Au moment où je dépasse Duarte, il attrape mon bras et murmure à mon oreille :

— Ne t'inquiète pas, *mosquita*[1]. Tu es bien jolie ce soir. C'est ce qu'il se dira en te voyant.

J'embrasse la joue de mon cousin, qui hoche la tête et esquisse un sourire encourageant.

Voilà. On y est. Avant d'ouvrir, je jette un œil à mon reflet, dans le couloir d'entrée.

Gueule de bois : plus aucune trace.

Chignon lâche : réussi.

Robe courte à fleurs rouges, bottines plates : tenue tout à fait correcte !

OK, OK, OK. Je suis prête. Je l'accueillerai en toute décontraction, je ne vais ni trop parler ni être mutique. Je trouverai un parfait juste milieu. Dignité et naturel. Tiens, si je me rongeais un ongle, d'abord ? Je porte mon pouce à mes lèvres, mais m'abstiens courageusement. Stop ! Il est temps.

Um, dois, três…

TADA !

Et… Pas de TADA ! Je remballe vite fait bien fait mon

1. « Ma puce ».

sourire *bright-shine*-Colgate-spécial-blancheur, car la personne plantée en face de moi n'est PAS Marius. PAS LE MOINS DU MONDE ! *Isto é incrivel*[1] *!*

— Bonsoir.

Son ton est un peu moins hautain que d'habitude et elle se balance d'avant en arrière, comme... Oui, comme si elle était gênée. Célia, mal à l'aise ? C'est une première ! Notre petite conversation aurait-elle porté ses fruits ? A-t-elle décidé de se montrer un tant soit peu humaine avec moi ?

— Qu'est-ce que tu fais ici ?

— C'est mon invitée ! s'écrie Duarte, qui est apparu à mes côtés. Salut Célia ! Tu es absolument superbe !

— Merci ! répond cette dernière en lui tendant la bouteille de vin rouge qu'elle tient à la main.

— Depuis quand ? demandé-je.

— Tout à l'heure ! On s'est croisés, on a discuté. Célia n'avait rien de prévu pour le réveillon et moi, j'avais besoin d'une fausse petite amie... C'était le destin ! Le deal parfait, conclu en trois minutes top chrono. En plus, ça ne risque pas de déraper, puisque Célia et moi nous sommes déjà sortis ensemble, et que nous savons que ça ne fonctionne pas, pas vrai, *miúda* ?

— Si tu n'embrassais pas aussi bizarrement, ça aurait peut-être collé entre nous ! rétorque-t-elle en souriant.

— Je n'y peux rien si nos lèvres ne sont pas accordées : toi, tu les as fines, moi, épaisses. J'avais l'impression de te dévorer toute crue quand on s'y mettait ! Ça me donnait

1. « Incroyable ! »

la sensation d'être une sangsue accrochée à ta pauvre petite bouche délicate !

— C'est vrai que nous sommes buccalement incompatibles !

— Mais j'adore ton esprit !

— C'est réciproque ! répond Célia avant de se tourner vers moi. Est-ce que tu m'autorises à entrer ?

— Heu... Oui, bien entendu ! dis-je. Bien sûr...

Mais alors que je m'efface pour la laisser passer, la voix de Marius résonne :

— Salut tout le monde !

Jambes en coton, gorge serrée. Le voilà... Alors que je reste muette, Célia prend la parole :

— Tu vois, tu dois me supporter, même hors du boulot !

— Vu que tu as eu la délicatesse de me prévenir par texto, j'ai eu le temps de me préparer psychologiquement à passer une soirée affreuse en ta compagnie ! rétorque Marius. Mais vu que c'est pour la bonne cause, je peux faire cet effort !

Son sourire creuse ses fossettes et ses rides d'expression s'épanouissent, lui donnant un charme fou.

— Bon, arrêtez de bavasser et rentrez parce qu'il caille ! intime soudain Duarte.

Nos deux invités s'exécutent. Célia suit Duarte en direction du salon, mais Marius et moi ne bougeons pas. Nous restons face à face, figés. Ni l'un ni l'autre ne songent à fermer la porte, et le vent glacial fait voleter des mèches échappées de mon chignon. Elles chatouillent ma nuque. J'y passe la main, et son regard s'attarde sur ma chevelure.

— Tu es très jolie, Gina.

Il tend le bras et effleure mes boucles d'oreilles.

— Je les reconnais.

Le contact m'arrache un frisson, alors que le sous-entendu affole mon cœur.

— Je les portais la dernière fois.

— Je sais. Et tu m'as dit que c'étaient celles que Maxima t'a données. Ta mère les lui avait achetées pour son anniversaire. Maxima a pensé qu'elles te revenaient, puisque ta mère n'a jamais eu le temps de t'offrir de beaux bijoux.

C'est comme si tout s'arrête. La gêne, l'excitation, le malaise. La bêtise des faux-semblants. J'ai profondément envie de me hisser sur la pointe des pieds, de passer les bras autour de son cou et me blottir contre lui. Tout serait à sa place. *Je* serais à ma place.

— Ça va ?

Je hoche la tête.

— Tu en es certaine ? reprend-il avec douceur.

Je me ressaisis et lui souris.

— Oui, bien sûr ! Je suis contente que tu sois là.

Mes mots sont tellement fades, comparés à ce que je ressens…

— Moi aussi, répond-il gravement, avant d'esquisser un sourire et de me tendre une bouteille. Tiens ! Ce n'est pas très original, mais j'ai pensé que tout le monde aimerait ! Je me suis fait conseiller parce que je t'avoue que je n'y connais pas grand-chose en porto !

— C'est le préféré de Conception. Tu as visé juste ! Elle va encore plus t'apprécier !

Il pousse un soupir de soulagement très exagéré.

— Tu me rassures ! J'ai trop peur de ce qui pourrait se passer si je baisse dans son estime !

— On baisse toujours dans l'estime de Conception à un moment ou un autre ! Mais on survit… L'ego piétiné, mais on survit !

Marius rit doucement.

— Alors ? Tout le monde a ramené son faux *date* ?

— Duarte a invité Célia, et Sandro a dégoté une Anglaise, hier. Elle est sympa, d'ailleurs !

— Bien sûr ! Je me souviens du rapprochement entre ces deux-là !

— Jao n'a trouvé personne, par contre. Il se morfond de ne pas pouvoir gagner notre petit pari. Et Tomas est le seul qui a une authentique fiancée. Il a donc toutes ses chances…

— Et si on entrait dans le jeu ? propose Marius, l'œil pétillant. On a toutes nos chances de remporter la partie, toi et moi !

Tout le monde s'est réuni dans le salon ; ma tante montre sa crèche à Tomas et Annie, Duarte et Célia se trouvent devant le feu de cheminée – il a enroulé son bras autour de son épaule, et ils discutent à voix basse, tout en caressant Livio qui les contemple avec adoration –, Sandro et Dorothy sont passés à l'étape supérieure et s'embrassent près du sapin. Quant à Jao – *pobre !* –, il est pris au piège avec Conception qui fronce les sourcils en lui administrant probablement une de ses leçons de respectabilité dont elle a le secret…

Je sursaute lorsque Marius effleure le dessus de ma main, avant d'entrelacer ses doigts aux miens. La chaleur de sa paume contre la mienne… Il exerce une légère pression, et je lève le regard vers lui. Il m'observe d'un air confiant et heureux. Une minute, j'imagine que tout est vrai, que nous sommes ensemble, que nous nous sommes réveillés l'un contre l'autre ce matin, que nous avons traîné au lit, les jambes entremêlées dans des draps froissés. Qu'il est parti au travail et que je l'ai rejoint, juste pour l'embrasser. Que nous nous sommes habillés pour la *consoada*, avant de nous déshabiller et de faire l'amour, pour nous rhabiller ensuite. Que nous sommes venus ici en couple. Je me laisse aller à imaginer que sa grande main, qui enveloppe la mienne, est là naturellement, que c'est une chose normale, et ça me fait du bien, puis du mal…

Pour une fois, je suis ravie que Conception porte son attention sur moi, histoire de me changer les idées. La voilà qui nous fonce dessus comme une horde de moustiques sur une peau en sueur, et qui arrache à Marius sa bouteille de porto.

— Du porto pour des Portugais ! s'exclame-t-elle. On ne peut pas dire que vous faites dans l'originalité… Mais heureusement, c'est le meilleur qui soit. Vous avez visé juste, *meu caro*[1] ! Ma propre fille ne m'en offre jamais alors que vous, dont je viens de faire la rencontre, avez le bon goût d'en apporter ! Ça joue en votre faveur !

Je jette un œil à Sandro et Duarte, afin de leur adresser un sourire victorieux. Duarte plisse les paupières d'un air revanchard, alors que Sandro, la mine déterminée, nous rejoint. La guerre est déclarée. Je le sais, je le sens, il va tenter de tout faire foirer.

Que le meilleur gagne !

1. « Mon cher ! »

— Marius est un garçon exceptionnel, lance-t-il. Au fait, vous n'avez pas raconté à Conception comment vous vous êtes trouvés tous les deux ? Hein, Gina, cette histoire où tu avais trop bu... Et toi, Marius, tu étais avec trois autres filles qui...

Aussi fourbe que Loki ! Comment est-ce que je me débrouille pour aimer autant ce sale type ?

Il veut jouer au discrédit ?

Je vais le ratatiner comme une pomme de terre destinée à finir ses jours dans un hachis parmentier ! J'ouvre donc la bouche pour lui clouer le bec, quand Marius me prend de court :

— Oui, c'était pendant l'été. Il faisait une chaleur insupportable. L'Essai tenait un stand près du tournoi de beach-volley annuel. Gina a tellement bu de menthe à l'eau qu'elle s'en est trouvée malade. Je suis resté avec elle, puis je l'ai raccompagnée. Quant aux trois filles... Enfin, tu exagères, Sandro ! Ce sont mes sœurs !

Conception plisse les paupières et scrute Marius, puis Sandro, puis Marius... avant de (demi) sourire à ce dernier. *Vitoria*[1] *!*

Je m'apprête à contre-attaquer lorsque ma tante tape dans ses mains et nous invite à passer à table.

22 h 30... Comblée, je contemple notre petite assemblée et savoure le bruit des couverts qui s'entrechoquent, les rires et les conversations mêlés. C'est une réussite totale : les échanges sont simples et légers, la *sopa da pedra* était

1. « Victoire ! »

goûteuse et, bien évidemment, la pierre au fond de la casserole a intrigué. Conception et Max ont décrit nos traditions à nos invités, qui ont posé des tonnes de questions. La *bacalhau com todos* était parfaite : le poisson fondait sur la langue, et les légumes étaient cuits à point. Un tel régal que même Conception n'a rien trouvé à redire !

— Non, vraiment ! Je ne pense pas qu'un être humain équilibré puisse aimer *Star Wars* ! affirme Jao, qui rit tout en sauçant son assiette avec application.

— Moi, pourtant, j'adore ! rétorque Tomas.

— Qui t'a fait croire que tu étais normal, toi ? lance Duarte d'un ton guilleret… avant de grimacer. Aie ! Arrête de me donner des coups de pied sous la table.

— Ce n'est pas moi ! répond Tomas d'un air innocent.

— *Parem*[1] *!* Vous n'allez pas commencer ! intervient Max en levant les yeux au ciel. Pas le soir de la *consoada* ! Pas devant nos invités ! *Aviso-o*[2] *!*

— Ne vous inquiétez pas, on est habitués aux chamailleries des Ferreira ! s'exclame Célia en riant. C'était déjà comme ça quand on était jeunes…

J'acquiesce vigoureusement et ajoute :

— C'est clair ! Mais je crois que les pires sont Duarte et Sandro !

Ce dernier tente de prendre une moue innocente.

— Je suis sans doute aucun le plus calme, affirme Tomas.

Je secoue l'index en signe de protestation.

— Non, non ! C'est moi qui…

Je ne peux terminer ma phrase : un cri strident m'inter-

1. « Arrêtez ! »

2. « Je vous préviens ! »

rompt, et nous nous tournons comme un seul homme vers Max, qui a plaqué la paume devant sa bouche. Ses yeux roulent dans leurs orbites.

— QUOI ? Qu'est-ce qui se passe ? s'écrie Conception en serrant la gorge de sa main frêle.

Max ne bouge pas d'un pouce, et Sandro bondit de sa chaise en hurlant :

— Tu t'étouffes ?

Tout le monde s'affole. *Por favor ! Nao !* Mon cousin se précipite vers Max et lui assène un grand coup dans le dos...

— Stop ! Stop ! *Tu nao entendes*[1] *!* s'exclame-t-elle en se levant.

Sandro se fige, alors que Max plante ses yeux dans les miens.

— Je sais qui c'est ! Comment ai-je pu oublier ? COMMENT ?

— Oublier quoi ? bafouille Jao.

Tout le monde se met à parler en même temps, jusqu'à ce que je m'écrie :

— TAISEZ-VOUS !

Silence.

Waouh ! C'est comme si l'âme de Conception m'avait envahie un instant. *Merda !* Elle n'est pas morte d'une crise cardiaque et ne s'est pas réincarnée en moi, j'espère ! Je fais un signe de croix et lui jette un œil. Ouf ! Non. Elle trône toujours sur sa chaise et nous fixe, Max et moi, avec la plus grande concentration.

1. « Tu ne comprends pas ! »

— Belle autorité, chuchote Marius, ce qui me donne envie de glousser.

— Max, explique-toi, ordonné-je en parvenant malgré tout à conserver mon sérieux.

Elle se rassied, s'empare de sa fourchette et se met à triturer l'unique pomme de terre qui reste dans son assiette, en soupirant.

— Le corbeau. Les menaces… Je m'en veux, mais je m'en veux ! Tout était sous mon nez depuis le début, et je n'ai rien vu… Incroyable.

— Mais dis-nous, enfin ! la presse Conception.

— C'est Laurent, assène-t-elle.

Un hoquet de stupeur m'échappe.

— LAURENT ? Laurent le voisin ?

— Oui.

— Mais pourquoi ? À cause de l'histoire du mur ? Mais c'est quoi le rapport avec « ne reviens jamais » ? Et la terre ?

— Je ne sais pas… Mais je viens de me souvenir… La première fois où nous nous sommes rencontrés, c'était au magasin. Il était venu pour acheter une tonne de choses, car il voulait agrémenter son jardin. On a passé des heures et des heures à choisir des plantes sur le catalogue. Ensuite, nous sommes allés dans l'arrière-boutique pour choisir les terres et les engrais dont il aurait besoin… On a commandé ce que je n'avais pas sous la main, puis on a chargé tout ce qu'il avait pris sur place. Il n'a pas fait les choses à moitié, je vous le jure ! On a fait connaissance et on a passé un bon moment. Et avant qu'il parte… Oui, c'est bien ça ! Avant qu'il parte, je lui ai dit : « Ne reviens plus jamais. » C'était une plaisanterie, parce qu'on n'arrêtait pas de répéter que ça nous avait épuisés. J'étais en nage…

— Ça n'a aucun sens, murmuré-je.

— C'est clair… Pourquoi est-ce qu'il t'en voudrait ? intervient Sandro. Et pourquoi faire référence à cette première rencontre ?

— Dans les thrillers, les voisins sont souvent des psychopathes de service ! affirme Annie d'un ton docte. Il est tout bonnement fou !

— Non… C'est à cause du mur, dis-je.

— Oui, mais pourquoi en arriver là ?

— C'est dingue.

— Il est complètement *louco* !

Conception se lève majestueusement et se racle la gorge si bruyamment que tout le monde se tait. Son visage est livide (Casper, sors de ce corps) ; sa bouche, pincée comme jamais (un encéphalogramme plat).

— Comme je l'ai répété à Gina ce matin, personne n'a le droit de vous menacer ou de vous intimider. Moi seule possède ce privilège. Je me sens donc attaquée dans ma dignité et dans mes fonctions. Nous allons agir. Fort. Ensemble. Soudés !

À ces mots, elle serre la fourchette qu'elle tient dans la main, à s'en faire blanchir les articulations, avant de la planter sauvagement dans le plat de *bacalhau*.

— Ouah ! Une vraie mafieuse ! s'extasie Jao.

— *Vamos*[1] !

Personne ne bouge.

1. « On y va ! »

— Alors, bande de vers de terre décérébrés ? Va-t-on rester là sans agir ?

— Même moi ? demande Annie d'une petite voix effrayée.

— Tout le monde ! tonne Conception.

— Pose cette fourchette et dis-nous d'abord ce que tu veux faire. Un meurtre est inenvisageable, intervient Max.

— Surtout à la fourchette ! ajoute Duarte, hilare.

— Et le soir de la *consoada*..., conclut Tomas.

— Bande d'imbéciles ! Assassiner ce pauvre garçon n'est pas mon but ! Mais il a besoin d'être fermement recadré.

Annie pousse un cri de souris terrifiée.

— Et s'il nous tue tous, comme dans les films d'horreur ?

— Nous avons de charmants jeunes hommes prêts à nous sauver ! rétorque Conception en attrapant le bras de Duarte, placé à côté d'elle, pour le forcer à se relever.

— Heu... Je n'ai jamais eu la fibre d'un héros, moi ! proteste-t-il.

Conception pose sur lui un regard atterré.

— Moi, si ! lance Sandro en bombant le torse.

Dorothy le contemple avec des yeux admiratifs, alors qu'Annie pousse Tomas du coude.

— Ne te dégonfle pas !

Conception se tourne vers Marius et agite l'index dans sa direction.

— Debout. Nous aurons besoin de tes muscles.

— Avec plaisir, madame.

Nous nous levons et échangeons sur la manière de procéder tout en nous bousculant vers le couloir. Ma grand-mère ferme la marche, accrochée au bras de Marius.

Nous enfilons nos manteaux, et c'est moi qui sors la première, en compagnie de Max. D'un même élan, nous aspirons une grande bouffée d'air, toutes deux angoissées par la perspective d'une confrontation avec un éventuel tueur en série.

— Tu n'aurais pas ton super stylo vengeur sous la main ? plaisante Sandro qui m'a rejointe.

Je le fusille du regard, mais ça ne produit aucun effet sur lui. Bien au contraire, la situation semble le distraire…

« Attention, on n'y voit rien ! », « Allez, devant, accélérez le mouvement ! » : des murmures impatients résonnent dans la nuit calme.

Pourquoi ai-je l'impression de me jeter droit dans la gueule du Démogorgon ?

Nous avançons dans l'obscurité et j'essaye de trouver en moi une once de courage, quand soudain… C'est le choc. On me fonce dessus et, sans que je puisse saisir ce qui se passe, des bras vigoureux m'attrapent et me font virevolter dans les airs.

— Ma chérie ! J'ai pu me libérer ! Je suis là pour toi !

Hein ? Quoi ? Malgré l'immense envie de dégobiller le porto, la morue, la soupe et les beignets de crevettes que j'ai ingurgités, et qui me désoriente, je parviens tout de même à comprendre ce qui se produit.

— Repose-moi ! Hugo !

Quand il s'exécute, je m'apprête à lui demander ce qu'il fabrique ici, mais n'en ai pas le temps ! Il place ses lèvres pile à côté des miennes, murmurant : « On joue le jeu à fond ! », puis me renverse en arrière, dans le plus pur style Rhett Butler. J'ouvre la bouche pour mettre fin à cette mascarade… au moment où Hugo me lâche avec un cri de douleur. Hébétée, les fesses en feu, je lève la tête : mon ami se frotte le crâne en grimaçant, et Conception, juste derrière lui, brandit la louche que nous avons utilisée pour la soupe. Max bégaye. Sandro glousse alors que sa petite amie murmure : « *What the fuck ?* » Les autres contemplent la scène.

— Hugo ? lance Jao en s'approchant.

— Qu'est-ce que tu fais là ? demande Tomas.

— Je suis venue voir la femme de ma vie ! répond ce dernier.

Soudain, une ombre devant moi. C'est Marius, qui me tend la main et m'aide à me relever d'un geste vigoureux, comme si je ne pesais rien. Une seconde, je me retrouve plaquée contre son torse. Une seconde, je savoure.

— Mais enfin, qui êtes-vous ? Qu'avez-vous fait à ma petite-fille ? lance Conception d'une voix stridente. Si vous vous approchez encore d'elle, je n'hésiterai pas à vous administrer un deuxième coup de louche. *Acredite em mim*[1], je n'irai pas avec le dos de la cuillère, cette fois !

— Heu... Je..., bredouille Hugo, confus, le regard faisant l'aller-retour entre elle, Marius et moi.

— Toi qui me disais qu'il ne t'aimait pas ! Pourquoi je t'ai fait confiance ? lance soudain Célia d'une voix glaciale.

— Parce que c'est la vérité ! protesté-je.

— Il y a quelque chose entre vous ? insiste-t-elle.

— *Meu Deus !* s'écrie Conception. Gina ! Ferais-tu partie de ces créatures sulfureuses qui collectionnent les conquêtes ? Qui est ton fiancé ? Pourquoi éprouves-tu ainsi les nerfs d'une pauvre vieille femme comme moi ?

1. « Croyez-moi ! »

— Gina ? Que se passe-t-il entre Hugo et toi ? radote Célia.

— Rien, je le jure ! dis-je en levant les mains en l'air.

— Encore heureux…, murmure Marius.

— Sérieusement ? Ça t'importe ? réponds-je en pivotant vers lui.

— Que quelqu'un m'explique ! exige Conception, qui tape du pied sur le sol.

— Je crois qu'on va devoir m'emmener aux urgences, j'ai la tête qui tourne, gémit Hugo.

— Si vous faites un malaise pour un coup de louche dans le crâne, vous n'êtes pas un homme !

— Mais…

— Arrêtez avec vos histoires à dormir dehors ! s'impatiente soudain Max. On a un corbeau à voir !

S'ensuit un vacarme épouvantable, durant lequel tout le monde exprime son point de vue sur la situation. Tout le monde… Et au final, c'est Tomas qui braille plus fort que les autres :

— *Avo*, ils t'ont menti ! Sandro, Duarte et Gina ne t'ont pas dit la vérité. Ils sont célibataires et ils ont demandé à Marius, Dorothy et Célia de se faire passer pour leurs fiancés.

— QUOI ?

Conception ouvre des yeux horrifiés.

— Il est désormais très clair que votre vœu le plus cher, en ce Noël, est de me tuer. M'achever. M'enterrer purement et simplement !

— *Avo*, moi, c'est pour de vrai avec Annie. Même que…

— Espèce de balance ! lance Duarte en le poussant par les épaules.

— Traître toi-même ! On ne ment pas à sa grand-mère quand on est un petit-fils respectable !

— Tu as toujours voulu en faire trop, et ça continue. Je...

Duarte s'interrompt et le pousse plus fort. Tomas en fait de même, et quelques secondes plus tard, les voilà à terre, à se battre comme des chiffonniers. Marius esquisse un mouvement pour les séparer, mais Sandro le retient.

— Laisse. Ils vont jouer à roulé-boulé pendant un petit quart d'heure, et ça passera.

— J'espère juste que cette fois, Tomas ne cassera pas ses lunettes ! soupire Annie.

Je détourne mon attention de ces deux guerriers de pacotille pour me concentrer sur Conception.

— *Avo*, je suis désolée. On s'excuse...

— ... mais on n'a jamais l'impression d'être à la hauteur avec toi ! complète Jao avant de lever les yeux au ciel et de se tourner vers Tomas et Duarte qui sont toujours en train de s'étriper à grand renfort de grognements. Moins fort, les gars !

— Donc, quand on a appris que tu venais, on a voulu te montrer que nous étions heureux et casés. Sandro a invité Dorothy, qu'il a rencontrée hier. Duarte a trouvé Célia, qui est une copine. Et moi...

— Toi, tu as mis les bouchées doubles ! s'esclaffe Hugo. Deux fiancés pour le prix d'un !

— J'ai invité Hugo, qui est mon meilleur ami, tu le sais, je t'en ai parlé...

— Mais je ne pouvais pas être là parce que j'ai été appelé en urgence au travail, explique ce dernier.

— Vous êtes militaire ? Tueur à gages ? le questionne Conception en fronçant les sourcils.

— Conducteur de cargo ! Et j'étais d'astreinte.

— Alors, j'ai demandé à Marius de jouer le rôle de Hugo.

— Rôle que j'ai accepté avec plaisir ! intervient Marius.

Je me tourne vers lui et plonge mes yeux dans les siens, osant le regarder bien en face, puisque l'obscurité cache la rougeur de mes pommettes.

— ET ? insiste Conception.

— Et... Voilà ! Par contre, je ne sais pas pourquoi Hugo est là. Hugo ?

— J'ai été libéré plus tôt et j'ai eu envie de te faire la surprise ! Tu n'as pas répondu à mes messages, je m'inquiétais. Je croyais que tu m'en voulais ! Mais je suis soulagé que tu aies trouvé quelqu'un d'autre, parce que moi, je t'adore, mais jouer ton futur époux, c'est trop !

— Tu vois, Célia ? dis-je avant de me mordre les lèvres, souhaitant ne pas avoir trahi ses sentiments.

Hugo fronce les sourcils.

— Qu'est-ce que Célia vient fabriquer là-dedans ?

Celle-ci baisse la tête et hausse les épaules avec gêne.

— Hein ? insiste-t-il.

— Rien ! Laisse tomber...

— Surtout qu'on a un corbeau à démasquer ! s'écrie Max avec obstination.

— Oh les gars ! Arrêtez ! crie Jao, alors que Duarte et Tomas continuent de plus belle.

— Eh bien... Je ne sais quoi dire..., conclut Conception.

Pour la première fois, elle semble ne trouver aucune ressource dans le puits de reparties cinglantes dont elle dispose. Oui... Elle paraît même... abattue. Max s'approche d'elle et prend son bras.

— Tu es déçue ?

Elle tend le bâton pour se faire battre ! Mais alors que je m'attends à une tirade assassine, Conception se rabougrit.

— Moi qui pensais quitter ce monde avec une famille en sécurité et heureuse…

— Écoute, *mãe*, nous n'avons pas forcément besoin d'être en couple pour être en sécurité et heureux ! Les enfants sont jeunes ! Ils ont le temps. Et puis si, au final, ils préféraient rester célibataires, ce ne serait pas la fin des haricots !

— Mais oui ! crie Duarte, toujours au sol. Elle a raison !

Tomas se relève en époussetant son pantalon.

— Et puis, tu m'as moi, Conception ! Je suis l'exemple parfait de la réussite !

Brouhaha d'insultes en portugais de notre part.

— Personne n'a besoin d'être casé pour être considéré comme un modèle d'accomplissement ! affirme Hugo.

— Et moi, je suis content que Gina soit célibataire, décrète Marius.

Le silence se fait.

— Vraiment ? dis-je d'une toute petite voix.

— Vraiment…

Le souffle me manque.

— Mais oui, bien sûr ! Tout le monde sait qu'il y a quelque chose entre vous ! s'impatiente Duarte. C'est gros comme une affiche de promo de chez Carrefour ! Alors embrassez-vous jusqu'à vous racler les amygdales, histoire qu'on puisse tous passer à autre chose !

Max hoche la tête, et je me tourne vers Marius, qui me sourit tendrement… Mais la voix de Jao me fait sursauter :

— Bon, c'est pas tout, mais on n'a pas des comptes à régler avec notre charmant voisin ?

— Si, carrément ! renchérit Tomas.

Les deux se tapent dans la paume comme s'ils ne venaient pas de s'étriper il y a quelques secondes, et Conception frappe dans ses mains.

— *Vamos !* Ça vaudra mieux que vos histoires abracadabrantes.

D'un pas militaire, nous sortons du jardin, gagnons la rue et pénétrons chez Laurent.

— Il est là, c'est allumé ! chuchote Annie.

— Oui, il nous a dit qu'il était tout seul pour le réveillon..., réponds-je.

Nous nous regroupons sous le porche, et Max frappe trois coups à la porte... qui tarde un peu à s'ouvrir. Finalement, la silhouette de Laurent apparaît dans l'embrasure. Il s'avance légèrement. La surprise se lit sur son visage, alors que son regard balaye notre petite assemblée. Puis, il rougit tout en baissant les yeux sur sa tenue : un pyjama combinaison polaire à l'effigie de Mickey. Pour un *serial killer*, je me serais plutôt attendue à un tablier de boucher ensanglanté... ou un T-shirt déchiré par une victime affolée. Mais Mickey... Alors là !

— Heu... Bonsoir...

— Bonsoir ! s'exclame Sandro de sa voix la plus imposante.

Laurent semble saisir que quelque chose ne va pas et se tourne vers Maxima.

— Il s'est passé quelque chose ?

— À ton avis ? rétorque cette dernière d'un ton vindicatif.

— Le mur ? tente Laurent en se grattant le crâne. Il y a un souci ?

— S'il n'y avait que ça ! dis-je avec une ardeur belliqueuse.

— Je... Je ne comprends pas, bafouille notre voisin.

Conception se fraye un chemin parmi nous et plante l'index dans le torse de Laurent en dardant sur lui son regard le plus assassin.

— VOUS ! C'est VOUS l'auteur des menaces qui ont effrayé ma fille ET ma petite-fille et qui m'ont fait perdre un temps fou à mener une enquête au lieu de profiter des retrouvailles avec ma famille !

Chaque mot est rythmé par un enfonçage d'index en règle. Avec une grimace, Laurent recule, mais Conception le suit, et nous aussi. Nous finissons dans l'entrée de notre voisin qui secoue la tête, visiblement désemparé.

— De quoi parlez-vous ? demande-t-il. Ce mur, je n'y tiens pas tant que ça, et jamais je n'oserais menacer Maxima !

— Ah oui ? lance cette dernière. Tu en es sûr ? La lettre « Ne reviens jamais » et la terre dans l'enveloppe ? Qu'est-ce que c'est ? Tu nous expliques ?

Laurent devient écarlate.

— C'est toi qui l'as écrite ! enchaîne Max.

— J'ai toujours trouvé ça triste, les gens qui rougissent. Ils se grillent direct, murmure Marius à mon oreille.

— Concentre-toi. On est sur le point de démasquer un criminel !

— Il ne m'a pas l'air plus criminel que la souris sur son pyj !

— Chut ! dis-je en ne pouvant m'empêcher de glousser.

— Alors ? répète Max.

— Alors... Heu...

— Allez ! le presse Sandro.

— Alors, OUI, VOILÀ ! C'EST MOI !

— *Assassino !*

— Espèce de fou !

— Meurtrier !

— *Vous matar-te*[1] *!*

— Calmez-vous ! implore Laurent en levant les paumes devant lui.

Il a du mal à se faire entendre dans le brouhaha auquel Conception met fin en claquant des doigts.

— Maxima...

Laurent demeure silencieux un instant puis fixe ma tante avec douceur avant de poursuivre :

— Maxima... Jamais je n'oserais te menacer... Jamais ! En fait... J'ignorais comment me débrouiller pour...

— Pour ? l'interroge-t-elle sourcils froncés, bras croisés, visage fermé.

— Pour t'avouer... Tu sais, je suis quelqu'un de timide, moi ! Je ne suis pas le genre de type qui fonce... Pourtant, j'ai essayé de me donner un coup de pied aux fesses. Mais impossible. J'en suis arrivé à faire des choses... peut-être un peu bizarres.

— Mais de quoi parlez-vous, jeune homme ? le presse ma grand-mère.

— Il est amoureux..., chuchote Marius en serrant mon bras.

— QUOI ? ! m'exclamé-je bruyamment.

— Vous deux, cessez votre petit jeu tout de suite et taisez-vous ! intime Conception. Marius, venez ici.

1. « Je vais vous tuer ! »

Marius m'adresse un clin d'œil avant de baisser la tête et de s'exécuter docilement, comme un écolier puni par sa maîtresse.

— Et vous, poursuivez, ordonne-t-elle une fois qu'il se trouve près d'elle.

Tout le monde observe Laurent qui tremble durant une minute, avant de se reprendre. Il détourne le regard et, triturant la fermeture Éclair de son pyjama, s'explique enfin d'une voix piteuse :

— Voilà, Maxima. Tu me plais. Énormément. Comme tu ne sembles pas t'en être rendu compte, j'ai voulu te mettre sur la voie, mais je n'arrivais à te faire part de mes sentiments. Plus ça allait, plus j'étais bloqué. Alors j'ai monté de toutes pièces cette affaire de crotte... Je t'ai fait croire que ton chien venait dans mon jardin. Juste pour discuter avec toi.

Maxima devient toute rouge et pose la main sur son cœur.

— Tu es sérieux ?

— Oui... J'ai aussi inventé cette histoire de mur. Tu te souviens que je t'ai proposé de boire un café ensemble pour qu'on en parle ? Je comptais sur ce moment pour me rapprocher de toi. Tenter de te...

— ... séduire ? complète Max timidement.

— C'est complètement stupide ! intervient Conception.

Laurent se met à ronger son index avec frénésie, mais Conception s'avance vers lui et lui administre une tape bien sentie sur la main.

— Continuez ! Allez !

— Bref. Je voyais que ça ne menait à rien. Alors... Je réalise ce soir que c'était idiot... J'ai voulu t'écrire une lettre. Mais je suis un comptable tout ce qu'il y a de plus terre à terre, tu sais... Je ne trouvais pas les mots pour te dire combien tu es belle, drôle et spirituelle...

— Alors tu as rédigé ce courrier...

— Pour que tu te souviennes de notre première rencontre. Que tu comprennes que j'ai eu le coup de foudre pour toi, j'ai écrit : « Ne reviens jamais : c'est quand tu m'as dit ça que je suis tombé amoureux de toi. » Comment as-tu pu prendre ça pour une menace ?

— Ce n'est pas ce que tu as écrit ! proteste ma tante.

— Non, renchéris-je. Tu t'es contenté de : « Ne reviens jamais. »

— Quoi ? s'étonne Laurent.

Il fronce les sourcils et semble se concentrer pour comprendre ce que nous lui disons. Puis, subitement, son visage s'éclaire.

— Mais oui, j'y suis ! J'ai été interrompu, pendant que j'écrivais. C'était mon patron qui m'appelait pour m'engueuler, parce que j'avais fait une bourde monumentale sur les comptes de M. Guiraux, notre meilleur client. J'ai dû oublier de compléter ma phrase... Tu vois, Maxima... Erreurs de calcul, lettre incomplète, tentatives désespérées pour te montrer que tu me plais. Tu me rends un peu fou, tu sais !

Comme essoufflé, Laurent s'interrompt. Maxima s'approche de lui.

— Jamais je ne me serais doutée de tout ça !

— Il faut bien avouer que je ne suis pas très doué...

— Oh ! si ! Tu l'es ! réplique-t-elle d'une voix émue, en pressant sa main. Crois-moi, tu l'es. Jamais personne n'a fait ça pour moi !

Laurent esquisse un large sourire. Ma tante et lui se contemplent béatement.

— Heu... Excusez-moi ! intervient Duarte.

Tout le monde se tourne vers lui.

— Juste un détail qui me chiffonne... D'où venait cette crotte, si ce n'était pas un pur produit de Livio ? Laurent, ne me dis pas que c'est toi qui...

Marius part d'un grand rire, imité par toute l'assemblée.

— Je ne souhaite pas entrer dans les détails, élude notre voisin, mal à l'aise.

— Et si on passait à autre chose ? propose Maxima sans s'attarder sur ce sujet peu glamour. Laurent, à condition que tu enlèves cet horrible pyjama et que tu te changes, voudrais-tu venir goûter nos treize desserts de *consoada* ?

Notre voisin la regarde comme s'il avait gagné au super tirage de l'EuroMillions.

— Avec plaisir...

— Incroyable, ce réveillon ! glisse Marius à mon oreille, tandis que nous ressortons.

J'en oublie le discours de Conception, la lettre de menace qui n'en était pas une, et même l'été dernier... Je me contente tout simplement de savourer la main de Marius sur ma hanche, et la perspective de cette nuit, loin d'être finie.

12.

Vous terminez une série ou un roman :

♣ Vous aimez les happy ends : tout est bien qui finit bien dans le meilleur des mondes ! Les héros s'embrassent langoureusement sur une musique ultra-niaise qui s'accorde avec leurs regards béats et sous la pluie (personne n'a le make-up qui coule ou attrape une sinusite carabinée, évidemment)… Ou avec, en arrière-plan, le soleil couchant.

▲ Vous êtes friande des conclusions tragiques à la Titanic. Oui, vous vous dites que c'est con, que Jack avait carrément la place de monter sur la planche de Rose ou de se trouver un truc pour flotter et qu'il a été d'une stupidité affligeante à vouloir lui tenir la main coûte que coûte, mais vous adorez verser une larmichette en pestant sur le cruel destin qui sépare les amants les plus mythiques.

♥ Les fins ouvertes vous plaisent. Rien n'est clair, tout est suggéré. OK, on a l'impression que l'auteur s'est arrêté en route car il en avait ras la casquette de bosser, mais ça stimule votre intellect, d'imaginer ce qui se passe ensuite.

La plage

— Mon préféré, c'est le *fatias douradas* ! s'exclame Sandro avant de croquer voracement dans l'un des deux pains perdus qu'il vient de se servir. À moins que…

Il tend la main vers le plat contenant le *bolo de bolacha*[1].

— C'est dingue, ça ! Tu ne t'arrêtes jamais de manger ? demande Tomas alors que toute l'assemblée, rassasiée à l'extrême, observe Sandro poursuivre sa dégustation à pleines dents, comme s'il n'avait pas déjà abusé des treize desserts de la *consoada*.

— Chamais ! articule-t-il entre deux bouchées.

— Tu vas de toute façon devoir faire une pause puisqu'il est bientôt l'heure de brûler les branches ! lance Max, qui explique ensuite à nos invités cette participation symbolique à la *Missa do Galo*. Quand les Portugais ne peuvent pas se rendre à cette grande messe de minuit, ils brûlent une bûche en priant ou en faisant un vœu pour protéger la famille et les proches… Normalement, une seule suffit. Mais lorsque ces énergumènes étaient gosses, ils se disputaient pour la choisir, puis pour la mettre dans la cheminée, et enfin pour allumer le feu. Les garçons se

1. « Gâteau de biscuits ».

bagarraient, Gina hurlait. C'était l'enfer sur terre. Un soir de *consoada* durant lequel Duarte a littéralement arraché une touffe de cheveux à Tomas, j'ai dû trouver une solution. J'ai demandé aux enfants d'enfiler leurs doudounes, je les ai emmenés sur la plage et je leur ai donné une mission : chacun devait rapporter un joli morceau de bois flotté. Ensuite, on les brûlerait tous ensemble.

— J'ai toujours dégoté les plus beaux spécimens, se rengorge Jao.

— FAUX ! s'exclame Tomas.

— VRAI !

— Et vous pouvez constater que leur enthousiasme est intact, tout comme leur immaturité ! conclut Max en levant les yeux au ciel.

— Cette année, c'est moi qui vais ramener le bois parfait, affirme Tomas avec un air de défi.

— Combien de fois devrais-je le répéter ? Ce n'est PAS un concours ! le corrige Maxima.

— Un peu, quand même ! intervient Sandro, déjà debout, qui attrape une part de *bolo rei* et l'enfourne dans sa bouche « pour la route ».

Je lance un regard à Marius et réalise qu'il était en train de m'observer.

— On fait équipe ? proposé-je en rougissant.

— Comme au Rouet, répond-il, nous renvoyant des années en arrière.

Oui, mais sur une autre plage.

— Sur la même plage que l'été dernier..., murmuré-je, alors que tout le monde s'agite autour de nous.

Le visage de Marius s'assombrit. Il m'adresse un sourire

triste, alors que le souvenir de cette soirée explose dans mon esprit.

Le baiser sur la plage

Pour ses vingt-deux ans, on aurait dit que Duarte avait invité la totalité de la population de Port-la-Nouvelle. La maison était bondée, remplie de rires, de voix et de musique… J'étais heureuse d'avoir serré mon cousin contre moi en lui souhaitant un bel anniversaire ; heureuse à la perspective de lui offrir ce fameux voyage en Finlande dont il rêvait, pour lequel nous nous étions tous cotisés et dont nous allions lui faire la surprise plus tard dans la soirée. J'avais le cœur léger ; j'ai beaucoup dansé, beaucoup parlé.

Vers 1 heure du matin, j'ai fait le tour de la maison pour chercher Hugo que j'avais perdu de vue depuis un moment. Je l'ai finalement trouvé dans ma chambre, assis sur le lit, les épaules basses et le visage entre les mains. Marius était installé à côté de lui, la paume sur son dos. Quand je suis entrée, il a levé les yeux vers moi et n'a pas eu besoin de m'expliquer ce qui se passait. Hugo avait trop bu.

— Ce n'est pas que je l'aime enc… encore, a-t-il articulé avec difficulté. C'est que c'est un échec. Fonder une famille et en arriver là… Si… Si on pouvait…

— Hugo ! ai-je dit d'une voix douce, avant de m'approcher et de m'asseoir à sa droite.

Il s'est redressé et m'a fixé, les yeux rouges.

— Je… Je suis désolé d'avoir squatté ta chambre, Gina. Et d'avoir vomi dans ton lavabo.

Je n'ai pas pu m'empêcher de rire. Marius et Hugo m'ont imitée.

— J'avais remarqué que ce n'était pas l'odeur de mon parfum qui planait dans l'air !

— Je pensais qu'elle serait là ce soir, a-t-il avoué d'une voix faible. Je l'espérais…

— Et moi, je suis contente qu'elle ne soit pas venue. Tu dois passer à autre chose ! Tu vois tout en noir parce que tu as abusé du champagne. Tu sais très bien que ça te monte à la tête. Alors oui, tu t'es séparé de Mélina. Mais ta fille n'en fait pas les frais, car vous êtes assez intelligents et attentifs pour la préserver. C'est l'essentiel, non ?

Hugo a acquiescé et s'est légèrement redressé.

— Et tu referas ta vie avec quelqu'un de génial, j'en suis certaine !

— Une blonde avec un corps de rêve ? a demandé Hugo avec un brin d'espoir.

— Évidemment ! s'est écrié Marius. Sinon, à quoi bon ?

— *Meu Deus !* Vous êtes des caricatures !

— Les brunes aux cheveux frisés sont parfaites aussi, a ajouté Marius avant de se pencher pour plonger son regard dans le mien.

Je suis devenue écarlate.

— Je crève de chaud, a marmonné Hugo. Poussez-vous ! Vous êtes trop collés à moi.

Il était en nage. Et moi, j'avais vraiment besoin de respirer.

— Tu veux qu'on aille faire un tour en face, sur la plage ?

Hugo a acquiescé et s'est levé. Il a chancelé. Marius s'est redressé précipitamment pour lui tenir le bras.

— Je crois que je ne serai pas de trop !

— Merci, Marius. Merci, Gina, a marmonné Hugo. Vous êtes mes amis. Vous êtes un beau couple.

J'ai ouvert la bouche pour le corriger, mais il a continué à parler. Ce qu'il disait n'avait pas de sens, mais nous l'avons laissé déblatérer tranquillement.

Le ciel nocturne était illuminé par la pleine lune, et la musique de la fête nous parvenait – je m'en souviens encore : c'était *Deixa A Gira Girar*, du groupe Os Tincoãs. Je n'ai pas pu l'écouter depuis...

Nous avons marché jusqu'à l'eau. Hugo a enlevé ses tongs et a trempé les pieds avant d'aller s'asseoir sur le sable, décrétant qu'il n'avait plus si chaud que ça. Marius s'est tourné vers moi, une lueur de défi dans les yeux.

— Elle ne doit pas être à plus de 17, vu le vent du nord qui souffle depuis une semaine. Mais tu le tentes ?

J'ai levé fièrement le menton.

— Bien sûr, qu'est-ce que tu crois ? Et je te garantis que je serai la première à plonger.

Je me suis rapidement débarrassée de ma robe et de mes lunettes, et j'ai foncé dans l'eau en sous-vêtements sans l'attendre. Il a éclaté de rire et, quelques secondes plus tard, il réapparaissait à mes côtés. Il a passé la main dans ses cheveux dégoulinants et a frissonné en souriant. Je me sentais bien, sûre de moi...

— J'ai gagné. Et je ne tremble pas, moi !

— J'assume ma défaite, a répondu Marius. Tu as toujours été courageuse, et ça me plaît d'être battu par toi. Ce n'est pas nouveau ; tu te souviens, à l'école ? On était en tête de classe, mais tu me surpassais !

Je l'ai aspergé d'eau.

— Pas systématiquement... Alors que tu n'étais pas aussi sérieux que moi. Ça me rendait folle !

— Talent inné ! a-t-il rétorqué en riant.

J'ai gloussé et j'ai plongé. Le courant m'a rapprochée de lui. Il a attrapé ma main. J'ai éternué, et il a repris :

— Tu as parfaitement réussi. Mieux que n'importe qui, ici !

— L'Essai est une belle réussite aussi.

— Oui, c'est vrai. Mais rédactrice pour un magazine à Nice, c'est incroyable !

Nous sommes restés longtemps dans l'eau à discuter, si longtemps que ma peau s'est fripée, que je n'ai plus senti mes orteils. Je m'en foutais, je voulais que ce moment à deux dure le plus longtemps possible. Nous parlions de tout, de rien, du passé, de nos projets d'avenir, de nos envies, de nos familles. Comme une boulimie de confidences. Et puis, quand j'ai commencé à trembler comme une feuille et à éternuer, nous sommes sortis... Il a bien fallu nous extraire de notre bulle. Hugo était allongé sur le sable et dormait. Nous sommes restés debout et nous avons laissé sécher nos corps humides au vent tiède. Nous nous sommes tus quelques minutes, puis Marius a repris la parole d'une voix grave :

— Tu sais, j'aurais aimé que tu ne sois pas si loin. Tu te souviens ce que je t'ai dit, le soir du match, à Perpignan ? Je le ressens toujours. Je l'ai en moi, et ça explose quand je te vois. Tu dois trouver ça stupide parce que toi et moi, au final, on passe très peu de temps ensemble… Mais il y a quelque chose…

Le souffle coupé, j'ai vacillé. J'ai eu envie de lui faire répéter ses mots, encore et encore. J'ai pivoté vers lui. Ses yeux étaient sombres.

— Tu le ressens ? a-t-il demandé.

— Oui. Il y a quelque chose… Une attente.

— C'est vrai ?

Son visage s'est illuminé quand j'ai hoché la tête.

— Je ne te mentirai pas : chaque fois que je reviens ici, il y a la joie de retrouver ma famille… Et il y a l'envie et la peur de te croiser. Je le souhaite de tout mon cœur à chaque fois… mais je le crains également.

— Je le redoute aussi, parce que je sais que tu as ce pouvoir…

Il a inspiré longuement.

— Celui de me faire envisager un avenir partagé avec toi. C'est con ? C'est trop ?

— C'est fou et absurde. Mais c'est pareil pour moi.

Il m'a attirée contre lui. J'ai senti sa peau humide, son corps vibrant contre le mien.

— C'est notre folie à nous, a-t-il murmuré d'une voix grave.

— Et mes vacances se terminent…, ai-je chuchoté en retenant un sanglot. Retourner à Nice demain… C'est…

— Plus que difficile.

Il s'est approché. Lorsque son visage s'est trouvé tout près du mien, à quelques centimètres, il s'est figé, comme pour me demander la permission. J'ai acquiescé. Nos lèvres se sont effleurées pendant ce qui m'a semblé une éternité, avant que nos bouches s'entrouvrent et que nous échangions un baiser profond et enivrant. Combien de temps sommes-nous restés ainsi ? Combien de temps serions-nous restés ainsi si la voix de Sandro n'avait pas résonné au loin ?

— Gina ! GINA ! On te cherche partout ! C'est l'heure du cadeau ! Magne-toi !

J'ai reculé, incapable de détacher mon regard de celui de Marius ou de bouger.

— GINA ! a insisté Sandro.

Marius a haussé les épaules, comme abattu.

— Vas-y, je m'occupe de Hugo. Je le ramène chez lui…

— S'il te plaît, rejoins-moi demain, au phare, à 17 heures. Rejoins-moi et empêche-moi de partir, ai-je dit d'une voix précipitée, n'écoutant que mon cœur.

— Mais…

— S'il te plaît.

J'ai fait volte-face et j'ai couru vers mon cousin, certaine d'avoir pris la bonne décision. Déterminée comme je ne l'avais jamais été dans ma vie.

Et me voilà, silencieuse, sur cette même plage, accompagnée de Marius, quelques mois plus tard. J'ai l'impression que notre baignade date d'il y a des siècles. Ou qu'elle a eu lieu hier. Cette fois, le vent est glacial, et nous sommes emmitouflés. D'un pas lent, nous avançons en direction de l'eau et nous éloignons ainsi des autres qui se chamaillent et se taquinent. Je désigne un morceau de bois flotté.

— Regarde, celui-ci est joli.

Marius reste muet. Je m'arrête pour l'observer.

— Ça va ? Tu n'es pas trop traumatisé par cette éprouvante *consoada* ? dis-je pour plaisanter.

Léger sourire. Regard sombre.

— Je suis heureux de l'avoir partagée avec toi.

— Moi aussi…

— Tu te rappelles, en août ? lance-t-il soudain brusquement.

La tristesse et l'incompréhension liées à ce souvenir remontent et tourbillonnent en moi, ravivant la blessure.

— Oui. C'est un mauvais souvenir.

— La baignade ?

— Le phare, le corrigé-je d'une voix un peu plus dure que je le voudrais, avant de me remettre en marche.

— Gina…, murmure Marius.

— Laisse tomber…

— Non !

La colère m'envahit, tout comme le désir farouche de tirer un trait sur cette histoire fantôme, qui ne fait du mal qu'à moi-même.

— Ce n'est rien. Comme à chaque fois. Comme le Rouet, comme à la soirée de Célia, comme au bal, comme au stade. Il n'y a rien entre nous, Marius, et nous sommes de bons amis.

Il éclate d'un rire un peu triste.

— On est tout ce que tu veux, Gina, mais pas des simples amis, réplique-t-il en attrapant mon bras. Et stop ! Ce n'est pas le moment de faire de la marche athlétique !

J'esquisse un sourire qui n'efface pas mon amertume.

— Gina…

— QUOI ? dis-je en m'arrêtant et en me tournant vers lui. Quoi, à la fin ?

— J'allais venir au phare.

— Laisse-moi deviner. Tu as eu un empêchement de dernière minute ?

— Ne sois pas en colère.

— Je ne serai jamais fâchée contre toi. Tu as le droit d'avoir changé d'avis et de ne pas avoir voulu de moi.

Marius me serre la main très fort.

— Je veux de toi. Je veux de toi plus que tout.

Je secoue la tête, sans comprendre.

— Je veux de toi plus que tout, répète-t-il avec fermeté.

Je recule, refusant ce qui va se produire, encore une fois. Un nouveau baiser, une séparation, le cœur en vrac, les efforts pour ne plus y penser…

— Quand tu m'as donné rendez-vous au phare, j'étais le plus heureux des hommes. Je t'ai regardée rejoindre Sandro, de ta démarche décidée, puis j'ai secoué un peu Hugo. Je l'ai aidé à se lever. Il était distant et agacé. Il m'a dit que la voix de Sandro l'avait réveillé, qu'il t'avait entendue. Et il a ajouté…

Il s'interrompt, comme honteux.

— Marius ?

— Il a dit aussi que je gâcherais ta vie si je te rejoignais au phare. Que tu resterais pour moi et que tu abandonnerais ta carrière. Que, même par amour, on n'avait pas le droit de faire ça. Surtout que tout le monde se séparait un jour.

Mon cœur rate un battement. Je ne parviens pas à démêler mes émotions, à décider comment réagir… Mais une formidable vague d'espoir me submerge. Je n'ose y croire et pourtant. Pourtant…

— Il ne m'en a jamais parlé…

— Il ne m'en a jamais reparlé, renchérit Marius. Peut-être

parce que j'ai réfléchi et que je l'ai écouté. Je ne voulais pas t'arracher à ton avenir, Gina. Je ne me le permettrais jamais. Tu sais, j'ai pensé devenir fou, ce dimanche-là, à 17 heures. Je suis parti courir pendant des heures à m'en bousiller les genoux, en laissant volontairement mon téléphone à la maison, parce que si je n'avais pas été perdu en pleine garrigue, si j'avais eu mon portable sous la main, je serais venu, je t'aurais appelée. Je n'aurais pas pu m'en empêcher.

— Je t'ai attendu une heure... avant de m'en aller. J'étais triste et en colère, mais déterminée à ne pas t'en vouloir, à accepter que ce que tu m'avais dit, c'étaient des paroles en l'air, liées à la magie du moment. Et je suis repartie... Malgré tout, j'espérais te revoir à Noël.

— Je mourais d'envie de te revoir à Noël. Et quand tu as foncé dans ma bagnole et que je t'ai vue, avec tes cheveux en bataille et ton gros pull vert, je te jure que j'ai dû me contrôler, Gina. J'aurais pu te prendre dans mes bras et t'embrasser à n'en plus finir.

— Je ne t'aurais pas repoussé...

— Et si on essayait pour de bon ? Je te le demande une deuxième fois : si on se foutait de ce cliché à la con qui affirme que les relations longue distance ne fonctionnent pas ?

Je lui adresse un sourire, aussi lumineux, aussi entier, aussi entêtant que l'amour que je ressens.

— Et si je te disais que je vais travailler ici, dorénavant ?

Marius fronce les sourcils en signe d'incompréhension.

— Quoi ?

— Je vais tout t'expliquer... Mais embrasse-moi d'abord. Embrasse-moi très fort et très longtemps.

Sans hésiter une seconde, il m'offre un baiser plus doux, plus fou, plus tendre, plus passionné que tous ceux que nous avons échangés. Un baiser qui réunit tous ceux d'avant, qui remet le monde à l'endroit, qui efface le vent glacial, les rires de mes cousins, la réalité tout autour, qui me comble et me souffle que je suis exactement où je dois être.

Enfin.

Épilogue

L'Essai, l'année suivante. 24 décembre

— Rassure-moi, tu ne vas pas te mettre à brailler que tu es une Ampoule extraordinaire et m'appeler Célia-caca ? interroge cette dernière en encaissant notre commande (six verres de porto).

Mes cousins éclatent de rire – bien entendu, Sandro se fait un devoir de raconter cette histoire à chaque repas de famille –, et Hugo caresse brièvement la hanche de Célia.

— Je te défendrai si besoin !

— Et dire que c'était mon meilleur ami..., dis-je en esquissant une mine désespérée.

— Je le suis toujours ! Mais je protège la femme de ma vie, qu'est-ce que tu crois !

Célia rougit et, souriante, dépose un rapide baiser sur le front de Hugo avant de nous quitter pour continuer son service.

— À quelle heure faut-il qu'on soit rentrés ? demande Sandro en jetant un œil à sa montre, alors que je saisis mon portable. Une notification.

17 h 24 – Message vocal de Maxima :

Où êtes-vous, tous ? Conception est en train de me

rendre folle. Elle raconte mon enfance à Laurent. Bien sûr, elle ne s'attarde que sur mes échecs ou mes moments de honte, avec une perversion incroyable. Je vous ordonne de rentrer immédiatement. Sinon, je vous jure que j'annule la consoada *!*

17 h 25 – Message vocal de Maxima :

Si vous n'êtes pas là dans un quart d'heure, je mets mon projet à exécution, vous êtes prévenus.

Jao éclate de rire, alors que Duarte avale péniblement sa salive.

— Allez, mon vieux, ne flippe pas parce qu'il y a *avo* à la maison ! On y a survécu l'an dernier.

— J'en fais encore des cauchemars !

— Oui, mais il faut soutenir *mamã*, affirme Tomas.

— Tout à fait, dis-je d'un ton joyeux.

Si joyeux que tous me regardent, interloqués. Je ne peux m'empêcher de sourire. Parce que cette fois, sans tricher, sans mentir, je vais offrir à ma grand-mère ce qu'elle souhaite… J'élude les questions de mes cousins, et nous finissons par nous lever.

Au moment où nous quittons L'Essai, Marius apparaît. Marius, celui que je vais épouser. Celui qui m'a demandée en mariage sur notre plage. Marius et sa chevelure folle, son regard profond, ses fossettes irrésistibles. Marius qui me déstabilise toujours autant et me comble d'un bonheur pétillant et intense, jour après jour. Marius, qui ouvre grand les bras en m'apercevant, contre qui je me blottis et qui murmure à mon oreille :

— Je te rejoins dès que j'ai fini. Et Gina… je t'aime. Je t'aime infiniment.

Résultats du test : quel fromage êtes-vous ?

Vous obtenez une majorité de ♥ : vous êtes cantal extra-vieux !

À l'image du cantal qui ne rougit pas de sentir la chaussette de sportif post-match à dix kilomètres à la ronde ET d'offrir aux yeux du monde une croûte noirâtre et défraîchie, tu t'assumes à fond, sans jamais rougir. C'est ainsi que tu avances dans la vie : droit devant, sans douter. Et c'est top ! Tu es une femme FORTE !

Attention toutefois : le cantal top vieillot peut masquer le goût du pain qui l'accompagne. Veille donc à ne pas écraser les autres – notamment les personnalités chèvre frais –, avec ta flamboyance.

Vous obtenez une majorité de ▲ : vous êtes Fourme d'Ambert !

Ah ! la Fourme d'Ambert : dure à cuire et douce à la fois... Ton portrait craché ! On ne sait jamais sur quel pied danser, en ta compagnie ! Tu es capable d'avoir des comportements un peu moisis (genre manger le dernier Carambar sous les yeux larmoyants de ta nièce), mais aussi d'une grande générosité (pour compenser le braquage de caramel, tu vas lui offrir dans la foulée la ferme Playmobil de ses rêves). Tu déroutes un peu, certes, mais on ne s'ennuie jamais à tes côtés ! Évite par contre de te frotter aux personnalités Cantal extra-vieux, ça risque de faire des étincelles !

Vous obtenez une majorité de ♣ : vous êtes un chèvre frais !

Le chèvre frais est l'allié idéal pour réveiller une salade ou un cake ! Mais lorsqu'il est trop frais, il n'a pas de goût. OK, OK, c'est sympa, comme ça en tartine, quand on veut du soft, mais ça manque un peu de poigne ! Tu es sensible, douce et délicate : c'est un bel atout, et ton âme est pure, mais autorise-toi parfois à dégoupiller ! Laisse sécher le chèvre frais qui est en toi pour le transformer en from' de bique puant ! Tu verras : les autres (notamment les Cantal extra-vieux et les Fourmes d'Ambert) te respecteront d'autant plus !

Remerciements

Merci à Marie, qui m'a enchantée en me proposant de lui concocter une toute nouvelle histoire de Noël (rédigée en été, sinon, ce n'est pas drôle !), et pour sa relecture.

Merci à Sophie pour sa correction et ses petits commentaires en marge que j'adore !

Nous voilà reparties pour de nouvelles aventures !

Et, bien entendu, merci à mon mari, Vincent, qui a fait beaucoup, beaucoup de sport, pendant que moi, j'écrivais !

Vous avez aimé cette comédie de Noël ?
Découvrez les autres romans d'Ève Borelli

Tournez vite la page pour découvrir un extrait de *Joyeux Noël et laisse-moi tranquille* !

Avant

Un cookie aux pépites de chocolat blanc et au caramel beurre salé, juste tiède, qui a refroidi sur la table à l'ombre du grand pin de mon jardin

Aujourd'hui, Pia-Mia a bien voulu jouer avec moi. Elle a pris toutes les chenilles qui rampaient à la queue leu leu dans la cour de récré et elle me les a collées sur les bras, les jambes et dans le cou : c'était pour me décorer. J'ai eu très mal, et je suis allé à l'hôpital. Maman m'a dit que ce qu'elle avait fait était grave, car les poils des chenilles processionnaires sont très irritants. Elle ne veut plus que je parle à Pia-Mia, elle pense que c'est « une graine de mafieuse ». Je n'ai pas compris ce que ça voulait dire et, de toute façon, je m'en fiche. Pia-Mia a voulu jouer avec moi ! Enfin ! Je trouve que son jeu était drôle, moi. Pia-Mia a toujours de bonnes idées. Pia-Mia est encore plus géniale qu'un cookie aux pépites de chocolat blanc et au caramel beurre salé. Les cookies que maman m'a appris à faire. Ils sentent bon, et le meilleur, c'est de les manger tièdes, quand ils ont refroidi sur la table de notre jardin, à l'ombre du grand pin. C'est comme si l'arbre et les cigales leur donnaient encore plus de goût. Oui, Pia-Mia est comme un cookie.

Victor, 7 ans

1.

Maintenant

Où un #sexprise et un smiley pêche rencontrent une guirlande de Noël. À leurs risques et périls.

Salon d'un appartement,
Vue sur le Vieux-Port de Marseille
19 heures

OK. Tout est en place. Je suis prête. Opé. Ready pour une nuit de folie. Ce sera plus intense qu'une soirée mousse au Cubana Pulpa, la boîte de night de ma jeunesse ; plus magique qu'une licorne aux rots aromatisés à la framboise, plus torride qu'une fondue aux trois fromages arrosée de vin blanc du Jura. Je me redresse, adopte une pose avantageuse et réajuste la « bretelle » (triple guillemets) de ma « tenue » (quadruple guillemets). Puis, plissant les paupières, je contemple mon reflet dans le miroir en pied d'un œil plus impitoyable que celui de Diego Santiego, mon coach de CrossFit, quand il me regarde exécuter à grand renfort de gémissements sa ronde infernale *jumping jack-burpees-squat-gainage-allez-y-les-filles-on-met-le-paquet-vous-en-êtes-capables*. (Oui, il me flique, parce qu'il a remarqué que j'ai tendance à m'affaisser comme une vieille poitrine sans push-up dès qu'il a le dos tourné. Il m'a d'ailleurs surnommée « la petite maligne du dernier rang ».)

Mais là, c'est une réussite. J'esquisse un sourire satisfait et m'autocongratule allègrement.

— Tu es une déesse, Pia ! Une DÉESSE ! Une DÉ-ESSE.

Plus que ça, même ! Certes, je me sens très légèrement saucissonnée, mais on ne peut pas dire que j'ai atteint le stade Justine Bridou. D'accord, j'aperçois sur mon tibia un petit bouquet de poils noirs et épais que mon rasoir multi-lames bande lubrifiante Skin Elixir de Bonheur a oublié, mais il faut vraiment avoir l'œil pour le remarquer. *Détail !* En toute honnêteté, je peux considérer que ma première tentative de surprise coquine est une réussite. C'est à la fois sensuel et original. Torride et inattendu. Si ce n'était pas si olé-osé, je m'offrirais la coquetterie d'un selfie et pousserais même le vice jusqu'à l'instagrammer, tiens ! #sensualchristmas. Un gloussement ravi m'échappe. Sans déconner, sur l'échelle de sexytude noëlesque, je me situe… Allez… Soyons fous… à 18/20, coef 5. Voire 6. En pole position, juste après le pompier torse nu sali par quelques traces de suie et en pantalon de Père Noël qui serre (délicatement) un chaton aux yeux bleus dans ses gros bras musclés. Chaton qu'il vient de sauver d'une mort certaine et qu'il tend doucement à une demoiselle assistant à la scène avant de lui adresser un sourire torrido-ravageur. Une demoiselle comme moi… Un pompier comme Evan… Mon mec. Mon combattant du feu. Mon pourfendeur de flammes déchaînées.

Je jette un œil à la pendule. 19 h 15. Il devrait être là

depuis un quart d'heure. Mais il ne va pas tarder. À nous la nuit de folie !

20 h 10

Cazzo[1] *!* Evan a toujours eu tendance à être en retard, mais ces derniers temps ce vilain penchant est devenu une habitude. Je lui ai pourtant envoyé un SMS : « Rentre vite à la maison, une SEXPRISE t'attend. » Je pensais que les majuscules feraient mouche, tout comme les subtiles émoticônes qui accompagnaient ce message tentateur : cœur/cœur/cœur/aubergine/pêche.

Où est-il ? Que fait-il ? Qu'est-ce qui peut bien passer *avant* une nuit de folie ? Son boulot ? Une grand-mère victime d'un malaise ? Une mère de famille, ses quadruplés sous le bras, appelant à l'aide du haut du trentième étage d'un immeuble en feu ? Il ne s'est même pas donné la peine de me répondre ! Non, mais ! Quand on nous promet une SEXPRISE en majuscules, on se fend au moins d'un texto impatient !

Je me regarde dans le miroir, mon enthousiasme quelque peu douché. Les doutes et le malaise que je ressens depuis quelque temps m'envahissent à nouveau. Entre nous, tout a changé. Ça ne fait qu'un an que nous sommes ensemble, et pourtant la folie et la passion des débuts se sont effritées. Parfois (souvent ?), j'aimerais ne l'avoir jamais rencontré. N'avoir rien quitté pour lui. Ne pas être partie de chez moi comme une voleuse. Ma sœur me manque. Mon frère, n'en parlons pas. Marin, Juan… Et Thaïs… Et Vic… Non. Ne pas penser à lui.

1. Merde.

I.A.T.P.D.P.A.L. (Interdiction Absolue Totale Permanente De Penser A Lui). Focus sur Evan. Quand je songe qu'il y a une heure j'étais toute contente de ma SEXPRISE... Mais si j'y réfléchis... Est-ce que je n'essaye tout simplement pas (de manière pitoyable) de raviver une flamme qui n'a pas plus de chance de survie qu'une allumette en fin de vie sous un vent du nord déchaîné ? Juste pour me convaincre que je ne me suis pas complètement plantée en quittant tout pour lui ?

Je jette un œil dans le miroir, et me découvre tout affaissée, la paupière en berne, la mine renfrognée. Coup de pied au cul mental. Non, non, non ! On ne se laisse pas abattre. Evan et moi sommes censés nous aimer. Evan et moi, *nous nous* aimons. Evan va rentrer et tombera à la renverse. Ce sera chaud. *Cho ka ka o, cho-cho-chocolat...*

Guai[1] *!*

Voilà que j'ai la chanson d'Annie Cordy dans la tête.

Cho ka ka o, cho-chocolat...

20 h 40

Si tu me donnes tes noix de coco, moi je te donne mes ananas...

Je n'en pouvais plus d'être plantée comme un piquet, alors je me suis assise. S'il arrive par surprise, je pourrai toujours prendre une pose de sirène. Je déverrouille mon téléphone, tape « pose sexy de naïade » sur YouTube et m'instruis. C'est assez passionnant, mais une seule question tourne en boucle dans mon esprit : Qu'est-ce qu'il fabrique ? Je l'ai appelé dix fois. Dix ! Sans succès. S'il

1. Génial.

n'est pas là dans deux minutes, juré craché, je vire tout et je vais me coucher. Je regarderai un épisode de *Friends*, après avoir enfilé mon T-shirt « Friends » extra-large, et je boulotterai au moins trois Kinder Bueno White. À mort le glamour.

20 h 42

Corragio[1] *!* Je peux encore patienter *cinq* minutes. Allez, six et trente secondes. J'en ai les ressources mentales. J'ai fait du yoga pendant un mois : le lâcher-prise, ça me connaît (un peu) : inspiration-expiration de la grande baleine bleue qui vogue dans le lagon azur peuplé de poissons multicolores qui lui massent le dos et lui brossent les dents… Je ne me suis pas donné tout ce mal pour rien. Ça va bien finir par rentrer.

Merda !

Ce qu'il peut m'agacer !

21 heures

Où, quoi, quand, comment, qui ? Je me réveille en sursaut, essuie le méchant filet de bave qui me rafraîchit le menton et me redresse. On a frappé. C'est lui. Ai-je fermé à clé ? Bien sûr que non ! Hop, debout ! Que le spectacle commence ! J'attrape le câble de la guirlande lumineuse que j'ai enroulée autour de mon corps nu et le branche. Dieu que ça clignote ! Un vrai petit sapin de Noël ! Mieux que ça ! Un *sexpin* ! Je prends une pose à

1. Courage.

la fois naturelle et sensuelle, puis l'invite à pénétrer dans l'antre de la tentation de ma voix la plus *glamshinelove* :

— Tu peux entrer, c'est ouvert ! Bienvenue !

Des bruits de pas résonnent dans l'entrée. Sans plus attendre, je lance Spotify et opte pour ma playlist « Christmas powa ». Et… c'est parti ! Go, Mariah ! « *Iiiiiiiiii don't want a lot fooooor Christmas…* » Mon cœur bat la chamade. Je frétille d'impatience, je glougloute de joie, j'en suis presque à hennir de bonheur… quand soudain… Soudain, quelque chose se produit. Quelque chose qui cloche sévèrement. Quelque chose qui attaque ma fesse droite. Comme une piqûre de guêpe. Une morsure de chien. Un coup de soleil carabiné. À moins que ce ne soit les flammes de l'enfer qui lèchent mon arrière-train ! QUELQUE-CHOSE-NE-VA-PAS. *Merda, merda, merda !*

— Ça brûle ! ai-je la force de couiner alors que je prends conscience de l'abominable réalité.

Cette *foutue* guirlande lumineuse grille mon derrière aussi sûrement qu'un barbecue en pleine saison estivale ! Durant quelques instants fatals pour ma pauvre peau, je perds la raison : je me tortille, je gesticule, je gémis (toutes les nanas possédées par le diable dans les films de ces dix dernières années peuvent se rhabiller) et enfin, tentant de me ressaisir, je me baisse pour atteindre la prise. Elle paraît si loin ! Et cette guirlande qui entrave mes mouvements… Je trébuche. Choc frontal. Rencontre brutale avec le sol. Sonnée, je cligne des yeux pour aussitôt me remettre à hurler. Mes fesses ont dû *fondre*. Elles ont dû FONDRE ! Une pensée incongrue et sinistre me traverse alors que je tends un bras tremblant vers la prise : apparaîtrai-je dans le *Guinness Book des records*, section insolite « La femme sans postérieur » ? Je crois que je vais m'évanouir.

Ou vomir. Ou les deux. Ce qui fait que, fatalement, je m'étoufferai. Ma mort sera pitoyable. Imaginer l'inscription sur ma pierre tombale rend mon calvaire encore plus pénible. « Ci-gît Pia-Mia Cabrera, vaincue par une guirlande. » Une ombre se profile au-dessus de moi. Evan ? Je grimace tellement que je parviens à peine à le distinguer.

— Evan ! dis-je d'une voix agonisante. Ev...

— Mais enfin, mademoiselle Cabrera ? Je... Vous... Quoi ? Comment ? Que s'est-il passé ?

Même si mon cerveau est anesthésié, je pige avec effarement que je n'ai pas affaire à Evan, mais à Roger Duchon, le voisin d'à côté. #retraitéquivaàlamesse. Je devrais être mortifiée, mais je veux seulement que tout s'arrête.

— Débranchez ce truc, monsieur Duchon ! hurlé-je, au comble de la douleur.

Il s'exécute tout en appelant sa femme d'une voix stridente. « Pas la peine de rameuter tout l'étage ! » ai-je envie de protester, mais je suis trop occupée à me dégager de cette guirlande à la con pour le faire. Enfin, j'y parviens et m'affaisse sur le sol... avant de réaliser que je suis à poil. Devant M. Duchon. Qui me contemple d'un œil horrifié et curieux. Un peu comme moi devant ces documentaires animaliers où l'on voit un lion dévorer une pauvre gazelle. On éprouve toujours un mélange de curiosité et de répulsion. Je rabats un pan de tapis sur moi, pile au moment où Yvette, sa femme, nous rejoint. Je bloque sur son pendentif en forme de croix, avec le sentiment d'être une vilaine, vilaine, vilaine fille. Silence de mort. Elle plisse les paupières, puis elle regarde son mari. Puis moi. Puis son mari. Puis moi. Puis son mari. Puis moi. Le jour du Jugement dernier a sonné, sans déconner.

— Je voulais faire une *sexprise* à Evan..., dis-je d'un ton piteux.

— Une... *sexprise*..., répète Roger, l'air absent, en secouant la tête.

Yvette pousse un long soupir, puis lève les yeux au ciel.

— Roger, tu n'es pas à la page ! Mlle Cabrera parle d'une surprise olé olé... qui a dû mal tourner. Allons, relevez-vous, ma petite. Croyez-moi, nous avons vu pire que cela durant notre existence. Et enfilez quelque chose de décent, pour l'amour de Dieu et de ses apôtres !

22 heures

— Vous vous sentez mieux ? me demande Yvette avec une compassion tout à fait chrétienne.

J'ai généreusement enduit mes brûlures de Biafine en grimaçant-pestant-protestant. Me voilà habillée et enroulée dans mon plaid le plus moelleux, armée de la verveine que ma voisine m'a préparée en fredonnant un cantique de Noël. Je leur ai tout raconté. Le fait qu'Evan déteste Noël, alors que moi j'adore. Ma tristesse face à son refus de mettre un sapin dans le salon. Mon envie de lui redonner goût à cette fête : mes tentatives diverses et variées. Son unique effort : celui de balancer une vieille guirlande sur la plante artificielle qui trône dans le salon. Mon idée de génie : me substituer à la plante. *Nue.*

— Et voilà Roger qui débarque chez vous, en quête de ketchup..., conclut Yvette.

J'acquiesce tout en jetant un œil à mon téléphone. Rien. Aucune nouvelle d'Evan. Alors que j'ai failli mourir. Ou pire, perdre ma fesse ! La colère me fait frémir.

— J'ai découvert le nœud du problème, annonce Roger qui nous a rejointes et se plante devant nous, sans réussir à me regarder dans les yeux. Je viens de vérifier vos prises : rien n'est aux normes. Vous auriez pu mourir électrocutée avec vos velléités de surprise plus qu'osée. En dehors des liens sacrés du mariage, qui plus est ! Je suis à deux doigts d'émettre l'hypothèse que le ciel vous a punie et…

Je me ratatine dans mon plaid, prête à faire pénitence et à avouer tous mes péchés, même celui d'avoir mis des crottes de pigeon dans le bénitier, le jour du baptême de mon cousin, quand j'avais dix ans… Mais Yvette me sauve en foudroyant son époux du regard. Puis, elle m'adresse un sourire compatissant qui m'encourage à poursuivre.

— Je voulais juste qu'Evan aime Noël. Moi, j'adore ça, depuis toujours. Dans ma famille, on le fête si fort ! Ça fait battre notre cœur très vite ! La veille de Noël, ma sœur cache des mots d'amour pour nous tous, dans la grande cour et le jardin de notre domaine : quand on les trouve et qu'on les lit, on pleure à chaque fois. Enfin, tous sauf moi, puisque je ne sais pas pleurer. Mon beau-frère est fou de décorations de Noël et on a les installations les plus féeriques du monde entier. Il y a tant d'amour dans sa manière de créer cette magie… Et mon frère boit du prosecco au goulot le soir du réveillon… Mon neveu, qui est impertinent mais délicieux, passe son temps à s'engueuler avec sa mère et à la câliner… Mes amis…

Je m'interromps une seconde pour reprendre mon souffle avant de poursuivre :

— C'est comme ça ! J'aime Noël, j'aime respecter les traditions. J'aime les décorations affreusement kitsch et surchargées. J'aime courir dans les boutiques pour trouver le cadeau idéal, déguster des *amaretti* à la cannelle, enfiler des pulls moches, faire des concours de karaoké ringards, écouter des playlists démodées, m'affaler sur le canapé devant les téléfilms de M6. Mais Evan, lui... Il refuse d'en entendre parler. Il considère que cette fête n'a aucune valeur. Et puis, il n'est jamais là en ce moment...

Yvette et Roger échangent une œillade embarrassée et désapprobatrice.

— Oui, je sais, c'est pathétique. Je ne devrais pas vous raconter tout ça... Pardon. Changeons de sujet, d'accord ?

— Ce n'est pas ça, ma chère enfant..., commence Yvette, alors que Roger secoue la tête frénétiquement.

— Ça ne nous regarde pas. Laissons cette jeune femme se remettre de ses brûlures tranquillement et...

— Non, Roger ! proteste Yvette en se levant pour s'installer à mes côtés. Elle a le droit de savoir. Nous sommes les messagers qui la guideront vers le droit chemin.

Vont-ils essayer de me convertir ? Un frisson de panique parcourt ma nuque alors qu'Yvette pose la main sur mon bras.

— Ce que j'ai à vous dire n'est pas drôle, mais je préfère que vous soyez au courant.

Elle demeure silencieuse un instant avant de poursuivre.

— Comment vous l'annoncer ? Voilà. Il y a deux semaines, nous sommes tombés sur Evan, dans la cage d'escalier. Et... disons qu'il n'était pas seul...

— Yvette !

— Non, Roger, poursuit résolument cette dernière alors que mon cœur se brise. Il était avec...

Silence, regard éloquent. Ma respiration se bloque, mon cœur se décroche de ma poitrine. *Lo stronzo*[1] *!*

1. Le salaud.

— Une magnifique rouquine frisée ? suggéré-je.

Yvette acquiesce. Dans le mille. Je le sentais, je le savais. Sa collègue pompier, la fille *trop* drôle, *trop* sportive, *trop* cool. La bonne copine sexy. La Cameron Diaz de la grande échelle. La Rachel Green des tuyaux. Évidemment… Une partie de moi n'en avait pas le moindre doute.

— Oui. Ils s'embrassaient.

— Goulûment, ajoute Roger d'un ton réprobateur.

Goulûment…

Salaud d'Evan ! Alors que je m'étais déguisée en *sexpin* pour lui faire une *sexprise* ; alors que mes fesses hurlaient sous les affres de la cuisante brûlure, lui était occupé à batifoler avec Miss Fire qui, j'en suis certaine, déteste Noël, elle aussi. Yvette tapote mon genou.

Dans les heures qui suivent, je passe par toutes les émotions : choc, déception, colère… Les étapes du deuil vitesse grand V. Mais une fois la terrible révélation digérée, je réalise, avec un brin de soulagement, que ma place n'est pas ici. Finalement, ça faisait un moment que je le savais. Je ne voulais pas me l'avouer.

Ma décision est prise.

Il est temps d'activer le code lasagne.

WhatsApp – Cabrera Dream Team

Pia, 22 h

Code lasagne. Evan est un *bastardo*[1] de première. Il m'a trompée avec sa collègue rousse. Mes voisins bigots me l'ont annoncé et j'ai la fesse en feu.

1. Bâtard.

Extrait

Albertina, 22 h 01

Code lasagne bien reçu.

Milo, 22 h 01

Code lasagne bien reçu. *Mama mia*, sœurette ! Je te dis depuis le début qu'Evan est un *rompiscatole*[1] de première classe ! Tu te sens comment ? Dépitée ? Triste ? Désespérée ? Au bord du gouffre ?

Milo, 22 h 03

Est-ce que le fait qu'elle soit rousse a une importance particulière, vu que tu le précises ? Quel rapport, la fesse en feu ? Tu as fait un plan à trois avec tes voisins SM ? Fais-moi rêver ! #itssogoodtobebadhanhanhanhan #rihanna

Pia, 22 h 04

Non, le « rousse » était superflu. Je suis soulagée de quitter ce plouc. Mes voisins sont de fervents croyants et ils sont retraités. #remballerihannaetdégaineles-cantiques

Milo, 22 h 05

Ce sont les plus coquins !

Pia, 22 h 06

Tu m'écœures, tu vois le sexe partout. Revenons au code lasagne. Je rentre.

Albertina, 22 h 10

Miracle ! (Je lève les yeux au ciel.)

Milo, 22 h 12

@Albertina : tu sais qu'il y a des smileys qui lèvent effecti-

1. Connard.

vement les yeux au ciel ? Il faut vraiment que tu te mettes à la page, ma grande.
@Pia : SÉRIEUX ? Attends je t'appelle. Et tu vas me faire le plaisir de développer cette histoire de fesse brûlée.

Milo, 22 h 35

OK. Tu m'as l'air capable de conduire. Mais je me coucherai pas avant que tu sois arrivée. À tout à l'heure, fesse calcinée.

Pia, 22 h 36

Va fa enculo !

Milo, 22 h 36

Quelle vulgarité… Mais pourquoi pas, je n'attends que ça ! *Ti amo.*

Albertina, 22 h 40

Je t'attends aussi.

Avant

Des lasagnes qui sentent le romarin, l'huile d'olive et le parmesan

Aujourd'hui, Pia-Mia m'a invité chez elle. Sa maman nous a préparé des lasagnes. Elles étaient délicieuses. Les meilleures de toute ma vie. Ensuite, on a joué à cache-cache avec son frère Milo et sa sœur Albertina. Albertina n'arrêtait pas de commander. C'est elle qui a choisi celui qui allait compter en premier, les endroits interdits et le gage du perdant. Milo, lui, il n'arrêtait pas de faire des grimaces derrière le dos d'Albertina. Il a même dit des choses en italien et je crois que c'était grossier parce que Albertina lui a collé une grosse claque sur la tête. Pia-Mia et moi, on a décidé de se cacher ensemble dans le débarras du jardin. C'était tout petit. Il y avait des sacs de terre, des râteaux, des pelles et des sacs de béton partout. J'étais collé à Pia. J'avais ma joue contre la sienne. Elle sentait le romarin, l'huile d'olive et le parmesan. Elle sentait les lasagnes de sa maman. Les meilleures lasagnes du monde entier.

Victor, 7 ans

Extrait

2.

Maintenant

Où un code lasagne rencontre quatre bouteilles de manzana et un pyjama en satin. Pour l'amour de l'ivresse.

— Heureusement que tu es là, Thaïs ! Parler à ma meilleure amie à 2 heures du matin, ça n'a pas de prix !

— Savoir que tu reviens et t'écouter pendant tes trois longues heures de trajet insulter Evaneuneu, c'est inestimable, répond-elle d'une voix lasse. Une vraie berceuse Je t'avoue que je me suis endormie à certains moments mais, comme tu tournais en boucle et que parfois tu t'emballais en italien, je suis sûre que tu ne m'en voudras pas.

J'étouffe un rire.

— Vu qu'on peut résumer toute cette conversation à « Evan = *bastardo* », je t'absous ! Et je vais te laisser. J'arrive à Gruissan. Je vois le rond-point, *cara mia*[1] ! Il est décoré ! Noël, Noël, Noël ! J'ai envie de pleurer d'émotion !

— Tu n'arrives pas à pleurer, pauvre fille que tu es ! me contredit-elle en gloussant.

1. Ma chérie.

— Je n'y suis pas *encore* arrivée !

— Il faut te rendre à l'évidence, tu es un cas désespéré : tu n'as pas pleuré devant *Titanic*. Ni quand tu as fait ton stage en maison de retraite et qu'il y avait ce papi super émouvant avec son petit banjo qui chantait en l'honneur de l'amour de sa vie perdu dix ans auparavant, mais qu'il aimait encore. Ni quand Vict…

Elle s'interrompt brusquement avant de prononcer son prénom. *Victor…* Non, je ne veux pas y penser. J'y penserai plus tard, comme disait Scarlett O'Hara dans ses pires moments. Technique de l'autruche : la meilleure du monde. Je déglutis et tâche de prendre une voix enjouée.

— Je t'aime, Thaïs.

— Je t'aime, ma chérie, on se voit demain, souffle-t-elle avant de raccrocher.

J'ai les yeux qui brûlent un tout petit peu, effet combiné de mon retour, de ma rupture, de la mention de Victor et de la perspective d'avoir les fesses zébrées en rouge vif à vie, mais la larmichette ne viendra pas, Thaïs a raison. C'est la sécheresse toundresque de la rétine, le néant intersidéral lacrymal depuis toujours quand il s'agit de pleurer d'émotion. De douleur, pas de problème, comme la fois où je me suis agenouillée dans le garage pour appeler Herbet, le vénérable chat de la famille qui s'était planqué sous la voiture, et que mon genou est tombé pile-poil sur un clou (évidemment positionné pointe en haut). Qu'Yvette ne vienne pas me parler du calvaire de Jésus ! Ce jour-là, j'ai souffert plus que lui, *giurin, giurello*[1]. J'ai abondamment pleuré. Mais c'est vrai, je n'ai jamais

1. Promis, juré.

sangloté d'émotion ou de tristesse. #cœurdepierre, #elle-pleurepasmais-questcequellepisse, comme dirait Milo.

Au moment où je m'engage sur le rond-point, ma playlist laisse la place à George Michael et je me mets à chanter à tue-tête : « *Laaaaaast Christmas, I gave you my heart, but the very next day...* » Mon cœur bat la chamade. Mon chez-moi, ma maison ! Rien n'a changé, en un an, pas un détail. Juste à droite, il y a le grand étang. J'ouvre la vitre de la voiture, me prends une claque de vent glacial, et respire l'odeur de sel. Plus loin, la tour de Barberousse, toute illuminée pour les fêtes.

Deuxième sortie, il y a la route qui longe la garrigue, ses pins, ses petits chemins. Après la bifurcation, la montée, la petite route qui zigzague. On peut imaginer le chant des criquets, même en plein hiver. Les tombes des marins morts en mer (« À mon André vénéré, décédé dans un naufrage épouvantable à bord de l'*Amérique* : je détesterai à tout jamais la mer, les vagues, la pluie, le sel, les bateaux, les phares, l'eau et l'orage » est définitivement mon inscription préférée, pour son côté drama queen assumé), le sentier tortueux qui mène à la chapelle des Auzils, et plus loin, encore plus loin, il y a notre chez-nous, notre domaine, notre écrin, notre cocon. *La vida.* Je gare ma voiture devant le portail d'entrée et inspire profondément en songeant à mes retrouvailles avec Milo et Albertina, mon frère et ma sœur. Enfin... surtout avec Albertina. Pourvu qu'elle ne m'en veuille pas trop ! C'était bon signe qu'elle réponde au code lasagne. Mais quand elle m'a dit qu'elle m'attendait, je l'avoue : j'ai frissonné. Est-ce qu'elle va m'ouvrir grands les bras, façon *mama* enveloppante qui sent bon le romarin et la pâte à pizza et vas-y-que-je-te-plante-un-gros-baiser-sur-la-joue OU me prépare-t-elle un accueil façon parrain qui règle ses comptes et viens-là-que-je-te-balance-mon-regard-revolver-et-tes-quatre-vérités ? Si c'est le cas... Allez ! Je n'ai qu'à me dire que ce n'est qu'un mauvais moment à passer.

#iwillsurvive

Peut-être que ça aurait été plus facile si nos parents n'étaient pas repartis en Italie, pour y couler une retraite dolcevitesque. *Mama* aurait arrondi les angles...

Avec Albertina, on ne s'est pas parlé une seule fois depuis que je suis partie pour suivre Evan sur un coup de cœur, un coup de tête, un coup de colère. Elle doit toujours m'en vouloir à mort. OK, elle a répondu au code lasagne, mais le code lasagne, c'est l'urgence absolue, le « on n'a pas le choix », l'obligation totale et inconditionnelle de soutien fraternel. On répond à son frère ou à sa sœur quand il ou elle l'active, et ça dure depuis vingt ans.

Depuis le grand scandale de l'assiette retournée. Albertina avait déclaré qu'elle était végétarienne, parce qu'elle faisait de l'équitation et que les boucheries vendaient du cheval. Mais les lasagnes, chez nous, c'est une institution. On ne refuse pas les lasagnes de *mama*. C'est péché, c'est sacrilège, c'est pire que d'insulter sa grand-mère ou la Juventus. Ce jour-là, Albertina s'est dressée contre l'ordre établi. Comme une vraie rebelle, elle a dit non. Enfin, plus précisément : *non merci* (on tient à la politesse, chez nous). Ma mère a ouvert de grands yeux affolés et a pressé ses mains sur sa bouche ; mon père a ri, croyant à une blague ; Milo a failli s'étouffer avec son gressin, et moi, j'ai attendu la suite comme si j'étais au ciné, pop-corn en main. Quand il s'est avéré que ce n'était pas une plaisanterie, ma mère a collé les lasagnes dans l'assiette de ma sœur en la prévenant : « Si tu ne les manges pas, *cara mia*, je te jure que je te les fais avaler avec un entonnoir ! » Albertina l'a regardée droit dans les yeux avant de retourner son assiette. Je revois encore la scène au ralenti : le geste rebelle et magistral, le lent écrasement des lasagnes en un splash à la fois mou et retentissant… C'était une déclaration de guerre. Furax, ma mère l'a prise par l'oreille et l'a traînée dans sa chambre. Le verdict est tombé : Albertina serait privée de repas pendant toute une journée (et peut-être durant un mois).

Mais mon frère et moi avons agi : Milo s'est débrouillé pour grimper à l'olivier et lui faire passer nos goûters par la fenêtre en signe de soutien total. En remerciement, Albertina nous a lancé des petits avions en papier avec écrit dessus : « code lasagne ».

Depuis, à chaque urgence, on peut activer le code lasagne, quels que soient l'heure ou le contexte. Quand Milo est monté à Paris pour rencontrer Monica Bellucci afin qu'elle décide si sa boîte de com était apte à gérer le compte Instagram de son chihuahua, et qu'il s'est rendu compte dans le train qu'il avait oublié son porte-bonheur : code lasagne. Avec Albertina, on s'est tapé l'aller-retour pour lui ramener son Kiki-le-kiki-de-tous-les-kikis miniature sans lequel il paniquait.

Quand Albertina a accouché : code lasagne. Fabrice, son ex-mari, s'était barré à son cinquième mois de grossesse. Elle était seule et terrifiée. Code lasagne, même si vivre un accouchement sans prépa, c'est quand même éprouvant. Ça ressemble à du Tarantino : de la violence, des cris, du sang. Milo s'est évanoui quatre fois et, moi, j'ai failli vomir quand le gynéco a brandi une masse rouge et visqueuse d'un air victorieux en s'écriant : « Voici le plus beau placenta que j'aie vu de toute ma vie ! » Ne parlons pas du cordon ombilical, cette espèce de truc dégueu qui ressemble à un saucisson périmé, que personne n'a eu le courage de couper et que la sage-femme a tranché avec cérémonie, comme si elle était mairesse et inaugurait l'ouverture d'un monument.

Code lasagne…

Je sursaute quand j'aperçois un mouvement devant mon pare-brise. De multiples petits mouvements, en fait. Je plisse les yeux. Je rêve ! Il neige ! IL NEIGE ! C'est un signe : il neige, c'est Noël après-demain… Ma place est ici. Ma rancœur contre Evan s'évanouit. Je peux le rayer de ma vie… d'autant plus que je me suis vengée. Après la révélation fatale de Roger et Yvette, et une fois remise de mes émotions, je me suis remarquablement prise en main. J'ai cassé sa collection de vinyles, collé du liquide vaisselle dans son produit à lentilles et dessiné des quéquettes partout sur les murs. Pas très mature, certes, mais terriblement réconfortant. Tout comme mon mot d'adieu.

> *Cher Trouduc, je te souhaite le plus mauvais Noël de ta vie en compagnie de ta collègue qui, je l'espère fortement, te filera une MST carabinée et une grosse beigne quand elle verra à quel point tu es pathétique.* Va fa enculo.

J'oublierai vite ce crétin. C'est une certitude.

Mais quand même ! Quand j'y songe… Je n'ai jamais eu de chance avec les hommes. À croire que je suis maudite…

Ressaisis-toi, Pia ! « Quand ça ne va pas : pense à la Juliette de Romeo et dis-toi qu'il y a pire ! », comme disait *mama*.

— C'est vrai ! murmuré-je en contemplant la neige.

Mais ça serait tellement bien de me trouver sous cette même neige, à la place de la fille dans le clip de *Perfect* d'Ed Sheeran, en train de danser en souriant comme une neuneu à l'homme de ma vie qui tient, va savoir pourquoi, un chaton dans les bras…

Chaton…

Pompier sexy avec un chaton dans les bras…

Evan.

NON ! Je ne penserai plus jamais à cet abruti !

Tout à fait décidée à reprendre ma vie en main, je saisis mon sac à main. C'est mon seul bagage. Dans ma précipitation, j'ai oublié chez Evan le gros sac de voyage où j'avais jeté toutes mes affaires. Tant pis, je les lui laisse bien volontiers. Je sors de ma voiture, frissonne sous le vent glacial, tire la langue pour avaler un flocon et me dirige vers mon chez-moi, que j'ai quitté sans même un au revoir il y a un an.

Les battements de mon cœur s'accélèrent en regardant les décorations de Marin. Marin est le compagnon d'Albertina, son âme sœur. Après avoir été abandonnée par Fabrice, Albertina a consacré sa vie à Juan, son fils. Elle a refusé les avances des hommes qui n'avaient d'yeux que pour elle, elle a repoussé tous ceux qui osaient s'approcher. Et puis, il y a eu Marin. Marin, sa blondeur, sa barbe, ses yeux rêveurs, son côté… à côté de tout. Ils se sont rencontrés dans l'allée centrale du marché du vendredi matin. Il portait une énorme cagette de gariguettes, ne l'a pas vue, lui a foncé dessus. Elle promenait Juan dans sa poussette et a failli tomber. Elle lui a hurlé dessus. Marin s'est excusé d'une voix si douce, avec un regard si tendre qu'elle s'est tue. Juste comme ça, d'un coup. Alors, Marin en a profité pour demander pardon à Juan, en parlant à l'enfant de trois ans comme à un petit monsieur. Albertina raconte que c'est à cet instant précis qu'elle est tombée complètement et irrémédiablement amoureuse de lui, son exact opposé, sa moitié. Ce qui est particulier chez mon beau-frère, et ce que je préfère chez lui, ce sont ses lubies. Marin a *toujours* un objectif un peu fou en tête. Franchir les 6 km/h à cloche-pied, organiser des *dates* de hérissons afin de perpétuer l'espèce en danger, confectionner des tongs d'hiver, fabriquer des instruments de musique en peau de banane... Mais la plus magique de toutes, c'est sa lubie de Noël. Marin emplit le jardin de décorations toutes plus féeriques les unes que les autres. Il y songe toute l'année, achète, dresse des plans. Il n'est pas rare, en plein été, qu'il conçoive déjà l'organisation de son prochain jardin de Noël. Chaque année, il en fait toujours plus, toujours trop. Chaque année, c'est la débauche. Mais c'est tellement beau que tous les habitants des alentours viennent chez nous admirer la magie de Marin. Notre jardin est ouvert à tous durant la période des fêtes et, souvent, les rires des enfants résonnent devant nos maisons.

Tout commence ici, le long de l'allée sablonneuse bordée de grands pins. Je la gravis à pas lents. Au-dessus de ma tête, une arche d'un bleu très doux, lumineux sans être agressif : les déliés s'entrelacent, formant une sorte de lierre charmant, piqué de points dorés, sur lequel sont posés des oisillons azur. Les arbres, sur les côtés, sont entièrement recouverts d'une poudre brillante gris-bleu. Au sol, une multitude de cailloux dorés, argentés, acier, azur recouvrent le gravier. C'est magnifique. Un royaume gelé au cœur de la garrigue. Je suis à deux doigts d'entonner *Libérée, délivrée*, sans déconner. J'ai la sensation d'être parfaitement à ma place ; encore plus quand j'atteins la grande cour : je ne sais par quelle magie, l'eau miroite comme si elle était baignée par le soleil ! Et dans la cour où poussent la lavande et le thym, c'est une débauche de structures lumineuses : maisonnettes, pain d'épices, arches fleuries, personnages (un grand-père sur son vélo, une vendeuse de pain…). Tout brille, tout éclaire la nuit. Les couleurs sont douces : des argentés, des blancs et une palette incroyable de bleus. Marin est un artiste de génie ! Et le pin… Le grand pin de Noël est là ! Celui qu'il va couper en pleine nuit parce qu'il affirme qu'on sent mieux le parfum des aiguilles et qu'il veut le meilleur… Il trône au milieu de la cour, délicatement paré. Il n'y a rien de vulgaire, rien qui ne dissimule le vert profond des épines.

Le cœur battant la chamade, j'observe à gauche, la maison d'Albertina, celle aux volets lavande : c'est éteint. Puis ma maison, en face, la plus petite, avec le toit un peu biscornu et les volets bleus. Enfin, à droite, se trouve celle de Milo : volets verts, lierre dévorant le mur. La cuisine est allumée. J'avance d'un pas, hésite. L'émotion me gagne, une certaine appréhension aussi. La porte s'ouvre à la volée.

— Le retour de la fille prodigue ! s'exclame Milo, dont la silhouette apparaît dans l'embrasure.

Il force sur l'accent italien et le ton est grandiloquent. Il s'amuse. Mon cœur se gonfle de joie.

— Tu me guettais derrière les carreaux ?

— Bien sûr, neuneu ! J'avais calculé l'heure de ton arrivée, arrêt pipi et McDo boulimie réconfortante compris !

— Tu es si doué que je ne doute pas une seconde que tu sois de mon sang !

Poussée par un élan de joie, je me précipite vers lui, avant de m'arrêter net pour le regarder. Cheveux épais, très noirs. Iris ébène, yeux coquins. Sourire immense qui dévoile des dents larges et bien alignées.

— Toujours aussi décoiffée, commente-t-il, haussant un sourcil et tapotant mon chignon échevelé du bout des doigts.

— Toujours aussi avare en compliments !

Il rit de son rire chantant et m'attire contre lui. Je sens son parfum et sa délicieuse odeur de shampoing.

— *Mangia bene, ridi spesso, amia molto*[1], murmure-t-il en me serrant très fort. Tu ne pouvais pas le faire mieux ailleurs qu'ici, sœurette.

Mon rire s'étouffe dans son étreinte. Puis, je me recule pour le regarder encore. Je jette un œil à son pyjama de satin pourpre et il esquisse une moue indolente. Mon frère fait tomber les hommes et les femmes comme des mouches. L'été, les touristes du coin en font les frais et il traîne derrière lui une nuée d'amoureux éperdus.

Nos regards s'accrochent et nos sourires se mêlent. Mais un raclement de gorge se fait entendre. Milo esquisse une grimace comique avant de mimer la décapitation… puis de s'effacer. Je me trouve face à Albertina. Je pige à la seconde qu'on ne part pas sur un accueil *mama* généreuse. Ce sera plutôt ambiance Al Capone : froideur et terreur. Nous entrons chez Milo. Elle est assise, bien droite, magnifique. Malgré l'heure tardive, elle porte un costume gris qui moule chacune de ses formes généreuses. Sa longue chevelure est relevée en un gros chignon (nickel, contrairement au mien). Elle me fixe sévèrement de ses prunelles brunes, soulignées par un épais trait d'eye-liner. Elle a le don de me faire me sentir comme une gamine prise en faute.

— Arrête avec cette tête de gamine prise en faute ! lance-t-elle d'une voix froide (elle a aussi le don de lire dans mes pensées). Assieds-toi.

Forza ! Su[2] *!* Ce n'est qu'un mauvais moment à passer.

1. Bien manger, rire souvent, aimer passionnément.

2. Allez ! Sois forte !

Albertina n'est pas un monstre, c'est ma sœur. Celle avec qui j'élevais des escargots (même si elle a écrasé tous les miens d'une sandale rageuse le jour où j'ai refusé un mariage entre son petit gris et Titan, ma plus grosse prise). Celle qui m'aime envers et contre tout (mais qui m'a dit avant que je parte que si j'osais lui tourner le dos, ce ne serait plus la peine de revenir, jamais, jamais, jamais).

Elle désigne du menton la manzana maison qui trône sur la table et Milo, mimant l'assistant servile, s'avance avec empressement pour nous servir. Il se régale, *lo sciocco*[1] ! Je tends un bras fébrile pour attraper mon verre, mais Albertina m'octroie une violente tape sur la main, avant de s'emparer du sien et de se lever. J'ai envie d'agiter les doigts pour savoir si elle me les a brisés, mais je suis comme tétanisée.

— Es-tu revenue pour de bon ? demande-t-elle de sa voix chantante, mais grave.

J'acquiesce piteusement.

— Regrettes-tu de nous avoir abandonnés du jour au lendemain pour suivre ce crétin d'Evan à Marseille, alors que la maison Cabrera, avec son garage et son projet de maison d'hôtes, était sur le point de dominer le monde ?

— Heu, le monde, tu y vas un peu fort là parce que…, tente d'intervenir Milo, qui se fait couper la chique en moins de deux.

— Tsss ! Gruissan, c'est le monde !

— Si tu le dis, *tesoro*[2] ! réplique-t-il, peu contrariant, en buvant une gorgée à la bouteille.

— Tu as tourné le dos à la *familia* ! À ta destinée ! Au berceau de ta vie…, poursuit-elle.

1. Cet imbécile.

2. Mon trésor.

Je hoche la tête frénétiquement tout en admirant son sens inné de la tragédie... puis me retiens de rire quand Milo mime un coup de fouet sans qu'elle s'en aperçoive.

— Regarde-moi quand je te parle. Est-ce que tu reviens pour de bon ? Un code lasagne ne s'active pas pour rien.

— Oui, dis-je d'une voix très contrite, histoire de la satisfaire.

Je plante mes yeux dans les siens. Noirs comme les ténèbres. Mais brusquement, malgré sa bouche toujours sévère, le visage de ma sœur s'éclaire. Ses lèvres pulpeuses s'ouvrent en un sourire ravageur, ses yeux pétillent et une dizaine de petites rides d'expression au charme dévastateur illuminent son regard. Elle me tend un verre et, quand elle lève le sien, Milo et moi l'imitons.

— Tchin ! Tchin ! À la fratrie retrouvée. À Noël en famille. À l'amour. À la vie.

J'y vais cul sec, puis s'ensuit un silence heureux... avant que chacun ouvre la bouche en même temps pour tout se raconter. Rien n'a changé.

— Encore un petit, pour la route ? propose Milo deux heures plus tard, l'œil vague, une bouteille de manzana (la troisième ? la cinquième ?) en main.

— Un gros, même ! dis-je d'une voix chevrotante, avant de continuer ma tirade. Non, mais en fait, Evan était insupportable ! IN-SU-PPOR-TABLE... Pire que les pires salauds de tes romans, Albertina ! Une mozzarella di bufala périmée : lisse, rassurant en apparence et vraiment puant une fois croqué. Si je devais faire la liste de tout ce qui m'insupportait chez lui, j'en aurais jusqu'au petit matin...

— Pitié, non ! réplique Albertina alors que je poursuis obstinément.

— Et sa mesquinerie ! Avant d'aller en soirée, il achetait une tenue et ne coupait pas les étiquettes pour pouvoir la rendre le lendemain. Il a même fait ça avec un caleçon.

Milo laisse échapper un cri horrifié.

— Oui, affirmé-je sombrement. Un caleçon.

— Rassure-moi, il avait enfilé un vieux caleçon sous ce caleçon, pour que son *engin* ne touche pas le tissu ?

— Même pas !

Cri d'horreur d'Albertina.

— Et puis… ses commentaires affreux sur TripAdvisor… Il passait son temps à en mettre. À chaque fois qu'on mangeait au resto, on aurait dit qu'il traquait la moindre faille dans ce but ! Et sa manie de ne pas se brosser les dents trois minutes.

— Sacrilège ! s'exclame Milo.

— Il avait trop de poils aux orteils. Il pétait au lit et secouait la couette.

— Comme… s'il se gargarisait de l'odeur ? demande Albertina, véritablement choquée.

— OUI !

Milo glousse.

— Moi, j'aime bien le faire !

— Qu'est-ce qu'ils en disent tes chéries et tes mecs de passage ? Ils hument ton doux parfum sans sourciller ?

— Ça les fait rire. Et puis, de toute façon, je suis tellement sexy que je peux tout me permettre.

— Pas faux…, soupiré-je. Et tellement injuste !

— Attends, toi aussi, tu es au top du glamour ! Dois-je te rappeler que tu es un… Attends, un quoi déjà ? Ah oui ! Un *sexpin* ? lâche-t-il avant de s'esclaffer.

— Un *sexpin*…, répété-je, mi-hilare, mi-désespérée, avant d'enfouir ma tête dans mes bras puis de me redresser. En tout cas, je suis contente d'être ici. Ça m'avait manqué… Est-ce que l'association des pâtissières a déjà dressé sa bûche géante pour le concours ? Est-ce que le maire a inauguré le pont des amours ? Est-ce que…

— On te racontera ça plus tard, répond Milo en bâillant. Il est l'heure de dormir.

À ces mots, Albertina m'adresse un regard « il faut qu'on cause toi et moi ».

— Qu'est-ce qui se passe ?

— Il se passe qu'on a transformé ta maison en gîte, répond-elle du tac au tac.

— Tu aurais pu insuffler un brin de finesse à cette annonce ! commente Milo en levant les yeux au ciel.

— *Ma* maison ? dis-je, abasourdie.

— La tienne.

— En gîte ?

— C'est ça.

Choc. Digestion de l'information. Colère.

— Vous… avez fait quoi ? répété-je d'une voix étranglée.

— On ne pensait pas que tu reviendrais ! Et on voulait lancer le projet…

— Oui, le projet commun que nous avions de faire *construire* un bâtiment pour créer un gîte. Il n'a jamais été question de piquer ma maison !

— On a pensé que…, tente Milo.

— Que quoi ? Qu'il fallait me rayer de vos vies ? Pia est partie ! Génial ! Oublions-la et profitons de sa maison ! Qu'est-ce que vous avez fait de mes affaires ?

— On a…

Je ne laisse pas à Milo le temps de finir.

— Et dire que je me sentais coupable de vous avoir tourné le dos du jour au lendemain pour suivre Evan. Mais vous vous frottiez les mains, bande de vautours ! Ah, elle est belle, la *familia* !

— Ça suffit, Pia ! intervient Albertina. Tu en fais trop. Tes affaires ont été soigneusement rangées. On a remarquablement retapé ta cuisine. Il y a des locataires, ces vacances, pendant cinq jours. Après, tu retrouveras ta maison ! N'en fais pas un drame. En attendant, tu dormiras chez moi. On va se débrouiller.

Je souffle aussi fort qu'un taureau prêt à foncer sur un tissu rouge.

— Se débrouiller ? Je veux MA maison ! MON lit !

— Tu peux t'y installer, précise Milo. Mais actuellement deux charmants retraités dorment dedans. Ceci dit, je sais que tu aimes nouer des liens spéciaux avec les personnes âgées, alors si c'est vraiment ton fantasme, on peut…

— *Quella cazo di boca*[1], Milo ! Non, mais je rêve ! Je RÊVE !

— Tu peux dormir ici, propose-t-il alors qu'Albertina soupire d'exaspération.

OK. Qu'ils aillent tous se faire cuire un œuf en Sicile ! Je me lève brusquement et plante les poings sur mes hanches.

— Milo. La tente, exigé-je d'une voix impérieuse.

Il m'adresse un regard vide qui le fait furieusement ressembler à Chico, le plus gros des poissons rouges du bassin extérieur.

— Quoi, la tente ?

— Je veux la tente. Je campe dans la cour.

1. Ferme-la.

Extrait

— Tu ne peux pas dormir sous la tente en plein hiver, Pia ! À moins que ton but ultime soit de crever d'hypothermie ?

— Ramène TOUT DE SUITE la tente, Milo !

Silence. Mon *cher* frère consulte ma *chère* sœur du regard. Elle hausse les épaules, l'air affligé.

— Ramène-lui la tente, Milo, ordonne-t-elle avant de me défier du regard. Mais si tu dors dans la tente, Pia, nous aussi.

— Hors de question !

— Si !

— Non.

— Si !

— Non.

— Si !

— Non.

On en est encore à ce petit jeu quand Milo redescend du grenier, l'antique tente familiale sous le bras.

— Tu es sûre de toi ? demande-t-il avant de me tendre le gros sac qui la contient.

— Je ne l'ai jamais autant été, dis-je avant de m'en emparer et de quitter la maison en claquant la porte, digne comme un prince déchu.

WhatsApp – Cabrera Dream Team

Milo, 3 h 05

On t'a observée monter la tente et on tient à te dire que ta technique s'est améliorée. Tu t'es entraînée pendant cette année loin de nous ? Ha, ha, ha !

Pia, 3 h 36

Tu crois que j'ai envie d'échanger des « ha, ha, ha »

avec toi ? Foutez-moi la paix. Restez dans vos maisons confortables. Laissez-moi seule, abandonnée, dans le froid, sans domicile fixe.

Milo, 3 h 36

#tragédienne

Pia, 3 h 37

#traîtreàtonsang

Milo, 3 h 38

Tu aurais pu dormir dans mon lit king size, mais tu as refusé. J'avais changé les draps exprès pour toi.

Pia, 3 h 38

J'en suis tellement honorée. Mais tu prends toute la place. Et je déteste tes draps en satin : ça fait vieux porno.

Milo, 3 h 38

Tu parles dans ton sommeil. Et je déteste les draps en coton : c'est cheap.

Pia, 3 h 39

Tu ronfles.

Milo, 3 h 40

Tu as les pieds gelés et tu donnes des coups de pied #calvaire

Albertina, 3 h 41

Vous me fatiguez. Toi, Milo, tais-toi. Toi, Pia, décale tes grosses fesses, on arrive. On amène oreillers et Kinder Bueno.

Composé et édité par HarperCollins France.

Achevé d'imprimer en septembre 2022.

FIRMIN-DIDOT

à Mesnil-sur-l'Estrée (Eure)

Dépôt légal : octobre 2022.

Pour limiter l'empreinte environnementale de ses livres, HarperCollins France s'engage à n'utiliser que du papier fabriqué à partir de bois provenant de forêts gérées durablement et de manière responsable.

Imprimé en France